Para ler *Finnegans Wake* de James Joyce

Dirce Waltrick do Amarante

PARA LER
FINNEGANS WAKE
DE JAMES JOYCE

seguido da tradução do capítulo VIII
"Anna Livia Plurabelle"

ILUMI*N*URAS

Copyright © 2009
Dirce Waltrick do Amarante

Copyright © desta edição
Editora Iluminuras Ltda.

Capa
Eder Cardoso / Iluminuras

Revisão
Ana Luiza Couto

CIP-BRASIL. CATALOGAÇÃO-NA-FONTE
SINDICATO NACIONAL DOS EDITORES DE LIVROS, RJ

A52p
    Amarante, Dirce Waltrick do
       Para ler o finnegans wake de James Joyce : seguido de "Anna Livia Plurabelle" / Dirce Waltrick do Amarante. - São Paulo, SP : Iluminuras, 2009.
       il.

    Apêndice
    Inclui bibliografia
    Conteúdo: Anna Livia Plurabelle
    ISBN 978-85-7321-295-2

    1. Joyce, James, 1882-1941- Crítica e interpretação.
    2. Literatura irlandesa - História e crítica. I. Título.

09-3329.   CDD: 828.99153
                          CDU: 821.111(415)-3

07.07.09   14.07.09   013724

2022
EDITORA ILUMINURAS LTDA.
Rua Inácio Pereira da Rocha, 389 - 05432-011 - São Paulo - SP - Brasil
Tel./Fax: 55 11 3031-6161
iluminuras@iluminuras.com.br
www.iluminuras.com.br

Para os meus Sérgio e Bruno Napoleão

SUMÁRIO

PARA LER O FINNEGANS WAKE DE JAMES JOYCE, 9
Finnegans Wake: sua elaboração, 9
Os incentivadores de *Finnegans Wake*, 19
Publicação e recepção de *Finnegans Wake*, 24
Finnegans Wake no Brasil: da tradução de fragmentos à obra completa, 28
Finnegans Wake: aspectos gerais, 30
História, mito e sonho, 35
Os habitantes do universo onírico de *Finnegans Wake*, 37
O(s) narrador(es) do romance, 41
O(s) enredo(s), 43
Algumas fontes do sonho joyciano, 48
A estrutura de *Finnegans Wake*, 51
Sinopse, 62
  Livro I: O livro dos pais (3-216), 63
  Livro II: O livro dos filhos (219-399), 64
  Livro III: O livro do povo (403-590), 65
  Livro IV: Ricorso (593-628), 65
Finnegans Wake: protesto político e experimentação linguística, 66
A complexidade da linguagem onírica, 71
Questões de leitura, 79
Anna Livia Plurabelle: a terceira margem do Liffey, 83
"Anna Livia Plurabelle": suas fontes, 85
Da nascente à foz, 89
Os elementos temáticos de "Anna Liffey", 92

Sinopse, 100
   Capítulo VIII, 100
A tradução de "Anna Livia Plurabelle", 103
   Traduzindo *Finnegans Wake*, 108
   A terceira margem do liffey: "Anna Livia Plurabelle" em português, 110

"ANNA LIVIA PLURABELLE", 113
(Capítulo VIII de *Finnegans Wake*)

BIBLIOGRAFIA, 154

Posfácio
ANNA LIVIA PLURABELLE: A IRLANDA DE JOYCE, 157
Dirce Waltrick do Amarante`

SOBRE A AUTORA, 165

> "It [*Finnegans Wake*] may be outside literature now, but its future is inside literature." [James Joyce]
> "Perhaps it [*Finnegans Wake*] is insanity. One will be able to judge in a century."

Em *Finnegans Wake* (1939) entramos no universo onírico do escritor irlandês James Joyce, que concebeu seu último romance como um sonho, não o dele mesmo, mas o "sonho da humanidade".

O leitor, ao percorrer suas páginas "obscuras", é convidado a tomar decisões a cada passo, uma vez que deparará sempre com elementos caracterizados pela relatividade mais absoluta. De fato, nesse romance nada é o que parece ser e tudo se funde ao mesmo tempo, cabendo a cada leitor priorizar os aspectos que lhe pareçam os mais interessantes.

Na realidade, num livro que discorre sobre a noite não podemos esperar "clareza", como o próprio Joyce afirmava: "é natural que as coisas não sejam tão claras durante a noite, não é mesmo?". Em razão dessa lógica onírica, o leitor, desde as primeiras linhas do romance, deveria também "sonhar", mas talvez de olhos abertos, para, assim, usufruir melhor esse imenso sonho, ou pesadelo, intitulado *Finnegans Wake*.

FINNEGANS WAKE: SUA ELABORAÇÃO

Finnegans Wake foi o último romance do escritor irlandês James Joyce (1882-1941) e, desde a sua primeira publicação, tem sido considerado pela crítica como um dos livros mais intrigantes e inovadores já escritos.

Aparentemente, o objetivo do livro, cuja feitura exigiu do seu autor cerca de dezessete anos de contínua dedicação, era bastante ambicioso, pois desejava contar a "história da humanidade" através de uma linguagem onírica

e, por essa razão, segundo Edna O'Brien, biógrafa de Joyce, "Ninguém pode acom-panhá-lo. O que a maioria de nós faz no sono, Joyce tentava fazer nas suas horas de vigília".[1]

Quando os primeiros fragmentos do romance, intitulado provisoriamente *Work in Progress*, apareceram em alguns periódicos e revistas literárias (*Transatlantic Review, Criterion, transition* (sic), *Contact Colletion of Contemporary Writers, The Calendar, This Quarter, Navire d'argent*...), a crítica reagiu de maneira hostil: o texto foi considerado um chiste, um imenso enigma e um ataque ao bom senso. Quando publicado na íntegra, foi recebido com indiferença pelo leitor que, nessa época, estava envolvido com os problemas políticos e sociais de uma guerra iminente.

* * *

No tocante à formação do romance, pode-se dizer que fatos da vida privada do escritor contribuíram de forma relevante para a elaboração de seu último trabalho. Dentre esses fatos, os mais destacados seriam: a polêmica repercussão de sua obra anterior, *Ulisses*, a doença psíquica de sua filha Lucia, cujo diagnóstico médico foi esquizofrenia, e as inúmeras cirurgias na vista a que foi submetido Joyce, então com glaucoma. Convém recordar aqui uma tese comum entre os estudiosos da obra do escritor irlandês: "quando se escreve sobre Joyce, faz-se necessário aludir à sua biografia, porquanto é inseparável de sua obra".[2]

Durante os longos anos de elaboração do romance, os problemas que Joyce enfrentou (hostilidade da crítica e complicações na vida particular) foram, contudo, abrandados pela ajuda dos amigos, que não só contribuíram para que sua obra fosse divulgada e aceita como também o auxiliaram de forma direta na composição do livro.[3] Samuel Beckett, por exemplo, foi secretário de Joyce nesse período e passou para o papel algumas partes do romance, que eram ocasionalmente ditadas pelo escritor entre uma e outra cirurgia na vista.[4] Além disso, Joyce contou com

---

[1] O'BRIEN, Edna. *James Joyce*. Marcos Santarrita (trad.). Rio de Janeiro: Objetiva, 1997, p. 147.

[2] TORTOSA, Francisco García. *Anna Livia Plurabelle*. Madri: Cátedra Letras Universales, 1992, p. 12.

[3] Nada parece ter desanimado o escritor: a experiência de escrever *Finnegans Wake* era-lhe mais importante. No final dos anos 30, Joyce declarou: "Desde 1922 meu livro tem sido para mim uma realidade maior que a realidade. Tudo cede diante dele. Tudo fora do livro tem sido uma dificuldade insuperável, como fazer a barba de manhã, por exemplo." (ELLMANN, Richard. *James Joyce*. Lya Luft (trad.). São Paulo: Globo, 1989. p. 856.)

[4] Na época da composição de *Ulisses*, Joyce havia declarado a Sylvia Beach que "Jamais!" ditava seus textos, pois "precisava ver o seu trabalho enquanto o modelava palavra por palavra". BEACH, Sylvia. *Shakespeare and Company: Uma Livraria na Paris do entreguerras*, Cristina Serra (trad.). Rio de Janeiro: Casa da Palavra, 2004, p. 60.

a ajuda de uma protetora, Harriet Shaw Weaver, que lhe proporcionou segurança financeira enquanto se dedicava à composição de *Finnegans Wake*. Fato este certamente incomum para a época, pois a era dos mecenas parecia coisa de um passado já distante.

* * *

Quanto à gênese de *Finnegans Wake*, em 1922, logo após a publicação de *Ulisses* em Paris, Harriet Shaw Weaver perguntou a Joyce sobre o teor do seu novo livro. O escritor respondeu: "penso que vou escrever uma história do mundo[5]."

No Natal desse mesmo ano, Joyce enviou a Weaver o livro de Sir Edward O'Sullivan, *The Book of the Kells*, um dos modelos de que se servirá o escritor para compor *Finnegans Wake*, conforme se verá à frente. O livro é também citado na página 122 de *Finnegans Wake*, em que Joyce faz, todavia, *The Book of the Kells* derivar do seu romance: "...the cruciform postscript from which three *basia* or shorter and smaller *oscula* have been overcarefully scraped away, plainly inspiring the tenebrous *Tunc* page of the Book of Kells..." ("...o proscrito cruciforme do qual três *basia* ou mais breves e mais curtos *oscula* foram muito cuidadosamente inutilizados, inspiraram plainamente a tenebrosa página de *Tunc* do Livro de Kells...").[6]

Há, ainda, em cartas desse período de Joyce à sua protetora, alusões ocasionais a Tristão e a Napoleão, dois heróis com os quais Earwicker, protagonista de *Finnegans Wake*, e seus filhos, Shem e Shaun, estão ligados.

Em dezembro de 1922, Joyce remeteu uma carta a uma conhecida que vivia em Dublin, pedindo que anotasse num caderno suas lembranças de todos os "tipos curiosos" que ele próprio conhecera em criança. Essas pessoas de Dublin, mais tarde, serviram de modelo para compor alguns dos personagens do seu novo livro: Shem e Shaun, os filhos de Earwicker, por exemplo, foram baseados "em parte nos débeis mentais parasitas, James e John Ford, que viviam em Dublin no North Strand. Além de serem conhecidos como 'Shem e Shaun', eram famosos por sua fala incompreensível e por seu modo de andar arrastando os pés[7]."

As primeiras palavras de *Finnegans Wake*, entretanto, só foram escritas em 10 de março de 1923. No dia seguinte, Joyce anunciou a Harriet Weaver: "Ontem

---

[5] ELLMANN, Richard. Op. cit., p. 661.
[6] São minhas as traduções de pequenos fragmentos de *Finnegans Wake*, quando não houver referência a um tradutor específico.
[7] ELLMANN, Richard. Op. cit., p. 679.

escrevi duas páginas — as primeiras que escrevi desde o 'Sim' final no *Ulisses*. Tendo encontrado uma caneta, copiei-as com alguma dificuldade em letra grande numa folha de ofício dupla de modo a poder lê-las. *Il lupo perde il pelo ma non il vizio*, dizem os italianos. O lobo pode perder a pele mas não o vício, ou o leopardo não pode mudar suas manchas[8]." Assim, ele iniciou o trabalho que o manteria ocupado pelas próximas duas décadas de sua vida.

Em junho de 1923, Joyce leu para os amigos as primeiras sessenta páginas do seu novo trabalho, e, no final desse mesmo ano, o esboço dos oito primeiros capítulos do romance já estava traçado.[9]

* * *

Em muitos sentidos, pode-se afirmar que *Finnegans Wake* foi concebido como uma continuação de *Ulisses*,[10] muito embora Joyce afirmasse não perceber quase nenhuma ligação entre seus dois últimos livros: "Tendo escrito *Ulisses* a respeito do dia, eu queria escrever esse livro a respeito da noite. De outro modo ele não tem ligação com *Ulisses*, e *Ulisses* não exigiu o mesmo gasto de energia[11]." Ademais, quando Louis Gillet perguntou a Joyce se sua "obra em progresso" se assemelhava ao seu romance anterior, ele respondeu: "De modo algum. *Ulisses* e a *Obra em Progresso* são o dia e a noite". Entretanto, "sabia-se que *Ulisses* era o mundo e seus problemas vistos a partir do dia de alguns dublinenses. *Finnegans Wake* é igualmente o ruído do mundo ouvido através da vida noturna e dos sonhos de um cabaré da capital irlandesa[12]." Além disso, ao compor seu último romance, Joyce utilizou "velhas notas" não aproveitadas em *Ulisses*.[13]

Para muitos críticos, o embrião de *Finnegans Wake* encontra-se no episódio "Circe" de *Ulisses*, pois, nesse capítulo, que pertence à parte classificada como "Odisseia" (o livro divide-se em três partes: "Telemaquia", "Odisseia", "Nostos"), os personagens surgem envoltos numa atmosfera de sonho e magia, muito embora ainda se insiram no plano da consciência, o que não ocorrerá no seu novo livro, todo ele situado no subconsciente, ou inconsciente.[14] Numa leitura mais atenta de *Ulisses*, entretanto, é possível descobrir prenúncios do estilo intrincado de

---

[8] ELLMANN, Richard. Op. cit., p. 681.
[9] NORRIS, Margot. "*Finnegans Wake*", in ATTRIDGE, Derek (org.). *The Cambridge Companion to James Joyce*. Cambridge: Cambridge University Press, 1997, p. 170.
[10] ANDERSON, Chester G. Op. cit., p. 113.
[11] ELLMANN, Richard. Op. cit., p. 856.
[12] BUTOR, Michel. *Repertório*. Leyla Perrone Moisés (trad.). São Paulo: Perspectiva, 1974, p. 142.
[13] NORRIS, Margot, in ATTRIDGE, Derek (org.), p. 170.
[14] TORTOSA, Francisco García. Op. cit., p. 21.

Finnegans Wake espalhados por todo o romance que lhe antecedeu. No episódio "Proteu", por exemplo, situado no início de *Ulisses*, as imagens e pensamentos se transformam a cada momento, tal como ocorrerá também, mas com muito mais intensidade, em *Finnegans Wake*. Além disso, o leitor de *Ulisses* ainda encontrará certas frases, em diferentes capítulos, que parecem remeter a algumas ideias que só serão desenvolvidas, mais tarde, na última obra de Joyce:

— A história — disse Stephen — é um pesadelo de que tento despertar.[15]

Essa frase que Stephen, um dos protagonistas de *Ulisses*, profere no segundo capítulo do livro poderia estar profetizando *Finnegans Wake*: romance que se situa no plano do sonho, "um sonho quase sempre assustador, por vezes atroz, repleto de um riso que mascara uma profunda ansiedade. É um pesadelo que termina num despertar", segundo Michel Butor.[16]

Stephen ainda dirá, no capítulo seguinte, fazendo alusão talvez ao mundo do inconsciente, considerado caótico e incompreensível:

Achas minhas palavras obscuras. Escuridade está em nossas almas, não achas?[17]

Segundo o mais importante biógrafo de Joyce, Richard Ellmann, ainda se pode encontrar uma outra ligação entre esses dois romances, mais exatamente na última página de *Ulisses*, que mostra "Molly e Leopold comendo o mesmo bolo de sementes, como Eva e Adão comendo a 'fruta de sementes' (como Joyce dizia) quando da queda do homem, e *Finnegans Wake* também começou com a queda do homem[18]."

Se *Finnegans Wake* não é apenas a continuação lógica de *Ulisses*, é inegável que nasceu sob a complicada história editorial deste último livro e beneficiou-se da fama e do prestígio que Joyce alcançou com ele. Assim, a fama, duramente conquistada, aliás, e a composição de sua última obra, caminharam lado a lado.

Joyce escreveu seu último romance consciente de que já era reconhecido como um dos maiores escritores do século, e esse reconhecimento crítico dava-lhe, com certeza, enorme liberdade para enveredar por experiências literárias de todo gênero. Sobre a fama, ele opinou o seguinte, em *Finnegans Wake*:

---

[15] JOYCE, James. *Ulisses*. Antônio Houaiss (trad.). Rio de Janeiro: Civilização Brasileira, 1998, p. 49.
[16] BUTOR, Michel, 1974, p. 143.
[17] JOYCE, James. 1998, p. 67.
[18] ELLMANN, Richard. Op. cit., p. 672.

fame would come to twixt a sleep and a wake. (fama viria tecer um sono e um despertar.) [FW 192]

A notoriedade adquirida com *Ulisses* teria permitido ao escritor, como disse, levar ao extremo a sua concepção estética e prosseguir com coerência na evolução lógica de sua técnica narrativa. O crítico e tradutor espanhol Francisco García Tortosa lança a hipótese de que Joyce não se teria atrevido a escrever um livro tão ousado se não estivesse respaldado pela celebridade que sua última publicação lhe granjeou. O fato é que Joyce nunca modificou seu modo de escrever, nem mesmo quando a crítica, após a publicação das primeiras páginas e dos capítulos iniciais de *Finnegans Wake*, mostrou-se adversa, ou quando os amigos sentiram-se forçados a lhe comunicar as suas inquietudes, principalmente no tocante à inteligibilidade do seu novo trabalho.[19]

Joyce queria mesmo, contudo, provocar no leitor o "desconcerto", levando-o ao âmago da linguagem intrincada do inconsciente. Ele parecia ainda acreditar que as polêmicas e incompreensões que circundavam sua nova obra revelavam, de certo modo, sua grandeza. Segundo Richard Ellmann, à semelhança de outros escritores modernos, como Yeats e Eliot, Joyce fazia questão de criar polêmicas, e "quanto mais controvérsia o livro provocasse, mais ele ficava contente[20]."

Em outras palavras, Joyce, depois de *Ulisses*, desejou levar ao extremo a experimentação linguística da sua prosa, e parece que o conseguiu, ao escrever as páginas do romance *Finnegans Wake*. "Nos livros anteriores Joyce forçara a literatura moderna a aceitar estilos novos, novos temas, novos tipos de trama e caracterização. No seu último livro, ele a forçou a aceitar uma nova área do ser, e uma nova linguagem."[21]

Segundo o teórico e tradutor Teixeira Coelho, "Se *Ulisses* foi o último estertor do modernismo, *Finnegans* é mais-que-moderno", uma vez que, se o primeiro livro "tem personagens, uma história, ou várias, e tem psicologia ou uma luz psicanalítica (o monólogo final de Molly), além de explorar ao máximo as velhas unidades clássicas de ação, tempo e espaço", em *Finnegans Wake* as "antigas noções de personagem e de história, ou trama", assim como de ação, espaço e tempo, não existem mais, embora ainda encontremos nesse romance, acrescento eu, uma forte crença na linguagem e um desejo de isomorfismo fundo-forma.[22]

---

[19] TORTOSA, Fransciso García. Op. cit., pp. 22-37.
[20] ELLMANN, Richard. Op. cit., p. 649.
[21] Idem, ibidem, p. 883.
[22] COELHO, Teixeira. *Moderno Pós-Moderno*. Porto Alegre: L&PM, 1986, pp. 95-98.

Concluindo a discussão a respeito da influência de *Ulisses* sobre *Finnegans Wake*, chamaria a atenção para as referências explícitas que este último faz ao primeiro, como esta frase do capítulo sete do livro I, bastante reveladora:

> to read his usylessly unreadable Blue Book of Eccles (para ler seu inutilmente ilegível Livro Azul das Eclésias) [FW 179]

Joyce se referia a *Ulisses* como o Livro Azul, alusão à cor da bandeira grega. Eclésia: é a reunião de políticos na antiga Grécia.

Em suma, *Ulisses* está presente, como uma referência obrigatória, na própria concepção da obra final, que incorpora e tenta superar o experimento artístico do romance anterior, pois *Finnegans Wake* deveria ir além de *Ulisses*.[23]

Outros fatos, somados às convicções estéticas do autor,[24] sem dúvida também contribuíram para que ele compusesse o desafio literário que é o romance. Um desses fatos seria a reação à censura puritana que o escritor sofreu durante os anos em que escrevia sua obra máxima, e a consequente luta travada por ele contra os preconceitos estéticos na área artística. Sentiu-se, assim, desafiado a explorar todas as suas convicções estéticas e filosóficas em *Finnegans Wake*.

Alguns estudiosos acreditam que Joyce tenha aproveitado a linguagem obscura de *Finnegans Wake* para escrever passagens que, se traduzidas para o inglês *standard*, ou para qualquer outra língua normatizada, seriam consideradas pornográficas ou blasfemas pelos críticos mais conservadores. Desse modo, o escritor estaria desafiando a censura, como, por exemplo, na frase abaixo:

> She can't remember half of the cradlenames she smacked on them by the grace of her boxing bishop's infallible slipper... (Ela nem se lembra de um terço dos nomes que jogou nos berços pela graça do inflalível bastão do seu bispo pugilista...) [FW 201]

Box the bishop é uma gíria inglesa que significa "masturbar".

* * *

---

[23] TORTOSA, Francisco García. Op. cit., p. 18
[24] "(...) Sua defesa de matérias contemporâneas, seu interesse pelo mito wagneriano, sua aversão às convenções, sua insistência em que as leis da vida são as mesmas sempre e por toda parte, mostram que está pronto para fundir pessoas reais com míticas, e assim tornar todos os séculos um, como em *Retrato*, *Ulisses* e *Finnegans wake* (sic)." Ver: ELLMANN, Richard. Op. cit., p. 101.

Os problemas familiares de Joyce, dentre os quais a enfermidade grave de sua filha Lucia e, a partir de 1932, a perda progressiva da visão do escritor, consequência de um glaucoma em estado avançado, já referidos, também tiveram influência sobre a elaboração de seu último livro.

Lucia Joyce, criança.

No que se refere ao papel de Lucia, sabe-se que sofria de esquizofrenia, e o estado irreversível de seu problema psíquico foi comprovado nos anos em que Joyce escrevia *Finnegans Wake*. Os problemas de saúde de Lucia atrasaram a publicação do livro, pois Joyce só pôde trabalhar com certa tranquilidade após a internação da filha, em 2 de fevereiro de 1934 (data do aniversário do escritor).

Lucia Joyce, jovem.

Para alguns críticos, as contradições e distorções da língua de Lucia, após o agravamento da doença, teriam possivelmente influenciado a linguagem do novo romance de Joyce. No entanto, não raramente o escritor invertia esse fato. Quando Jung lhe enviou uma carta comentando os rasgos esquizofrênicos de Lucia, Joyce apressou-se a rebater os comentários. Argumentou que a linguagem utilizada pela filha não era senão o reflexo do método que estava empregando em seu novo livro, *Finnegans Wake*.

Lucia, aliás, está presente no romance através de Issy, filha de Earwicker e Anna Livia, uma personagem de existência esquiva e ambígua, que se desdobra continuamente em personalidades diferentes e contraditórias. Há, além disso, constantes referências a ela na obra:

> my deepsep daughter wich was bourne up pridely out of medsdream unclouthed when I was pillowing in my brime. (minha isolitária filha que nasceu soberbamente de um sonho desanuviado quando eu estava descansando à margem). (FW 366)

Quanto ao problema de vista do escritor, considera-se que teria influenciado igualmente a linguagem do romance.

Joyce recuperando-se de uma operação na vista nos anos 1920.

Em *Finnegans Wake*, o arco-íris é citado reiteradas vezes em todo livro, e além de simbolizar a estrutura do romance, de onde brotam inúmeras ramificações, também estaria, segundo alguns críticos, relacionado com o problema de vista do escritor, uma vez que os primeiros sintomas do glaucoma se manifestam através de um arco-íris que o paciente detecta ao redor das luzes.[25]

[25] TORTOSA, Francisco García. Op. cit., p. 34.

> By that Vale Vowclose's lucydlac, the reignbeau's heavenarches arronged orranged her. (Por aqueles lucydos Vales de Vowclose, os arcossagrados do arco-íris a rodeavam e revelavam.) (FW 203)

Nessa época, já com a visão debilitada, Joyce passou a dar muita importância ao mundo sonoro: "'Sempre tenho a impressão de que é noite', confidenciou a Philippe Soupault. Mas sua audição parecia ficar mais acurada, e ele dizia ser capaz de julgar pessoas pela voz[26]."

Pode-se até afirmar, por isso, que, em *Finnegans Wake*, a audição precede a visão. Razão pela qual, aliás, o escritor aconselhava seus leitores a relerem uma passagem em voz alta quando em dúvida sobre seu significado.[27]

> If anyone doesn't understand a passage, all he need do is read it aloud. (Se alguém não entender uma passagem, tudo que deve fazer é lê-la em voz alta.)[28]

Dentre os inúmeros efeitos sonoros de *Finnegans Wake*, citaria como exemplo os "soundsenses", que são palavras compostas de centenas de letras, as quais adquirem significado quando lidas em voz alta.

Richard Ellmann contesta, no entanto, a teoria de que Joyce tivesse escrito o romance para o ouvido em decorrência do fato de não poder mais enxergar bem. Para ele, "os olhos estão fechados no *Finnegans Wake*, porque abri-los mudaria o postulado do livro",[29] uma vez que o objetivo do autor era escrever sobre um mundo noturno, onírico, e isso implicava fechar os olhos e sonhar. No início dos anos 20, Joyce "especulava sobre ruídos em sonho": o escritor afirmava que "no sono nossos sentidos estão adormecidos, exceto o sentido da audição, que está sempre desperto, pois não podemos fechar os ouvidos. Assim qualquer som que vem aos nossos ouvidos no sono se transforma em sonho[30]."

Muito embora os problemas de vista de Joyce tenham decerto influenciado a língua na qual o romance é narrado, levando o escritor a valorizar o aspecto sonoro da sua linguagem, não se deve esquecer que, na opinião do crítico Jean Schoonbroodt, o livro foi "concebido tanto para o ouvido quanto para a vista, mas conforme dois registros distintos que só se reconciliam na singularidade da mensagem emitida, e não na sua recepção, esse material mantém a percepção

---

[26] ELLMANN, Richard. Op. cit., p. 662.
[27] NORRIS, David e FLINT, Carl. *Introducing Joyce*. Cambridge: Icon Books, 1997, p. 150.
[28] SHEEHAN, Sean. *The Sayings of James Joyce*. Londres: Duckworth, 1995, p. 36.
[29] ELLMANN, Richard. Op. cit., p. 882.
[30] Idem, ibidem, p. 674.

ambígua, instala-se no mal-entendido, reinstala-se na sua duplicidade fundamental".[31]

OS INCENTIVADORES DE *FINNEGANS WAKE*

Nos diversos lugares onde morou (Dublin, Trieste, Paris, Londres e Zurique), James Joyce sempre encontrou quem incentivasse sua carreira literária, prestando-lhe diferentes tipos de auxílio. Desde a elaboração até a publicação final de *Finnegans Wake*, o escritor contou com o apoio de amigos e admiradores, que executaram para ele as mais diversas funções: Samuel Beckett não só ajudou, em pelo menos duas ocasiões, a datilografar o livro como ainda fez pesquisas sobre os temas que interessavam a Joyce — verificou, por exemplo, as possíveis permutações de um objeto — e também escreveu resenhas sobre o romance ainda em andamento. Padraic Colum auxiliou igualmente Joyce nesse período, datilografando alguns trechos do livro e oferecendo sugestões.[32] Eugène Jolas, além de publicar fragmentos do novo romance na sua revista *transition*, foi um dos organizadores de um livro de ensaios sobre o ainda inacabado *Finnegans Wake*: *Our Exagmination Round his Factification for Incamination of "Work in Progress"*, que será comentado à frente. O irmão do escritor, Stanislaus Joyce, era um leitor fervoroso, embora bastante crítico. Esses são apenas alguns poucos nomes dos muitos que poderiam fazer parte da lista de "colaboradores" de Joyce. Duas pessoas, entretanto, merecem destaque nessa lista: Sylvia Beach, sua editora, e Harriet Shaw Weaver, sua mecenas.

* * *

Sylvia Beach era uma jovem norte-americana de Baltimore que se mudara para Paris, onde administrava sua livraria, editora e café: Shakespeare & Company. Ela auxiliou Joyce a publicar *Ulisses*.

Beach admirava Joyce e desejava incluí-lo entre os escritores publicados por sua editora, centro irradiador do modernismo. Desde que passaram a trabalhar juntos, era a ele que dedicava a maior parte do seu tempo. Além disso, permitia ao escritor todos os tipos de exigências e extravagâncias, e dava-lhe plena liberdade

---

[31] LAERE, François Van "*Finnegans Wake*, Textualmente", in BUTOR, Michel (org.). *Joyce e o romance moderno*. São Paulo: Documentos, 1969, p. 137.
[32] ELLMANN, Richard. Op. cit., p. 782.

de ação. Mas, apesar de todas essas concessões feitas a Joyce, Beach ainda teve que enfrentar muitos problemas para mantê-lo ao seu lado: o escritor era importuno e inflexível, opinava sobre a qualidade do papel usado na confecção do seu livro e discutia ainda a encadernação e os tipos utilizados. Sem contar que suas correções, quase sempre ilegíveis, e as emendas feitas de memória dificultavam o trabalho dos datilógrafos, que, quando não abandonavam o emprego por este motivo, desistiam da função por ficarem "escandalizados" com os textos que lhes eram entregues.[33]

Sylvia Beach e Joyce na Shakespeare & Company.

Joyce ainda pedia a Sylvia Beach altas somas em troca de futuros direitos autorais, e sua livraria, em pouco tempo, passou a trabalhar exclusivamente para o escritor, atendendo-o não só no aspecto editorial, mas também no financeiro. Não tardou muito para que Sylvia Beach se sentisse explorada por Joyce.[34]

A primeira edição de *Ulisses* saiu em fevereiro de 1922 pela Shakespeare & Company. Os problemas entre a editora e o escritor surgiram quando Beach — após sofrer um imenso prejuízo com as publicações piratas do romance, sem falar de outras tiragens feitas por editoras que não a dela, nos Estados Unidos e Inglaterra

---

[33] O'BRIEN, Edna. Op. cit., p. 128.
[34] Em 10 de abril de 1922, Sylvia Beach propôs uma edição de mil exemplares de *Ulisses*, para ser comprada se possível adiantadamente. "Joyce receberia os espantosos direitos autorais de 66% dos lucros líquidos." (ELLMANN, Richard. Op. cit., p. 622).

— exigiu de Joyce exclusividade para publicá-lo. Em 1930, assinaram um contrato que garantia a ela todos os direitos de publicação da obra.

Beach, no entanto, tentando recuperar parte do dinheiro já investido em Joyce, passou a exigir dos editores interessados nas próximas edições de *Ulisses* um montante excessivo para publicar o livro. Apesar da notoriedade crescente do escritor nos círculos literários, ninguém aceitou pagar a soma exigida. Não demorou muito para que as novas edições de *Ulisses* fossem interrompidas e Joyce cobrasse explicações da sua editora.[35]

As desavenças entre eles cresceram e Joyce foi substituindo lentamente Sylvia Beach por Harriet Shaw Weaver, uma amiga mais generosa, segundo a concepção do escritor.

James Joyce, Adrienne Monnier (à esquerda) e Sylvia Beach (à direita).

Apesar dos atritos crescentes entre Joyce e Beach, o escritor nunca chegou a romper definitivamente com ela, pois era-lhe grato:

Tudo o que ela fez foi me dar de presente os dez melhores anos de sua vida.[36]

Sylvia Beach publicou fragmentos de *Work in Progress* e, mais tarde, Joyce ofereceu a ela a publicação integral de *Finnegans Wake*. Beach, entretanto, não se sentiu capaz de realizar tal empreendimento, pois, no início dos anos 1930, sua saúde estava debilitada, a depressão econômica baixara suas vendas e, de certo modo, ainda estava aborrecida com Joyce.[37]

---

[35] BEJA, Morris. *James Joyce: A Literary Live*. Dublin: Gill and Macmillan, 1992, p. 95.
[36] ELLMANN, Richard. Op. Cit., p. 803.
[37] Idem, ibidem.

***

A inglesa Harriet Shaw Weaver havia sido uma das responsáveis pela publicação em série de episódios de *Retrato de um artista quando jovem* (1916) na revista de vanguarda inglesa *The Egoist*, em 1913, quando a obra ainda era inédita, e, a partir desta época, passou a reservar a Joyce uma soma regular que poderia ser retirada mensalmente pelo escritor.

Ao contrário de Sylvia Beach, Weaver não pretendia reaver parte do dinheiro investido em Joyce: sua intenção era unicamente proporcionar ao escritor uma certa tranquilidade para que pudesse escrever sua obra, que ela admirava. Essa intenção original, no entanto, ampliou-se e não tardou para que Weaver passasse a ajudar também nas despesas familiares de Joyce: não só financiou as numerosas operações de vista do escritor como também suas viagens de lazer e a estada dele e de sua família em hotéis de Paris, nos anos em que lá viveram (entre as décadas de 20 e 30). Com o passar dos anos, contrariando os conselhos dos seus advogados e amigos, passou a lançar mão de seu próprio capital para satisfazer os desejos de Joyce: "Ela suportou a ira de seus advogados, que não compreendiam sua imprudência, e os escárnios de amigos, que se admiravam com (*sic*) essa indulgência[38]."

Harriet Shaw Weaver.

[38] O'BRIEN, Edna. Op. cit., p. 141.

Segundo os biógrafos de Joyce, Weaver nutria pelo escritor um sentimento que ia além da admiração intelectual, por isso nada lhe exigia em troca do auxílio financeiro. Mantinham, no entanto, um relacionamento quase impessoal, pois o contato entre eles era feito sobretudo através de troca de correspondências (ela morava em Londres e Joyce entre a capital inglesa e Paris, sendo que, a partir de 1940, exilou-se em Zurique). Quando se encontravam, mantinham todas as formalidades.[39]

Weaver, entretanto, não deu a Joyce apenas apoio financeiro. Quando o escritor afastou-se de Beach, coube a ela assumir parte da responsabilidade pela publicação de sua obra. Antes disso, ela já havia contribuído para a divulgação de seus livros: além da publicação em série de *Retrato do artista quando jovem*, fato já mencionado, Weaver encomendou, em 1922, à Egoist Press, uma tiragem de dois mil exemplares de *Ulisses*, então proibido na Inglaterra, os quais foram distribuídos clandestinamente nas livrarias particulares do país.

Quando iniciou a redação de *Finnegans Wake*, Joyce passou a enviar regularmente a Harriet Weaver glossários, tabelas de explicação e pequenos enigmas verbais que pretendia usar no livro. Pedia que ela opinasse a respeito do seu novo projeto literário e que lhe enviasse temas de sua preferência, para que ele pudesse desenvolvê-los.

Foi, sobretudo, a partir da publicação de fragmentos do ainda *Work in Progress* em alguns jornais e revistas que a ligação entre os dois se tornou mais sólida. A dependência de Joyce em relação a Weaver crescia à medida que seus inimigos e alguns amigos repudiavam o novo livro, incomodados com sua linguagem e sua estrutura. Assim, além do apoio financeiro de sua protetora, Joyce também acabou recebendo dela apoio intelectual, uma vez que necessitava da ajuda de amigos/admiradores para fazer a defesa de seu trabalho, então em andamento.

O experimentalismo radical de *Finnegans Wake*, contudo, abalou até mesmo sua fiel protetora. Ela acabou desaprovando a "obscuridade" do livro, bem como seus trocadilhos abundantes. Em 4 de fevereiro de 1927, Weaver escreveu a Joyce:

> ...mas sou feita de tal modo que não me interesso muito pela produção de seu Atacado de Trocadilhos de Segurança nem pelas escuridões e ininteligibilidades de seu sistema de linguagem deliberadamente emaranhado. Parece-me que você desperdiça seu gênio.[40]

---

[39] Idem, ibidem, p. 143.
[40] ELLMANN, Richard. Op. cit., p. 728.

Apesar disso, não retirou seu apoio financeiro a Joyce e o ajudou na publicação e divulgação de seu último romance. Manteve-se, assim, sempre fiel ao escritor irlandês.[41]

PUBLICAÇÃO E RECEPÇÃO DE *FINNEGANS WAKE*

> "Why should I write anything else?
> Nobody reads this book."
> (*Finnegans Wake*)
>
> *James Joyce*

Como Joyce guardava em sigilo o título definitivo do seu romance (até pouco antes da sua publicação integral, apenas sua mulher Nora Joyce conhecia-lhe o título), fragmentos da sua nova obra, que começaram a aparecer em revistas e jornais, a partir de 1924, à medida que o escritor lentamente os ia escrevendo, receberam o título provisório de *Work in Progress*.[42] O romance foi lançado na íntegra, finalmente, em 4 de maio de 1939, pelas editoras Faber and Faber (Londres) e Viking Press (Nova York). Os problemas com a censura não tardaram a surgir: o capítulo VIII do livro — intitulado "Anna Livia Plurabelle" —, por exemplo, que se tornaria o mais famoso da obra, foi censurado na Inglaterra.

Além disso, a linguagem do romance, "incompreensível" para a maioria dos leitores, criou um problema conflitante para os críticos, uma vez que, se por um lado, a singularidade linguística e poética da obra tornava o texto interessante, por outro lado sua aparente falta de sentido e o consequente fracasso em comprazer o desejo de entendimento imediato do leitor fomentavam hostilidade.

O primeiro "ataque" de uma pessoa "íntima ao *Finnegans Wake*" partiu do irmão de Joyce, Stanislaus. Em 7 agosto de 1924, Stanislaus escreveu ao irmão:

> Recebi um fascículo do seu romance ainda sem nome na *transatlantic review* (sic). Não sei se o palavreado debiloide sobre metade de um chapéu de baile e banheiros modernos de senhoras (praticamente as únicas coisas que entendi nessa

---

[41] Para Joyce, a Srta. Weaver jamais desistiria de ajudá-lo. Na opinião do escritor: "ela fora enviada para a sua vida pelo espírito oficiante de Homero, uma vez que seu nome (Weaver, em inglês, quer dizer tecelão) sugeria o tecer e destecer da tapeçaria de Penélope". (Como se sabe, Penélope foi eternamente fiel a Ulisses.) (O'BRIEN, Edna. Op. cit., p. 153.)

[42] O título *Work in Progress* foi adotado por Joyce em 1924, quando Ford Madox Ford publicou, em abril do citado ano, um fragmento da obra do escritor num suplemento literário de trabalhos em andamento da revista *transatlantic review* (sic), intitulado "Work in Progress". Joyce gostou do título e passou a usá-lo para referir-se ao seu novo livro, conferindo a Ford o apadrinhamento do título provisório de seu último romance. (ELLMANN, Richard. Op. cit., p. 694.)

produção de pesadelo) é escrito com a intenção deliberada de dar uma rasteira no leitor ou não. (...) Eu, de minha parte, não leria mais um parágrafo daquilo se não conhecesse você.[43]

Até então, "a maioria de seus amigos tinha evitado fazer comentários sobre as primeiras seções do livro, esperando que houvesse mais dele disponível; mas quando perceberam que era quase todo escrito em *calembours* (trocadilhos), ficaram perplexos, depois irritados, e finalmente indignados, tristes ou irônicos[44]."

Paradoxalmente, contudo, a "estranheza" da linguagem de *Work in Progress*, à medida que enfurecia a crítica e os leitores, também estimulava sua divulgação, graças às controvérsias e polêmicas surgidas. Mesmo assim, Joyce sabia que era necessário repelir as críticas negativas e legitimar o novo modelo de romance criado. Para tanto, o escritor contou com o apoio de Eugène Jolas, um grande aliado desde os primeiros anos da composição de *Finnegans Wake*; Jolas considerava essa obra o mais importante documento sobre a "revolução da palavra", e por isso decidiu publicar fragmentos dela em *transition*, revista editada por ele.[45] Jolas também estimulou Joyce a conceber um plano estético e intelectual que fizesse seu novo romance dialogar com outros movimentos da vanguarda da época. Começou a esboçar-se, assim, a primeira defesa de *Finnegans Wake*, por meio de um livro de crítica, que foi supervisionado pelo próprio Joyce, o qual recebeu o título de *Our Exagmination Round his Factification for Incamination of Work in Progress* (Nosso Exagme em torno da sua factificação da incaminação de Obra em realização (*sic*)).[46] Esse livro foi publicado pela Shakespeare & Company em 1929 e continha críticas favoráveis a Joyce, escritas por vários colaboradores escolhidos pelo amigo Jolas, que também escreveu um texto: Samuel Beckett, Marcel Brion, Frank Budgen, Stuart Gilbert, Victos Llona, Robert McAlmon, Thomas McGreevy, Elliot Paul, John Rodker, Robert Sage e William Carlos Williams.[47] Assim, "o livro tinha doze autores, como os doze fregueses do bordel de Earwicker, ou os doze apóstolos de Cristo[48]."

A estratégia dos amigos de Joyce alcançou um efeito positivo, pois eles não só desacreditaram as críticas mais negativas feitas ao livro, respondendo ao mesmo tempo possíveis dúvidas que os leitores pudessem levantar, como também mudaram a opinião de muitos críticos de Joyce. Os ensaios acerca do romance legitimaram

---

[43] ELLMANN, Richard. Op. cit., pp. 712-713.
[44] Idem, p. 718.
[45] NORRIS, Margot, in ATTRIDGE, Derek (org.), p. 173.
[46] ELLMANN, Richard. Op. cit., p. 755.
[47] Idem, p. 756.
[48] Idem, ibidem, p. 756.

o experimentalismo do escritor, por meio de noções oriundas da linguística, da teoria literária, da filosofia etc.[49]

Joyce, por sua vez, parecia decidido a incorporar a crítica feita por seus amigos à sua nova obra: a opinião deles seria uma espécie de capítulo extratextual de *Work in Progress* e, por essa razão, ele desejava controlar pessoalmente o trabalho dos colaboradores.

Our Exagmination Round his Factification for Incamination of Work in Progress é mencionado, aliás, na página 284 de *Finnegans Wake*: "Imagine the twelve deaferended dumbbawls of the whowl abovebeugled to be the continuation through regeneration of the urutteretion of the world in pregross"("Imagine as doze diferenciadas idiotices de todos o acima vociferado pra ser a contonuação através da regeneração da urruteração da obra em pregrosso).[50]

Após a publicação de *Finnegans Wake*, em 1939, os ensaios sobre o romance se multiplicaram. Nas quatro primeiras décadas, foram publicados guias para leitores do romance, pequenas versões facilitadas do livro e estudos dos mais variados tipos.

O primeiro estudo importante sobre o romance de Joyce foi *A Skeleton Key to Finnegans Wake*, de Joseph Campbell e Henry Morton Robinson, publicado em 1944. Essa obra, que procura desvendar o fundamento mítico do livro, continua sendo, ainda hoje, uma referência obrigatória para quem adentra o sonho joyciano.

Joyce e seus amigos, desenho de F. Scott Fitzgerald, 1928.

[49] NORRIS, Margot, 1997, p. 174.
[50] Tradução de Donaldo Schüler.

Segundo Margot Norris, os estudos mais atuais sobre o romance, muito embora sejam variados, não abarcam toda a complexidade da obra.[51] Talvez por isso Derek Attridge tenha concluído que é preciso repensar a posição de *Finnegans Wake*, a fim de situá-lo como "centro" da história da literatura, graças à multi-plicidade de linguagens e de interpretações que gera.[52]

Se Joyce desejava deixar os críticos ocupados em decifrar *Finnegans Wake* pelos próximos trezentos anos, segundo ele mesmo declarou, parece que está conseguindo.[53] No entanto, se ainda hoje os estudos acerca do livro se multiplicam, Joyce morreu (Zurique, 1941) ciente da indiferença do mundo para com *Finnegans Wake*. Os grandes estudos sobre o romance são posteriores ao final da Segunda Guerra.

O ano de publicação do romance, 1939, coincidiu com o início da Segunda Guerra Mundial. Se nesse momento os leitores estavam ocupados com os problemas políticos e sociais da época, finda a guerra esses mesmos leitores buscaram outras referências que pudessem explicar o conflito que haviam vivenciado. Deste modo, *Finnegans Wake* foi, por um longo período, deixado à margem. O próprio autor estava consciente de que a guerra seria, mais uma vez, sua grande rival. A publicação de *Retrato de um artista quando jovem* já havia sofrido os efeitos negativos da Primeira Guerra Mundial:[54]

> É melhor eles se apressarem. A guerra vai irromper, e ninguém mais lerá meu livro.[55]

As palavras de Joyce, citadas acima, são sintomáticas. Poucos autores foram tão obstinados como ele em divulgar seus livros, ainda que muitas vezes lhe faltasse pragmatismo:

> Ele ia todos os dias à loja da Srta. Beach saber de novos subscritores, acariciar a lista, embrulhar os livros para o correio e sugerir planos alucinados e irrealistas para anunciá-lo.[56]

Seu interesse em ser lido e admirado levava-o não só a incentivar as traduções de suas obras como também a colaborar com os tradutores, sendo um exemplo a

---

[51] NORRIS, Margot, in ATTRIDGE, Derek (org.), p. 176.
[52] Idem, ibidem, p.176-7.
[53] O'BRIEN, Edna. Op. cit., p. 16.
[54] ELLMANN, Richard. Op. cit., pp. 496-7.
[55] Idem, ibidem, p. 887.
[56] O'BRIEN, Edna. Op. cit., p. 131.

primeira versão francesa de fragmentos de *Finnegans Wake*,[57] feita a várias mãos por Samuel Beckett, Paul-L. Léon, Eugène Jolas, Ivan Goll e Philippe Soupault, sob a supervisão de Joyce.

O certo é que "James Joyce talvez tenha sido, em nosso século, o escritor que recebeu a consagração mais imediata e duradoura", conforme disse Leyla Perrone-Moisés, "primeiramente por alguns de seus pares e contemporâneos, em seguida, pelos numerosos escritores que sofreram sua influência e, finalmente, pela crítica especializada[58]."

Correção de uma página de Finnegans Wake *feita por James Joyce. Coleção de Maria Jolas.*

FINNEGANS WAKE NO BRASIL: DA TRADUÇÃO DE FRAGMENTOS À OBRA COMPLETA

No Brasil, a publicação dos primeiros fragmentos de *Finnegans Wake* em português datam de 1962, quando Augusto e Haroldo de Campos publicaram *Panaroma do Finnegans Wake*, uma edição não comercial, com excertos da obra de Joyce.

---

[57] BOUCHET, André du. *Du Monde Entier James Joyce — Finnegans Wake*. Paris: Gallimard, 1962.
[58] PERRONE-MOISÉS, Leyla. *Altas literaturas*. São Paulo: Companhia das Letras, 1998, p. 128. A crítica brasileira Leyla Perrone-Moisés enumerou as qualidades estéticas da obra de Joyce que mais atraíram os escritores modernos: "a concisão, a capacidade de dizer muito em poucas palavras (e, no caso de *Finnegans Wake*, em cada palavra). A abrangência e a coerência interna de seu universo. A pluralidade de línguas, de estilos, de vozes e de sentidos. O valor crítico de suas sátiras. A novidade espantosa de sua técnica romanesca. A universalidade obtida a partir do particular, do regional". Idem, p. 141.

Essa primeira "transcriação" de trechos do *Finnegans Wake* precedeu a tradução de *Ulisses*, feita por Antônio Houaiss (1966), tendo exercido, segundo Haroldo de Campos, "evidente influxo sobre ela, com o impacto de sua fatura criativa e transgressora da norma comum (influenciou, também, *Tutameia*, de Guimarães Rosa, de 1967, como a crítica mais alerta o tem reconhecido)".[59]

Em 1971, a tradução dos irmãos Campos foi reeditada e reformulada: cinco novos fragmentos foram acrescentados à antologia e alguns outros foram expandidos, consistindo de trechos extraídos das páginas 3, 13, 143, 157/159, 182/184, 189/190, 196, 202, 206/207, 214/216, 226, 244, 556, 559, 561 e 627/628 da edição *standard* de *Finnegans Wake*.

As modificações feitas à primeira edição do livro foram necessárias devido aos "numerosos acréscimos de importância", tanto na biografia de Joyce quanto no empenho de traduzir sua obra para diferentes línguas.[60]

O *Panaroma do Finnegans Wake* mereceu elogios dentro e fora do país. Em 1981, em um simpósio sobre tradução, o americano David Hayman, um dos maiores especialistas em Joyce, referiu-se à tradução brasileira dos fragmentos do último romance do escritor irlandês como "a mais ambiciosa tentativa, até a presente data", e também "um modelo para o trabalho futuro".[61]

Em 2001, os Campos chegaram à quarta edição de *Panaroma*, expandindo a tradução de alguns fragmentos do romance e acrescentando novos trechos de *Finnegans Wake*. Além disso, dois novos ensaios sobre o romance de Joyce, assinados pelos tradutores, integram o volume.

Da publicação dos primeiros fragmentos traduzidos pelos irmãos Campos ao início de uma tentativa de tradução completa do último livro de Joyce, mais de duas décadas se passaram.

Somente em 1999 os leitores brasileiros tiveram acesso à tradução integral do primeiro capítulo do romance, um ousado empreendimento de Donaldo Schüler, professor aposentado de literatura grega da Universidade do Rio Grande do Sul.

Inspirado, talvez, pelo próprio Joyce, Schüler optou por fazer de sua tradução um *Work in Progress*, publicando-a em capítulos separados, lançados anualmente — o quinto e último volume saiu em 2003. Assim, cinco livros compõem a versão brasileira de *Finnegans Wake*, ou *Finnicius Revém* (título criado, aliás, pelos irmãos Campos e adotado por Schüler). A ousadia da tradução rendeu a Schüler,

---

[59] CULT - REVISTA BRASILEIRA DE LITERATURA. São Paulo. Ano III, n. 31, p. 57.
[60] CAMPOS, Haroldo e Augusto de. *Panaroma do Finnegans Wake*. São Paulo: Perspectiva, 1971, p. 17.
[61] CULT - REVISTA BRASILEIRA DE LITERATURA, op. cit., p. 57.

em 2004, o prêmio Jabuti de melhor tradução. Se a tradução parcial dos irmãos Campos parece mais fiel ao espírito da poderosa música verbal do escritor irlandês, a tradução de Schüler revela, no entanto, o arcabouço mítico da obra, algo que é tão fundamental quanto a música.

FINNEGANS WAKE: ASPECTOS GERAIS

"Lovesoftfun at Finnegan's Wake" [FW 607]

Finnegans Wake deve seu título e, em parte, também seu tema e sua motivação estrutural a uma balada popular conhecida como "Finnegan's Wake" (escrita com apóstrofo, o qual foi eliminado por Joyce ao usar a mesma expressão para nomear seu romance), de origem incerta, mas alguns estudiosos acreditam que seja uma balada americano-irlandesa,[62] talvez surgida no século XIX no mundo do "music-hall".[63]

A balada conta a história de Tim Finnegan, um servente de pedreiro e amante do uísque[64] que, certa feita, cai de uma escada e quebra a cabeça. Seu velório, tipicamente irlandês, é festejado com uísque. Passado algum tempo, inicia-se uma briga e, no meio do tumulto, gotas da bebida caem sobre Tim Finnegan, que, então, retorna à vida.

FINNEGAN'S WAKE[65]
Tim Finnegan lived in Walkin Street,
A gentleman Irish mighty odd.
He has a tongue both rich and sweet,
An'to rise in the world he carried a hod
Now Tim had a sod of a tipplin' way,

With the love of the liquor he was born,
An' to help him on with his work each day,
He'd a drop of the craythur every morn.

Chorus

---

[62] NORRIS, David e FLINT, Carl. Op. cit., p. 157.
[63] TORTOSA, Francisco García. Op. cit., p. 40.
[64] Em irlandês, whisky — *uisce beatha* — significa água da vida. (NORRIS, David e FLINT, Carl. Op. cit., p. 158.)
[65] *O Velório de Finnegan*. Tim Finnegan vivia na Walkin Street, / Um cavalheiro irlandês bastante esquisito./ Ele tinha uma língua a um tempo rica e doce, / E para vencer na vida carregava um balde. / Agora Tim tinha uma espécie de jeito de cambalear, / Nascera com amor ao álcool, / E para ajudá-lo com seu trabalho todo dia, / Tomava uma gota de aguardente toda manhã. CORO: O que fez (sic) aí, dance com seu

Whack folthe dah, dance to your partner,
Welt the flure, yer trotters shake,
Wasn't it the truth I told you,
Lots of fun at Finnegan's wake. [66]

* * *

One morning Tim was rather full,
His head felt heavy which made him shake,
He fell from the ladder and broke his skull,
So they carried him home his corpse to wake,
They rolled him up in a nice clean sheet,
And laid him out upon the bed,
With a gallon of whiskey at his feet,
And a barrel of porter at his head.

His friends assembled at the wake,
and Mrs. Finnegan called for lunch,
First they brought in tay and cake,
Then pipes, tobacco, and whiskey punch.
Miss Biddy O'Brien began to cry,
'Such a neat clean corpse, did you ever see,
Arrah, Tim avourneen, why did you die?'
'Ah, hould you gab,' said Paddy McGee.

---

parceiro, / Levante-se, sacuda as pernas, / Não era verdade o que lhe contei, / Muito divertido o Velório de Finnegan. / Certa manhã Tim estava bastante lotado (sic), / Sua cabeça pesada que o fazia tremer, / Ele caiu da escada e quebrou a cabeça, / E levaram para casa seu cadáver para velar, / Enrolaram-no num belo lençol limpo, / E o deitaram na cama, / Com um galão de uísque aos pés, / E uma barrica de porto (sic) na cabeça. / Seus amigos reuniram-se no velório, / E a sra. Finnegan chamou para o almoço, / Primeiro trouxeram chá e bolo, / Depois cachimbos, tabaco e ponche de uísque, / A srta. Biddy O'Brien começou a chorar, / "Um cadáver tão bonito e limpinho, vocês já viram / Ah, Tim por que você foi morrer?" / "Ora cale o bico", disse Paddy McGee. / Então Biddy O'Connor tomou a tarefa, "Biddy", diz ela, "estou certa de que você está errada", / Mas Biddy meteu-lhe a cinta na cara / E deixou-a esparramada no chão; / Ah, então logo se desencadeou a guerra; / Era mulher com mulher e homem com homem, / A lei engajou todo mundo / E logo começou uma correria e confusão. / Então Micky Malone ergueu sua cabeça / Quando um caneco de uísque voou contra ele, / Mas errou e caindo na cama, / A bebida espalhou-se sobre Tim; / Logo ele ressuscita, vejam como se levanta, / E Timothy erguendo-se da cama, Diz, "Rodem seu uísque como brasas, Almas do demônio, pensam que estou morto?" (Tradução de Lya Luft. ELLMANN, Richard. Op. cit., pp. 670-671.)

[66] A tradução de Haroldo de Campos para o refrão de *Finnegan's Wake*, publicada no livro *Joyce no Brasil*, uma edição comemorativa do 10º Bloomsday realizado em São Paulo, é a seguinte: "Dama e cavalheiro formem par/ Falo a verdade, toca a dançar,/ Um forró dos bons vai ter início:/ Farra à beça no bar do Finnicius". Existe outra tradução do mesmo refrão, assinada por Marcelo Tápia, que cita, conforme ele esclarece, "elementos da 'tradução adaptativa' de Haroldo de Campos": "Agora bate pra dan, dan, dança para alguém, / Rasta rasta pé e trote trote tem, / Vê só se não foi como eu te falei, / Farra à beça no forró do Finnicius que revém" (*Irish Dreams / Sonhos irlandeses*. Edição comemorativa do Bloomsday 2000. Ed. Olavobrás/ABEI, p. 20).

>Then Biddy O'Conoor took up the job,
>'Biddy,' says she, 'you're wrong, I'm sure,'
>But Biddy gave her a belt in the gob,
>And left her sprawling on the floor;
>Oh, then the war did soon enrage;
>'Twas woman to woman and man to man,
>Shillelagh law did all engage,
>And a row and a ruction soon began.
>
>Then Micky Malone raised his head,
>When a nogging of whiskey flow at him,
>It missed and falling on the bed,
>The liquor scattered over Tim;
>Bedad he rivives, see how he rises,
>And Timothy rising from the bed,
>Says, 'Whirl your liquor round like blazes,
>Thanam o'n dhoul, do ye think I'm dead?'

Nessa balada podemos encontrar alguns elementos que serão desenvolvidos no livro de Joyce, tais como: o enredo cíclico, a morte e a ressurreição do herói, a comicidade como tom geral e uma mescla de ingredientes lúdicos e obscenos, além da descrição de um ritual funerário tipicamente irlandês.[67] O título do seu último romance, ao remeter a essa canção, é portanto bastante revelador, e foi talvez por isso que o autor o manteve em segredo, como se sabe, até pouco antes da publicação da obra.[68]

---

[67] TORTOSA, Francisco García. Op. cit., p. 40.
[68] "Naquele verão de 1938 Joyce teve que entregar a alguns de seus amigos de Paris, embora nem para a Faber & Faber nem a Viking Press, o único segredo sobre seu livro que desejava guardar um pouco mais, seu título. Seguidamente oferecera um desafio aos íntimos para que adivinhassem qual seria, e Beckett, Léon e Jolas tinham tentado e falhado, como a srta. Weaver antes deles. Certa noite de julho, no terraço do Fouquet, Joyce repetiu sua oferta em troca de várias garrafas de Riesling. A Sra. Joyce começou a cantar uma canção irlandesa sobre sr. Flannigan e o sr. Shannigan. Joyce, surpreso, pediu que parasse. Quando viu que não fizera nenhum mal, ele, muito claramente, como um cantor faz, fez movimentos labiais que pareciam indicar *F* e *W*, Maria Jolas adivinhou, "Fairy Wake", Joyce pareceu espantado e disse: "Bravo! Mas falta uma coisa. Os Jolas refletiram alguns dias, e de repente, na manhã de 2 de agosto, Eugene Jolas viu que o título deveria ser *Finnegans wake* (sic). No jantar daquela noite ele lançou as palavras no ar, e Joyce empalideceu. Lentamente baixou o cálice de vinho que segurava: "Ah, Jolas, você tirou alguma coisa de mim", disse ele quase tristemente, depois ficou bastante alegre. Quando se separaram naquela noite, Jolas escreveu mais tarde: "Ele me abraçou, dançou alguns daqueles seus passos intrincados, e perguntou: 'Como quer ter o dinheiro?'" Jolas respondeu: "Em sous", e na manhã seguinte Joyce chegou com uma bolsa cheia de moedas de dez francos, que instruiu as filhas de Jolas para servirem ao pai no almoço. Mas pediu que os Jolas jurassem segredo até que ele escrevesse 'o ponto final, embora não exista nenhum'". (ELLMANN, Richard. Op. cit., pp. 872-873.)

Assim, Jean-Michel Rabaté pôde afirmar que a canção "Finnegan's Wake" é uma "narração arquetípica da ressurreição, a balada mergulha de maneira emblemática no mundo do folclore que serve de matéria-prima a Joyce".[69]

Diria, porém, citando as palavras de Campbell e Robinson, que na composição do livro "o divertido episódio de Finnegan é apenas o prólogo de uma ação maior.[70]"

Essa é também a opinião do romancista e crítico Michel Butor, para quem "a história de Finnegan, que dá seu nome ao livro, se apresenta sob uma enorme amplificação e dá nascimento a muitas outras espécies de narrativas, através das quais se discernem pouco a pouco as constantes que definirão H.C.E.",[71] sendo H.C.E. o herói do romance de Joyce.

Além disso, o título do romance, *Finnegans Wake*, escrito sem o apóstrofo, que o título da balada possui, sugere uma ambiguidade, podendo significar tanto a morte de Finnegan quanto a ressureição de todos os Finnegans (em inglês, o verbo *to wake* significa despertar, acordar, velar (morto) ou ressuscitar).[72]

James Joyce com seu filho Giorgio. "A balada de Finnegan", que teria dado origem ao romance de Joyce.

[69] RABATÉ, Jean-Michel. *James Joyce*. Paris: Hachette Supérieur, 1993, p. 180.
[70] CAMPBELL, Joseph e ROBINSON, Henry Morton. *A Skeleton Key to Finnegans Wake*. Nova Iorque: Buccaneer Books, 1976, p. 15.
[71] BUTOR, Michel, op. cit., p. 163.
[72] O título do romance foi traduzido por Haroldo e Augusto de Campos por *Finnicius revém* (sic). Esta tradução, como se viu, foi adotada por Donaldo Schüler, que a explica da seguinte forma: "Ouvem-se em *Finnegans Wake* sonoridades do idioma que uniu o Ocidente, o latim do império romano: *finis* (fim) aposto a *again* para anunciar a circularidade viconiana. O componente latino induz os irmãos Campos à tradução *Finnicius Revém*. Ao passar pelo francês (*rêve* - sonho), o título traduzido sustenta a substância onírica do romance. O tradutor romanceia na esteira do original. Oportuno é recordar, na composição do título, a expressão latina *fines fluviorum*, as desembocaduras dos rios. Podemos ignorar *fin* (fim), substantivo francês que rima com *revém*, vínculo sonoro de princípio e conclusão?" (JOYCE, James. *Finnegans Wake/ Finnicius Revém* –

Aliás, Tim Finnegan, o personagem da balada, é substituído logo no início do romance (páginas 24 a 29), por H.C.E., ou Humphrey Chimpden Earwicker, ou Haveth Childers Everywhere, ou tantos outros nomes conferidos a ele — todos conservam, entretanto, as três letras iniciais, H.C.E. ('Here Comes Everybody' ou, na tradução de Donaldo Schüler, 'O Homem a Caminho Está'[73]), o novo protagonista do romance, que dominará, daí por diante, a história, e representa, ou pretende representar, toda a humanidade, e não apenas Tim Finnegan.

Quanto ao nome de Tim Finnegan, ele pode ser associado, como afirmou o próprio Joyce e reconhecem os críticos, ao nome do herói nacionalista, o gigante Finn MacColl, líder dos guerreiros irlandeses, os fenianos.[74] Diz a lenda que o herói, enterrado em Howth, tinha uma "estrutura tão imensa que a cabeça ficava num lugar, a barriga em outro e os pés em Phoenix Park".[75] Lembro que, no romance de Joyce, o cabo de Howth e o Parque Phoenix são dois dos três cenários da história. Desse modo, Finn MacColl insere-se no romance a partir do nome do personagem Tim Finnegan, sendo ambos encarnações de H.C.E.

Segundo a lenda irlandesa, Finn MacColl foi abandonado por sua esposa, Grania, que depois de embebedar o herói fugiu com um dos seus melhores guerreiros. Esse episódio ressoa no romance de Joyce, trazendo à tona, por associação, outras lendas análogas, como, por exemplo, a lenda de Tristão e Isolda e a história de Lancelot e Guinevere, mulher do rei Arthur, dentre outras. Na verdade, Finn MacColl parece representar, no romance, todos os heróis, desde Thor, Prometeu, Cristo, Buda etc.[76]

Sob o nome de Tim Finnegan, pode-se perceber uma série de alusões míticas; por isso, sua morte e ressurreição, segundo Donaldo Schüler, "entra no rol de outras: a de Lúcifer, a de Adão, a de Roma, a de Humpty Dumpty, a de Charles Stewart Parnell, a do rei Arthur, a de Tristão, a de Noé embriagado, a da chuva, a queda diária de todos os homens sem excluir o colapso da bolsa de Wall Street. Quedas e restaurações movem o universo[77]." No universo de *Finnegans Wake*, essas constantes quedas e ressurreições remetem, entre outras

---

Capítulo 1, Donaldo Schüler (trad.). São Paulo: Ateliê, 2000, pp. 15-16). Teixeira Coelho propôs, no seu livro *Moderno Pós-Moderno*, a seguinte tradução: *Finnicius Revela*, que reformula a de Augusto e Haroldo de Campos. (COELHO, Teixeira. Op. cit., p. 98.)

[73] Haroldo de Campos, em artigo "Joyce revém", publicado na revista *Cult - Revista Brasileira de Literatura*, São Paulo, ano III, n. 31, sugere a seguinte tradução para 'Here Comes Everybody': Heis Cadaqual Evém.

[74] TORTOSA, Francisco García. Op. cit., p. 43.

[75] O'BRIEN, Edna. Op. cit., p. 148.

[76] CAMPBELL, Joseph e ROBINSON, Henry Morton. Op. cit, p. 14.

[77] JOYCE, James. *Finnegans Wake / Finnicius Revém – Capítulos 2, 3* e *4*, Donaldo Schüler (trad.). Cotia: Ateliê, 2000, p. 15.

tantas ideias, à fênix, o pássaro sagrado do Egito que ressurge das próprias cinzas: no romance, essa figura mítica é representada pelo parque Phoenix de Dublin. Situado à margem do rio Liffey, o parque, além de abrigar os pés do legendário gigante Finn MacColl, segundo a lenda já citada, é também o cenário de um misterioso delito cometido por H.C.E. Fora da ficção, o parque Phoenix é o lugar onde Lord Frederick Cavendish e T.H. Burke, membros do governo britânico, foram assassinados em 1882 por rebeldes irlandeses, fato atribuído ao político anglo-irlandês e líder nacionalista Charles Stewart Parnell (1846-91), o qual, envolvido num escândalo de adultério, teve que renunciar ao seu cargo, transformando-se, mesmo assim, em herói mítico que, como tal, também ressurge depois de morto.

Essas ressurreições contínuas de personagens fictícios e míticos, essas sobreposições de fatos históricos e lendários, unindo e confundindo o passado e presente num movimento circular, explicitam, no romance de Joyce, uma concepção cíclica da história, a qual já está inscrita em germe na balada sobre o pedreiro Tim Finnegan. Como se verá adiante, Joyce retirou parte substancial de sua concepção cíclica da história das ideias do filósofo italiano Giambattista Vico (1668-1744).

HISTÓRIA, MITO E SONHO

Segundo Campbell e Robinson, "*Finnegans Wake* é um estranho livro, um misto de fábula, sinfonia e pesadelo — um monstruoso enigma a acenar imperiosamente dos abismos sombrios do sono. Sua mecânica assemelha-se à de um sonho, um sonho que libertou o autor das necessidades da lógica comum, possibilitando-lhe comprimir todos os períodos da história, toda as fases do desenvolvimento individual e racial, em um desenho circular, de que cada parte é começo, meio e fim[78]."

Para Joyce, *Finnegans Wake* era uma espécie de "história universal" que misturava fatos verídicos e fábulas, transcorrendo num universo ao mesmo tempo cômico e onírico. O escritor concebeu o livro, conforme informou a um amigo no início da sua escritura, como um sonho — com todas as suas imprecisões e incoerências —, o sonho do gigante Finn MacColl que, deitado moribundo à margem do rio Liffey (rio que corta a cidade de Dublin e estende-se para fora

---

[78] CAMPOS, Augusto e Haroldo de. Op. cit., p. 106.

dela), observa a história da Irlanda e do mundo, seu passado e futuro ("Macool, Macool, orra whyi deed ye diie?" ["Macool, Macool, porra, porquiski ocê murreu?"] [FW 6.13]).[79]

De fato, se o livro começa narrando a morte e ressureição de Tim Finnegan, logo depois se configura como o relato de um sonho, no qual o herói H.C.E. (uma reencarnação de Tim Finnegan e Finn MacColl) surge para substituir o pedreiro bêbado, mas assume, a partir daí, diferentes nomes. Além disso, H.C.E. está rodeado de vários outros personagens, os quais podemos agrupar em uma família.

Em linhas gerais, os membros da família Earwicker são os seguintes: Humphrey Chimpden Earwicker — dono de uma taverna e conhecido como H.C.E. (Here Comes Everybody), um personagem que espelha todos os homens, todos os mitos etc.; Anna Livia Plurabelle — mulher de Earwicker, representa todas as mulheres e sua natureza contém todas as virtudes e defeitos no mais alto grau; seus filhos gêmeos: Shem — um escritor rebelde, autor de livros pornográficos, incrédulo e apátrida, mas bondoso; Shaun — ao contrário do irmão, é um representante da ordem e da justiça inflexível, atraente, sabe utilizar a retórica em proveito próprio e trabalha com esmero e constância; e sua filha Issy ou Isobel, que simboliza a beleza, a inocência, a luxúria, a bondade e a astúcia, e é o objeto de desejo inconfessado dos irmãos e do pai.

Alguns críticos situam o sonho joyciano, no qual se inserem todos os acontecimentos do romance, entre a noite de sábado, dia 18 de março de 1922, e a madrugada de domingo, dia 19, abarcando, portanto, desde o entardecer — ou as primeiras horas da noite — até o amanhecer do dia seguinte.[80] Para outros especialistas, entretanto, não é possível saber exatamente quando o sonho acontece: a noite narrada no romance pode ser tanto a noite de sábado para domingo, de um dia e ano indeterminados, quanto a noite de segunda-feira, adentrando na madrugada de terça-feira, do dia 21 de março de 1938.[81] Como se percebe, o romance noturno de Joyce não oferece ao leitor dados precisos para situar a sua ação narrativa.

Os acontecimentos oníricos que povoam o romance não ocorrem, entretanto, só à noite, mas também em diversas horas do dia. O primeiro livro de *Wake* (o romance está dividido em quatro livros, como se verá à frente), por

---

[79] Tradução de Donaldo Schüler. ELLMANN, Richard. Op. cit., pp. 670-671.
[80] GONZALEZ, Jose Carnero. *James James y la Explosión de la Palabra*. Sevilha: Publicaciones de la Universidade de Sevilla, 1989, p. 81.
[81] TORTOSA, Francisco García. Op. cit., pp. 51-53.

exemplo, começa numa certa manhã, às onze horas e trinta e dois minutos, segundo afirma o estudioso inglês Clive Hart, e termina às dezoito horas, no capítulo VIII.[82]

Esse caráter onírico de *Finnegans Wake* confere ao livro certamente características próprias dos sonhos, que vão influenciar não só a sua narrativa como também sua linguagem. Isso merece análise mais detida.

OS HABITANTES DO UNIVERSO ONÍRICO DE *FINNEGANS WAKE*

Assim como sucede nos sonhos, em *Finnegans Wake* os personagens e as situações se alteram constantemente, assumindo a cada momento novas formas e aparências imprevistas, tornando difícil para o leitor identificá-las e individualizá-las, ou fixá-las num ser único.[83]

No tocante aos tipos que aparecem no romance, John Blades acredita que, muito embora eles estejam em contínua metamorfose, "existem indícios disso que chamamos de personagem ou identidade, e eles emergem em fragmentos, em geral numa cifra ou disfarce, frequentemente repetido, embora sempre modificado. Assim, na maioria das vezes parece que estamos imersos num enigma que funde e dissolve individualidades".[84]

De fato, os personagens de *Finnegans Wake* não são seres fixos ou esquematizados, mas uma pluralidade indefinida de máscaras, de fragmentos de

---

[82] REICHERT, Klaus (org.). *James Joyce: Anna Livia Plurabelle*. Frankfurt: Suhrkamp Taschench, 1982, p. 13.
[83] A elaboração onírica, estudada por Freud no livro *Interpretação dos Ssonhos* (1900), cria deformações e ambivalências, originando seres imprecisos e compósitos. Ou seja, as imagens oníricas, ou os personagens do sonho, tendem a ser vagos e confusos.
Ao analisar um de seus próprios sonhos, Freud verificou que por trás de uma personagem chamada Irma escondiam-se outras: "todas essas pessoas com as quais tropeço ao perseguir o elemento Irma não entram fisicamente no sonho, porém se escondem atrás da pessoa onírica Irma, que desse modo está constituída como uma imagem coletiva de traços contraditórios". (FREUD, Sigmund. *Obras Completas, Tomo I*. Madri: Biblioteca Nueva, 1981, p. 525.)
Ao comentar esse sonho de Freud em seu livro *O dono dos sonhos*, um estudo sobre as narrativas míticas e oníricas de um índio xavante, Sérgio Medeiros afirma: "A imagem de Irma, portanto, é estável, porém se alteram os traços da sua personalidade à medida que ela vai encarnando os diferentes personagens que se abrigam sob o seu nome. Em outros sonhos analisados por Freud, porém, a imagem do personagem ambivalente não permanece estável, como nesse exemplo. Na constituição de uma fisionomia onírica também podem entrar traços físicos de pessoas diversas, de modo que o produto final dessa elaboração ou condensação se torna uma figura mista." (MEDEIROS, Sérgio Luiz Rodrigues. *O dono dos sonhos*, São Paulo: Razão Social, 1991, p. 71.)
A condensação onírica, descrita por Freud, é um processo similar à técnica narrativa utilizada por Joyce em *Finnegans Wake*, como se verá.
[84] BLADES, John. *How to Study James Joyce*. Londres: Macmillan, 1992, p. 149.

personalidades distintas e sobrepostas, como poderia ocorrer, por exemplo, num retrato cubista, que oferece simultaneamente todos os aspectos de um mesmo objeto, vistos de ângulos diferentes.

Se entendemos o personagem de ficção, como quer o crítico Antonio Candido, como "seres humanos de contornos definidos e definitivos, em ampla medida transparentes, vivendo situações exemplares de um modelo exemplar (exemplar também no sentido negativo)",[85] então devemos renunciar a chamar as figuras que povoam *Finnegans Wake* de personagens.

Vejamos então como os críticos lidam com essa questão e como eles definem a personagem joyciana, que é uma possível representação do habitante do inconsciente ou do "sonho" da humanidade, e não a concretização de um "ser humano" definido, fixo.

Ao discutir, num ensaio, o conceito de personagem, Umberto Eco afirma algo que pode servir de introdução ao estudo dos personagens joycianos. Diz o romancista e ensaísta italiano: "A literatura contemporânea está redescobrindo o emprego do símbolo e do emblema, e a estética se apercebe de que, se a personagem narrativa em sentido tradicional deve ter a concretude de uma 'pessoa', é, todavia, possível o êxito estético de um discurso feito de símbolos, estilizações e hieróglifos[86]."

A partir desse comentário de Eco, poderíamos definir previamente os personagens de Joyce como símbolos ou emblemas de conceitos universais (às vezes precisos, às vezes ambíguos ou sobrepostos), como o masculino e o feminino, por exemplo, dois polos opostos que ora se afastam, ora se unem e até se confundem entre si, criando imagens complexas e instáveis.

Por essa razão, na opinião de Adaline Glasheen, estudiosa da obra de Joyce, citada pelo crítico espanhol José Carneiro Gonzales, é difícil identificar os principais personagens do romance: "Um ator interpreta muitos papéis ao mesmo tempo", de modo que os personagens de *Wake* "são indicações frágeis (não modelos) de um processo amplo, denso, construído de maneira elaborada e em movimento perpétuo de variação regular, como estrelas, átomos, subátomos, células e galáxias. Mas embora simplificada, essa troca embaralhada e multiplicada de papéis dramáticos confunde e atordoa a mente — QUEM exatamente você disse é quem quando...?".[87]

---

[85] CANDIDO, Antonio. *A personagem de ficção*. São Paulo: Perspectiva, 1974, p. 45.
[86] ECO, Umberto. *Apocalípticos e integrados*. Pérola de Carvalho (trad.). São Paulo: Perspectiva, 1979, p. 213.
[87] GONZALEZ, Jose Carnero. Op. cit., p. 36. (Citação do livro: Glasheen Adaline, *Third Census of Finnegans Wake: an Index of the Characters and Their Roles*. Berkeley/Los Angeles: Univ. of California, 1977, p. x.)

Como nos sonhos descritos por Freud, um mesmo personagem assume diferentes máscaras, mudando de caráter a cada nova situação. Entretanto, Bernard Benstock acredita que, em *Finnegans Wake*, "a questão não é tanto 'quem é quem, quando todo mundo é um outro', mas quem é quem em cada situação particular".[88] As últimas frases do romance podem inclusive servir de exemplo para o que se acabou de propor. Neste fragmento, o personagem que nos fala pode ser Anna Livia, Issy, um rio, uma árvore etc.:

> I am passing out. O bitter ending! I'll slip away before they'll never see. Nor know. Nor miss me. And it's old and old it's sad and old it's sad and weary I go back to you, my cold father, my cold mad father, my cold mad feary father, till the near sight of the mere size of him, the moyles and moyles of it, moananoaning, makes me seasilt salsick and I rush, my only, into your arms. I see them rising! Save me from those therrble prongs! Two more. Onetwo moremens more. So. Avelaval. My leaves have drifted form me. All. But one clings still. Lff! So soft this morning ours. Yes. Carry me along, taddy, like you done through the toy fair! If I seen him bearing down on me now under whitespread wings like he'd come from Arkangels, I sink I'd die down over his feet, humbly dumbly, only to washup. Yes, tid. There's where. First. We pass through grass behush the bush to. Whish! A gull. Gulls. Far calls. Coming far! End here. Us then. Finn, again! Take. Bussoftlhee, mememormee! Till thousendsthee. Lps. The keys to. Given! A way a lone a last a loved a long the... (Sim, me vou indo. Oh amargo fim! Eu me escapulirei antes que eles acordem. Eles não hão de me ver. Nem saber. Nem sentir minha falta. E é velha e velha é triste e velha é triste e em tédio que eu volto a ti, frio pai, meu frio frenético pai, meu frio frenético feerível pai, até que a pura vista da mera aforma dele, as láguas e láguas dele, lamamentando, me façam maremal lamasal e eu me lance, oh único, em teus braços. Ei-los que se levantam! Salva-me de seus terrípertos tridentes! Dois mais. Umdois morhomens mais. Assim. Avelaval. Minhas folhas se foram.Todas. Uma resta. Arrasto-a comigo. Para lembrar-me de. Lff! Tão maviosa manhã a nossa. Sim. Leva-me contigo, paisinho, como daquela vez na feira de brinquedos! Se eu o vir desabar sobre mim agora, asas branquiabertas, como se viesse de Arkanjos, eu pênsil que decairei a seus pés, Humil Dumilde, só para lauvá-los. Sim, fim. É lá. Primeiro. Passamos pela grama psst trás do arbusto para. Psquiz! Gaivota, uma. Gaivotas. Longe gritos. Vindo, longe! Fim aqui. Nós após. Finn équem! Toma. Bosculaveati, mememormim! Ati mimlênios fim. Lps. As chaves para. Dadas! A via a uma a uma a mém a mor a lém a...) [FW 627, 628][89]

---

[88] Idem, ibidem, p. 37. (Citação do livro: Berstock, Bernard. *Joyce-Again's Wake: An Analysis of Finnegans Wake*. Westport, Conn (sic): Greenwood Press, 1965, p. 38.)
[89] CAMPOS, Augusto de. Tradução: Augusto de Campos. *Poesia, antipoesia, antropofagia*. São Paulo: Cortez & Moraes, pp. 14-15.

Richard Ellmann, na biografia de Joyce, resume a problemática dos personagens do romance onírico da seguinte maneira, tomando como ponto de partida a noção maior da família humana:

> As personagens seriam vultos oníricos da eterna e profana família. Todo mundo, sua esposa, seus filhos e seus seguidores, saltando acima e abaixo no rio. No séc. XX o avatar de todo mundo seria Humphrey Chimpden Earwicker, dono de um bordel em Chapelizod, cuja esposa era Anna Livia, cujos filhos eram os gêmeos Shem e Shaun e sua irmã de personalidade dividida, Isabel. Atrás e dentro de Earwicker, aquele homem composto de fanfarrão e mentiroso, estavam todos os homens empreendedores, fortes ou fracos; seus filhos gêmeos eram toda a espécie possível de pares de irmãos ou oponentes, sua esposa era todas as donas de casa, sua filha o desejo de todos os corações desde Iseult da Irlanda à Vanesa de Swift. Além dessas manifestações, Earwicker era um gigante primordial, uma montanha, um deus, com um duplo aspecto sugerido pelos filhos, e Anna um rio, um princípio da natureza, e sua filha uma nuvem.[90]

A respeito da natureza desses personagens da "família humana", Margot Norris emite a seguinte opinião: "as pessoas em *Finnegans Wake*, todas as suas mil e uma pessoas, são membros e projeções da família, aspectos de H.C.E. e A.L.P., os quais, num certo sentido, são as únicas pessoas em *Finnegans Wake* e no mundo". Mas, também segundo Norris:

> Esta penetrante identificação-cruzada dos personagens, todavia, é mais do que simplesmente a redução de indivíduos a tipos. Visto que as várias ações do livro descrevem exatamente a luta por posições cobiçadas, notadamente a posição de rei, de pai e de sujeito — e não objeto —, a confusão de personagens e a frequente dificuldade de distinguir quem é o pai, filho ou irmão resultam da transgressão primeira de limites proibidos dentro da arena das relações familiares primordiais que produzem a identidade.[91]

O certo, porém, é que, lendo o romance, podemos constatar alusões constantes a H.C.E., A.L.P. e aos demais membros da sua família e pessoas próximas, o que os transforma em personagens do romance, e os faz indivíduos a quem se pode atribuir experiências únicas, enquanto justamente individualidades; mas, como também estão sofrendo constantes metamorfoses, como são múltiplos, acabam por ganhar uma dimensão simbólica maior,

---

[90] ELLMANN, Richard. Op. cit., pp. 671-672.
[91] NORRIS, Margot. "A estrutura narrativa", in NESTROVSKI, Arthur (org.). *riverrun. Ensaios sobre James Joyce*. Rio de Janeiro: Imago, 1992, p. 374.

refletindo todos nós não só como indivíduos mas também como raça: "o inconsciente coletivo se instrumentaliza, por assim dizer, através da família Porter".[92]

O(S) NARRADOR(ES) DO ROMANCE

À dificuldade em reconhecer os personagens sem identidade fixa de *Finnegans Wake* está associada outra questão: a da identificação do narrador do romance. Um texto narrativo, como se sabe, pode ser narrado de duas perspectivas: a do personagem e a do narrador. No romance de Joyce, essas duas perspectivas parecem se confundir, surgindo um discurso ambíguo, o dos sonhos.

Sabe-se que, no romance *Ulisses*, Joyce utilizou uma técnica que poderíamos definir como objetiva-subjetiva, ocorrendo um constante ir e vir, e mesmo às vezes "confusão", entre o ponto de vista de um narrador em terceira pessoa e as opiniões e visões dos personagens. No capítulo final desse romance, Joyce foi ainda mais ousado e utilizou o monólogo interior, o fluxo da consciência, dando voz aos devaneios mais íntimos e desconexos de Molly Bloom.

Num ensaio sobre o narrador do romance moderno, Michel Butor afirma:

> Na narrativa em primeira pessoa, o narrador conta o que ele sabe de si mesmo, e unicamente aquilo que ele sabe. No monólogo interior, isso se restringe ainda mais, já que ele só pode contar aquilo que sabe no instante mesmo. Encontramo-nos, por conseguinte, diante de uma consciência fechada. A leitura se apresenta então como uma "violentação", à qual a realidade se recusaria constantemente.[93]

No último Joyce, essa "consciência fechada" de que fala Butor talvez não seja a consciência de uma pessoa, mas da humanidade, ou do homem (um Adão mítico) que a representa.

A esse respeito, Donaldo Schüler esclarece:

> Em romances que aspiram a rigor, o narrador se evidencia, seja interno, seja externo, fale em primeira pessoa, segunda ou terceira pessoa. Quem, entretanto, poderá pretender rigor quando descemos às origens? ... Rigor há, mas é apenas

---

[92] GONZALEZ, Jose Carnero. Op. cit., p.79. Porter, um "personagem" que adota, no decorrer do seu sonho, o nome Earwicker (JOYCE, James. *Finnegans Wake*. Barcelona: Lumen, 1993, p. 9). Desse modo, em *Finnegans Wake*, a família Earwicker também é conhecida como família Porter.
[93] BUTOR, Michel, 1974, p. 51.

uma emergência entre muitas em ambiente avesso a hegemonias... Em *Finnegans Wake* tudo fala, todos falam. Somos perturbados pela abundância. Habituados que éramos a ser conduzidos, somos intimados a decidir.[94]

Schüler então conclui: "fala-nos alguém que ainda não despertou de todo. Quem relata não entende o que divulga. Busca alucinadamente socorro em teorias e obras de natureza diversa. O que poderia ser enfadonha ostentação de erudição mostra-se insaciável carência[95]."

José Carnero Gonzalez, assim como Schüler, acredita que "em *Finnegans Wake* todo mundo dorme e todo mundo sonha, e cada um colore à sua maneira os acontecimentos que passam por seu sonho, os quais são, basicamente, os mesmos do resto dos personagens".[96]

Compartilhando as opiniões acima, Francisco García Tortosa entende que, em *Finnegans Wake*, "o taberneiro sonha e nos seus sonhos afloram seus temores e complexos, mas não é só ele o sonhador, também Anna Livia, os filhos, os criados e até mesmo o narrador sofrem de alucinações oníricas. Desta forma a confusão e o desconcerto para o leitor ficam perfeitamente estabelecidos[97]."

A partir dessas opiniões, pode-se concluir então que, no último romance de Joyce, quase todos os personagens, em um momento ou em outro, sonham, e cada um também "narra" o seu sonho, podendo ser, em certa medida, o narrador do livro, por um instante.

Alguns críticos, todavia, opinam que H.C.E. é o verdadeiro narrador do romance, o dono do sonho. Essa ideia, que já era defendida pelos críticos quando das primeiras publicações do romance, é ainda hoje sustentada por muitos estudiosos.

Na coletânea *James Joyce: Two Decades of Criticism*, de 1948, lê-se, num ensaio de Edmund Wilson, "The Dream of H.C. Earwicker", que o "sonho" de Joyce é o sonho de uma única pessoa, Humphrey Chimpden Earwicker. Para muitos estudiosos, esse ensaio, de grande importância, teria influenciado tanto a crítica da época quanto as críticas posteriores, impondo a versão de que o livro é o sonho de um único personagem.

Sob a influência de Edmund Wilson, talvez, David Norris também entenda que, "num nível narrativo básico, *Finnegans Wake* é a narração do sonho de um taverneiro de Dublin, Humphrey Chimpden Earwicker (...)".[98]

---

[94] JOYCE, James, 2000, pp.17-19.
[95] Idem, ibidem.
[96] GONZALEZ, Jose Carnero. Op. cit., p. 57.
[97] TORTOSA, Francisco García. Op. cit., p. 53.
[98] NORRIS, David e FLINT, Carl. Op. cit., p. 153.

Certos críticos, no entanto, acreditam que o sonho narrado no livro seja o de algum outro personagem que não H.C.E. Ruth von Phul, por exemplo, em *Who Sleeps at Finnegans Wake?*, de 1957, foi provavelmente a primeira a defender a tese de que o "sonhador-narrador" não é Earwicker, nem alguém que esteja situado fora da ação do romance — "o sonhador não pode ser um simples espectador, uma pessoa situada fora do sonho" —, mas outro personagem: Shem the Penman. Von Phul justifica essa tese afirmando que Shem teria necessidade de "libertar-se", atribuindo a outros tanto suas próprias culpas (como a de ter observado seu pai desnudo) quanto seus próprios complexos.[99]

Interpretações como essa recorrem geralmente às teorias psicanalíticas da interpretação do sonho, que desde muito cedo fascinaram o próprio Joyce e que podem de fato servir de instrumento para se compreender o romance.

Para Joyce, conforme foi dito no início deste ensaio, o sonho de *Finnegans Wake* era o do gigante Finn MacCool, mas, na opinião de Richard Ellmann, talvez tal declaração fosse feita "apenas para indicar que não era o sonho de nenhuma das personagens mais óbvias do livro[100]."

Parece, então, por tudo o que se comentou aqui, que, a respeito do narrador do romance, a conclusão de Seamus Deane talvez seja a mais adequada, até que novos estudos venham a ser realizados e tragam revelações originais sobre a técnica romanesca do último Joyce. Deane, ao considerar o conjunto dos personagens do livro, afirma: "pode ser H.C.E. quem esteja sonhando, como também pode se tratar de um sonho comum compartilhado por todos os personagens; mas é definitivamente um mundo que é conhecido, lembrado, interpretado abaixo do nível da consciência".[101]

Desse modo, o sonho de *Finnegans Wake* seria também o sonho de Joyce e o do próprio leitor, assunto a ser abordado mais adiante.

O(S) ENREDO(S)

Conforme vimos até aqui, em *Finnegans Wake* mesmo as questões mais básicas, como, por exemplo, quem são seus personagens, ou quem é seu narrador, ficam sem resposta definitiva. É óbvio que isso acentua o caráter onírico do livro, que, tal como os sonhos, não oferece certezas conclusivas. O próprio Joyce afirmava:

---

[99] GONZALEZ, Jose Carnero. Op. cit., pp. 40-41.
[100] ELLMANN, Richard. Op. cit., p. 670.
[101] JOYCE, James. *Finnegans Wake*. Londres: Penguin Books, 1992, p. xxviii.

"É natural que as coisas não sejam tão claras durante a noite, não é mesmo?".[102]

Assim, o romance incorpora a relatividade mais absoluta, nele nada é o que parece ser e tudo se funde ao mesmo tempo.

O caráter onírico ou irracional de *Finnegans Wake* torna-se ainda mais evidente quando passamos a discutir o seu conteúdo, os temas sobre os quais ele discorre e as ações atribuídas aos diferentes personagens.

Na opinião de Margot Norris, "algo como narrativas de fato emerge da leitura de *Finnegans Wake*, mas é difícil ter certeza de como nós ficamos sabendo delas (...). Porque um sonho está tentando contar ao sonhador suas próprias coisas que ele não quer saber — seus próprios desejos criminosos, por exemplo —, a mensagem do sonho deve ser indireta e assumir uma forma disfarçada, como um tipo de código".[103]

Por essa razão, José Canero Gonzalez acredita que "não se pode negar a existência de uma trama que se encontra abaixo — ou descansa sobre — a espessa textura de suas linhas[104]."

Aliás, o próprio Joyce resumiu assim a um amigo, Curtius, a trama básica de seu último livro: é a história de uma "pequena família" que vive em Chapelizod,[105] um bairro de Dublin e lugar de nascimento da lenda de Isolda. Joyce também dizia que essa trama, protagonizada sempre pelos membros dessa família, se desenvolvia em três pontos da cidade de Dublin: num *pub* de Chapelizod à margem do Liffey, no Parque Phoenix e em cabo de Howth, conforme já mencionei.[106]

Para outro amigo, entretanto, explicou:

> Eu poderia facilmente ter escrito essa história na maneira tradicional. Todo romancista sabe a receita. Não é muito difícil seguir um esquema simples, cronológico, que os críticos entenderão. Mas eu, afinal, tento contar a história dessa família de Chapelizod de uma maneira nova. O tempo e o rio e a montanha são os verdadeiros heróis do meu livro. Mas os elementos são exatamente o que cada romancista poderia usar: homem e mulher, nascimento, infância, noites, sono, casamento, oração, morte. Não há nada paradoxal nisso tudo. Apenas tento construir muitos planos de narrativa com um único objetivo estético. Você alguma vez leu Laurence Sterne?[107]

---

[102] NORRIS, David e FLINT, Carl. Op. cit., p. 149.
[103] NORRIS, Margot, in ATTRIDGE, Derek (org.), p. 163.
[104] GONZALEZ, Jose Carnero. Op. cit., pp. 78-79.
[105] Chapelizod significa "capela de Isolda". (TORTOSA, Francisco García. Op. cit., p. 51.)
[106] RABATÉ, Jean-Michel. Op. cit., p. 184.
[107] ELLMANN, Richard. Op. cit., p. 684.

O certo, todavia, é que não se pode reduzir *Finnegans Wake* a essa trama, nem falar do seu enredo sem compreender a lógica das imprecisões e incoerências do sonho.

Na verdade, o romance não possui um enredo linear. Tampouco se pode falar de "enredo" no singular, por isso os estudiosos preferem falar em múltiplos fios narrativos: "todos dispersos no meio de pequenas cenas, estórias, fábulas, diálogos, anedotas, canções, rumores e brincadeiras, que muitas vezes são versões umas das outras, e que são todas versões dos conflitos de uma mesma família[108]." Desse modo, sua trama se perde e se confunde entre numerosas alusões históricas e culturais, todas desorganizadas e sem importância para o próprio enredo do romance: "livro da noite, ele o descreveu como uma montanha que abria túneis de todos os lados, sem saber o que se ia encontrar.[109]"

Seamus Deane afirma que "é difícil dizer que *Wake* seja um romance; mas é igualmente difícil negar isso[110]", pois o livro tem inegavelmente uma narrativa e pode-se vislumbrar, nela, uma história completa, a qual, de certa forma, é "manipulada" pelo escritor. Há, contudo, tantas digressões e repetições no transcorrer desta narrativa que só um leitor obstinado poderia sustentar a crença na sua primazia.[111]

No prefácio à segunda edição de *Panaroma do Finnegans Wake*, Augusto e Haroldo de Campos definem o romance de Joyce como livro-desafio e afirmam: "O *Finnegans Wake*, mais ainda que *Ulisses*, assinala o dissídio com a era da representação (do romance como raconto ou fabulação) e instaura, no domínio da prosa, onde se movimenta o realismo oitocentista com seus sucedâneos e avatares, a era da textualidade, a literatura do significante ou do signo em sua materialidade mesma (se o realismo subsiste, este será agora de natureza estritamente semiótica)[112]."

Talvez aqui se devesse confrontar *Finnegans Wake* com seu antecessor, *Ulisses*. O crítico Edmund Wilson afirmou, em *O Castelo de Axel*, que, no tocante a *Ulisses*, a chave do livro "está no título, e é indispensável a quem queira

---

[108] NORRIS, Margot. In ATTRIDGE, Derek (org.). Op. cit., p. 164.
[109] O'BRIEN, Edna. Op. cit., p. 148.
[110] Outros críticos de Joyce, como John Blades e Derek Attridge, também questionam o uso da palavra "romance" para referir-se a *Finnegans Wake*. Segundo Blades: "Foi uma saída nova e surpreendente para Joyce e também para a forma do romance — se é um romance o livro" (BLADES, John. Op. cit., p. 140). Já Derek Attridge refere-se a *Finnegans Wake* da seguinte maneira: "...romance — se ainda se pode chamá-lo romance — que faz da palavra-valise a pedra angular de seu método, permanece uma presença perturbadora nas instituições da vida literária". (ATTRIDGE, Derek. "Desfazendo as Palavras-Valise ou Quem Tem Medo de *Finnegans Wake*", in NESTROVSKI, Arthur (org.). Op. cit., p. 348.)
[111] JOYCE, James. *Finnegans Wake*. Op. cit., pp. vii-viii.
[112] CAMPOS, Augusto e Haroldo de. Op. cit., p. 18.

apreciar a verdadeira profundidade e intenção do livro[113]." Com isso ele chama a atenção para o fato de que o *Ulisses* de James Joyce é uma *Odisseia* moderna, acompanhando de perto a *Odisseia* clássica tanto no tema quanto na forma. Daí concluiu Edmund Wilson: "(...) o significado das personagens e incidentes de sua narrativa ostensivamente naturalista não pode ser compreendido sem a referência ao original homérico[114]."

Caso se volte para *Finnegans Wake*, verifica-se que não existe, como no romance que o precedeu, um modelo mítico único, dando forma e sentido aos episódios; ao contrário, no *Finnegans Wake* tem-se uma proliferação ainda maior de mitos, que se transformam uns nos outros, sem se estabilizar nunca num ponto de partida ou chegada. A obra é, como se verá, cíclica, e seus episódios se modificam ao longo da narrativa. Aliás, como o próprio livro se conceitua, *Finnegans Wake* é "one continuous present tense integument slowly unfolded all marryvoising moodmoulded cyclewheeling history",[115] ou seja, uma série interminável de níveis que se encaixam em outros e assim sucessivamente.

Sem que se pretenda discutir aqui a origem do gênero romance nem as diversas metamorfoses pelas quais ele passou, a partir do século XVII e da obra de Cervantes em particular até a era moderna, com Joyce, Proust e Kafka, parece, no entanto, oportuno citar algumas considerações do escritor argentino Julio Cortázar sobre a natureza desse gênero narrativo, que ele definiu como o "preferido do nosso tempo". Para Cortázar, o romance, sobretudo o moderno, não tem "escrúpulos", possui "papo de avestruz" e se apropria de todas as linguagens à sua volta. O romance seria, em suma, um sistema verbal impuro, pois:

> Profundamente imoral dentro da escala de valores acadêmicos, o romance supera todo o concebível em matéria de parasitismo, simbiose, roubo com agressão e imposição de sua personalidade. Poliédrico, amorfo, crescendo como o bicho do travesseiro no conto de Horácio Quiroga, magnífico de coragem e sem preconceito, leva seu avanço até nossa condição, até nosso sentido.[116]

Se aceitarmos essa sugestão de Cortázar, poderíamos concluir que Joyce levou o romance, ou o fez avançar até a nossa condição de seres dotados de um inconsciente, o qual, muitas vezes, nos controla e "fala" por nós, como diria Lacan. Talvez pudéssemos dizer que, ao escrever *Finnegans Wake*, Joyce quis

---

[113] WILSON, Edmund. *O Castelo de Axel*, José Paulo Paes (trad.). São Paulo: Cultrix, s.d., p. 139.
[114] Idem, ibidem, p. 139. No livro *Leituras de infância*, Jean François Lyotard questiona essa possível relação entre *Ulisses* de Joyce e a *Odisseia* de Homero.
[115] JOYCE, James. Op. cit., pp. 185-186.
[116] CORTÁZAR, Julio. *Valise de Cronópio*. São Paulo: Perspectiva, 1993, p. 68.

nos revelar nossa condição mais íntima, "onde a mão do homem jamais pôs os pés" ("where the hand of man has never set foot"), segundo uma das frases mais famosas que ele cunhou no capítulo VIII.

Por isso se torna tão difícil descrever o enredo do romance. Michel H. Begnal concluiu: "Joyce nunca se importou muito com enredo — na realidade pouca coisa acontece em *Dublinenses*, talvez um pouco menos aconteça em *Retrato*, talvez menos ainda, ou mais, em *Ulisses* (...) Alguns estudos recentes afirmam que não há um enredo em *Finnegans Wake*, ou, se há, ele é tão amorfo ou tratado de maneira tão insuficiente que já não pode ser percebido em nenhuma forma convencional".[117]

Para muitos críticos, entretanto, o que menos importa no último romance de Joyce é saber do que este trata: resumir seu enredo, como se verá à frente, seria perder suas proporções enciclopédicas e lúdicas. Por essa razão, muitos estudiosos costumam comparar o livro às pinturas cubistas, como o fez, aliás, Margot Norris:

> Usando de analogia, considere o desserviço que presta o crítico de arte que ajuda os espectadores a entender uma tela cubista recuperando, para eles, os resíduos de representação visíveis, o violão e o cacho de uvas sobre a mesa, por exemplo, e os encorajando então a especular sobre o *significado* do violão, das uvas e da mesa. Certamente alguma coisa mais importante está em jogo na representação da distorção da pintura cubista, na sua desordem espacial, no jogo de texturas e no ponto de vista fragmentário do espectador do que o significado dos objetos que são ali representados. A pintura cubista não é sobre mercadorias e móveis, mas sobre a relação entre o meio de comunicação e o fenômeno do olhar. Do mesmo modo, *Finnegans Wake* poderia ser citado como sendo "sobre", não se tendo porém certeza sobre o que: seu tema é a natureza mesma da indeterminação.[118]

Antes mesmo de o romance ser concluído, Samuel Beckett já havia opinado que *Finnegans Wake* não era um livro "sobre alguma coisa", era "a coisa em si",[119] ou seja, segundo a leitura de Beckett, "forma é conteúdo, e conteúdo é forma[120]." Esse isomorfismo é tão evidente em *Finnegans Wake* que, para dar só um exemplo, "se o entrecho é fluvial, nomes de rios se imbricam nos vocábulos, criando um circuito reversível de reflexos do nível temático ao nível formal[121]."

---

[117] GONZALEZ, Jose Carnero. Op. cit., p. 77. (BEGNAL, Michel H. *Finnegans Wake and Nature of Narrative*. Modern British Literature, 1980, p. 43.)
[118] NORRIS, Margot, in ATTRIDGE, Derek (org.), p. 162.
[119] Idem, p. 161.
[120] BECKETT, Samuel. "Dante... Bruno... Vico... Joyce", in NESTROVSKI, Arthur (org.). Op. cit., p. 331.
[121] CAMPOS, Augusto e Haroldo de. *Panaroma de Finnegans Wake*. São Paulo: Perspectiva, 1971, p. 22.

Se em *Finnegans Wake* forma e conteúdo se confundem, talvez seja porque o romance narre um sonho. Como explica John Blades: "(...) se você tentasse analisar seus sonhos, você não poderia certamente distinguir o seu enredo da maneira como a sua mente o representou, porque um é inextricavelmente parte do outro".[122]

A linguagem do livro é, aliás, considerada tão importante que muitos estudiosos, como, por exemplo, Michel Butor, acreditam que o romance nada mais é do que "um sonho sobre a linguagem[123]." Ou, como sugere Harry Levin, "o verdadeiro romance se passa entre Joyce e a linguagem[124]."

Penso que se poderia concluir que *Finnegans Wake* constitui um esforço para entender a natureza da língua num momento de sonho, quando, livre das inibições e convenções, a língua se apresenta entrelaçada profundamente com nossas vivências e, por vezes, também mesclada com a experiência fragmentária coletiva.[125]

ALGUMAS FONTES DO SONHO JOYCIANO

No que diz respeito ao seu conteúdo propriamente dito, pode-se concluir, pelo que se viu até aqui, que *Finnegans Wake* constitui um imenso mosaico de ideias, fatos, mitos e histórias que se mesclam e se sobrepõem. Esse aglomerado vertiginoso de dados e informações, se por um lado contribui para lhe dar maior obscuridade, por outro lado lhe confere grande flexibilidade, ao multiplicar as conotações e referências cruzadas que o leitor pode eventualmente identificar.

Compreende-se portanto que, numa história que declaradamente deseja englobar todas as histórias, "a alusão seja a coluna vertebral da narração".[126]

No último romance do escritor irlandês, as inumeráveis alusões têm por finalidade realçar e ampliar a história banal do taberneiro Earwicker e de sua família e, ao mesmo tempo, registrar os feitos bélicos, sociais, religiosos e culturais que deram origem e alimentaram a cultura humana desde Adão e Eva, possivelmente, visto que Joyce, como sabemos, queria contar a "história do mundo".

Tais alusões, por serem tão variadas e múltiplas, justificam a diversidade de materiais utilizada por Joyce: qualquer fonte, qualquer canção popular, qualquer referência de jornal, ensaios ou escritos literários poderiam, *a priori*, servir aos seus propósitos.

---

[122] BLADES, John. Op. cit., p. 149.
[123] BUTOR, Michel. Op. cit., p. 155.
[124] CAMPOS. Augusto de. *Poesia, antipoesia, antropologia.* São Paulo: Cortez & Moraes, 1978, p. 9.
[125] TORTOSA, Francisco García. Op. cit., p. 10.
[126] Idem, ibidem, p. 57.

Na opinião de James Atherton, "(...) o livro está baseado fundamentalmente em duas coisas: na vida de Joyce e nas leituras de Joyce (...) o assunto principal de *FW* é levado avante na cabeça de James Joyce, uma cabeça que era abarrotada de conhecimento de livros de todos os tipos".[127] Embora aqui não se elenquem todas as "leituras" de Joyce, vale comentar pelo menos alguns dos livros que o escritor utilizou como fonte na composição de seu último trabalho, a partir da classificação de Atherton, que pesquisou a fundo o assunto.

James Atherton classifica esses livros em duas categorias, de acordo com o uso que deles fez o escritor. A categoria mais numerosa, segundo o crítico, é formada por livros dos quais Joyce aproveitou apenas algumas poucas palavras, ou mesmo uma única palavra, frase ou, talvez, no máximo uma ou duas páginas. Essas palavras ou frases eram escolhidas por ele não por aquilo que elas diziam, mas por causa da maneira como foram escritas — "eram as próprias palavras que o interessavam, não as ideias que elas expressavam".[128] A outra categoria de livros, bem menor que a primeira, é formada por volumes dos quais Joyce extraiu não apenas palavras, mas ideias.

Os livros citados em *Finnegans Wake* constituem um amálgama heterogêneo que vai desde a *Enciclopédia Britânica* até o *Livro dos Mortos* e o *Alcorão*. Os autores mencionados no romance poderiam configurar, igualmente, uma ampla história da literatura universal: Homero, Cervantes, Dante, Shakespeare, Swift, Ibsen, Rabelais e Santa Teresa são apenas alguns nomes da extensa lista de escritores relevantes que desempenham, ao lado de outros menos conhecidos, algum papel em *Finnegans Wake*.[129]

As citações, entretanto, não se limitam ao âmbito literário, mas se estendem pelo campo da filosofia, teologia, matemática, mitologia, geografia, psicologia etc., contribuindo para que a universalidade da obra discorra por diferentes planos.

Para que se compreenda melhor como Joyce citava ou incorporava em seu romance ideias e autores tão diferentes, é suficiente mencionar alguns exemplos, como *The Book of Kells*, de *Sir* Edward O'Sullivan, o primeiro livro a ser destacado por Joyce numa carta a Harriet Weaver, antes mesmo do início da redação do seu romance, conforme já mencionado. Esse livro, "produzido na Idade Média entre os séculos VI e IX por monges irlandeses na cidade de Kells, provavelmente, encerra os quatro evangelhos no latim de Jerônimo. Esse conjunto, uma das mais preciosas obras da arte irlandesa antiga, traz iluminuras que, na abundância ornamental,

---

[127] ATHERTON, James S. *The Books at the Wake*. Nova York: Appel, 1979, p. 16.
[128] Idem, ibidem, p. 27.
[129] TORTOSA, Francisco García. Op. cit., p. 59.

escondem o texto, só perceptível a olhar atento[130]." Conforme reconhecem hoje os estudiosos, as iluminuras intrincadas do livro iriam ecoar a seguir em todo o romance de Joyce, influenciando principalmente a elaboração da sua linguagem, pois, segundo Stuart Gilbert, "a similaridade entre a grafia rebuscada dos monges irlandeses e a pirotecnia verbal de *Wake* tem sido frequentemente comentada[131]."

Existiam, no entanto, outras razões para que o livro fosse citado e "incluído" em *Finnegans Wake*; uma delas consiste no fato de o mesmo ter sido "roubado durante à noite ... e de ter sido encontrado alguns meses mais tarde, escondido debaixo da terra";[132] dessa forma o livro entrou literalmente no mundo do sonho e da morte, representado em *Finnegans Wake*. Além disso, no romance de Joyce, a absolvição de H.C.E., acusado de cometer atos obscenos no Parque Phoenix diante de duas jovens, depende de uma carta escrita por Anna Livia Plurabelle. Essa carta, assim como o livro dos evangelhos, havia sido perdida. Mais tarde, no entanto, uma galinha a encontra enterrada no estrume. Shem a recopiou, mas foi Shaun quem dela se apossou e a deu a público, fazendo que passasse por obra sua. Para muitos críticos, esse manuscrito é tão longamente descrito no romance que acaba por ser o próprio *Finnegans Wake*.

Ainda no que tange a *The Book of the Kells*, Joyce descobriu no nome do fundador do mosteiro de Kells, São Columbano, uma série de associações: o escritor relacionou esse nome, por exemplo, com o do escritor irlandês Padraic Colum e com a pomba — *columba*, em latim — do Espírito Santo, entre outras alusões.

The Book of the Kells: *página inicial do Evangelho de São Marcos.*

[130] JOYCE, James. *Finnegans Wake/ Finnicius Revém – Capítulos 5, 6, 7 e 8*, Donaldo Schüler (trad.). Cotia: Ateliê, 2001, p. 71.
[131] ATHERTON, James. Op. cit., p. 62.
[132] Idem, p. 63.

Outros livros sagrados ou míticos também foram relevantes para a composição do romance, por diferentes razões: o *Velho Testamento* e o *Novo Testamento*, o *Livro dos Mortos*, o *Alcorão*, os *Edas* etc. O *Livro dos Mortos*, por exemplo, que descreve os procedimentos para se alcançar a imortalidade, parece estar ligado ao tema central do romance, que é a ressurreição. Do *Alcorão* Joyce tirou grande parte do vocabulário árabe que aparece em seu livro, mas distorceu profundamente as palavras para que pudessem ser confundidas com vocábulos da língua inglesa. Além disso, o *Alcorão*, por sua ambiguidade intrínseca, compartilhada também por outros textos sagrados, que lhe confere uma flexibilidade tal que o torna capaz de se adaptar aos mais diferentes povos e raças, interessava ao escritor, que o via como modelo a imitar, já que *Finnegans Wake* também deveria ser uma obra universal.[133]

Além desses, muitos outros livros igualmente influíram na estrutura do romance de Joyce.

A ESTRUTURA DE *FINNEGANS WAKE*

Quanto à estrutura do romance, James S. Atherton acredita que *Finnegans Wake* esteja baseado sobre certos axiomas, ou leis fundamentais, provenientes de determinados livros e autores. Ao longo do romance, Joyce oferece pistas sobre quais seriam esses axiomas, cabendo ao leitor, no entanto, elucidá-los por conta própria.[134]

Joyce desejou que seu livro incorporasse ou concretizasse o símbolo da mandala budista — ☉ —, que representa o universo circular com seu centro intemporal, "usado como instrumento de meditação: o homem — microcosmo — ao entrar mentalmente na mandala — símbolo visual do macrocosmo — e avançar até seu centro é, por analogia, guiado através de processos cósmicos de desintegração e reintegração[135]."

---

[133] *The Books at the Wake*, de James S. Atherton, traz um estudo profundo sobre os livros, autores e teorias que Joyce usou para compor *Finnegans Wake*.
[134] ATHERTON, James. Op. cit., p. 28.
[135] GONZALEZ, Jose Carnero. Op. Cit., p. 20. Outro símbolo que Joyce utilizou em suas cartas e notas para referir-se ao romance foi □, que na opinião de Roland MacHugh representa o livro como objeto físico, ao passo que ☉ é mais abstrato, representando a sensação de se contemplar a mandala que o romance simboliza. (GONZALEZ, Jose Carnero. Op. cit., pp. 20-21.)
A respeito dos símbolos do *Wake*, Margot Norris tem a seguinte opinião: "Críticos por muito tempo reduziram a confusão de identidade de caráter de *Wake* usando pequenos sinais, chamados siglas, (...) que Joyce utilizou em suas cópias manuscritas de textos para não perder de vista as diferentes figuras, para produzir tipos de personagens fundidos". (NORRIS, Margot, in ATTRIDGE, Derek (org.), pp. 163-164.) Em *Finnegans Wake*, Anna Livia Plurabelle é representada pelo delta — △ —, como se verá adiante.

A circularidade da existência do homem na terra (vida-morte-renascimento), ou seja, o ciclo da história universal espelhando o ciclo natural, pode-se dizer, é um tema central em *Finnegans Wake*. Joyce foi buscar essa ideia, ou procurou pelo menos fundamentá-la, nas teorias do filósofo, jurista e historiador italiano Giambattista Vico (1668-1744) e no religioso "herege" Giordano Bruno (1548-1600).

James Joyce leu a *Ciência Nova* de Vico quando vivia em Trieste, entre os anos de 1905 e 1910, e "(...) ficou fascinado pelas ideias de Vico sobre o mito, sobre a metáfora, sobre Homero, sobre a linguagem, sobre a psicologia e muitas outras coisas. 'Minha imaginação cresce quando leio Vico', confessou Joyce certa vez, 'o que não acontece quando leio Freud ou Jung'".[136] Ele estava particularmente interessado na interpretação viquiniana da história em termos de ciclos, 'ciclos vicosos' como os chamou em *Finnegans Wake*[137]." Há uma alusão a essa teoria do filósofo italiano já na primeira página do romance:

> riverrun, past Eve and Adam's, from swerve of shore to bend of bay, brings us by a commodius vicus of recirculation back to Howth Castle and Environs.
> (fluminente, eventando o riocurso adante, do desrumo da fraga até à orla da angra, reavida por um vicomodado recirculoso, devoluta-se para a colina de Howth, o Castelo e o Entorno.)[138]

Uma segunda referência à teoria de Vico, também na primeira página do romance, é indireta: o trovão, composto de cem letras, que se discutirá à frente, representaria, nessa página de *Finnegans Wake*, o início do processo da linguagem falada. Segundo o filósofo italiano, a fala começa com sons onomatopaicos que estabelecem uma relação natural entre significante e significado.[139]

Vico, ao descrever em sua *Ciência Nova* as idades da humanidade, considerou a história como um processo cíclico, em que o progresso histórico e a humanidade moviam-se através de três períodos, que ele denominou "divino", "heroico" e "humano". Findo o último período, haveria uma fase de transição, de caos e, então, tudo recomeçaria, constituindo um ciclo de morte-ressurreição, caos-desordem.[140]

---

[136] "A partir da Segunda Guerra Mundial houve algo como um renascimento de Vico, e ele chegou finalmente a ser reconhecido como uma figura maior na história do pensamento europeu, um 'mestre do passado' (...), alguns entusiastas chegam ao ponto de considerar Vico o precursor da psicanálise, do existencialismo, do estruturalismo e de outros movimentos intelectuais contemporâneos." (BURKE, Peter. *Vico*. Roberto Leal Ferreira (trad.). São Paulo: Unesp, 1997, pp. 19-20).
[137] Idem, ibidem, p. 19.
[138] JOYCE, James. *Finnegans Wake*. Londres: Penguin Books, 1992, p. 3. Tradução inédita de Afonso Teixeira Filho.
[139] BURKE, Peter. Op. cit., p. 54.
[140] O trovão que dá início à narrativa joyciana e inaugura a nova linguagem de *Finnegans Wake* parece então ter sido inspirado pela obra máxima de Vico: "(...) a famosa imagem da sociedade primitiva apresentada na

Samuel Beckett resumiu essa tese de Vico da seguinte maneira:

> No começo era o trovão: o trovão liberou a Religião, em sua forma mais objetiva e não filosófica — o animismo idólatra: a Religião produziu a Sociedade, e os primeiros homens sociais foram os habitantes das cavernas, refugiando-se nelas de uma Natureza passional: essa vida de família primitiva tem seu primeiro impulso para a evolução na chegada de vagabundos aterrorizados: admite-se que foram os primeiros escravos: cada vez mais fortes, eles obtêm concessões agrárias, e o despotismo transforma-se num feudalismo primitivo: a caverna torna-se uma cidade, o sistema feudal uma democracia: depois uma anarquia: isso é corrigido por um retorno à monarquia: o último estágio é a tendência à destruição mútua: as nações são dispersadas, a Fênix da Sociedade ergue-se de suas cinzas.[141]

No tocante à estrutura de *Finnegans Wake*, romance dividido em quatro partes, o próprio Beckett, num ensaio escrito para o livro *Our Exagmination Round His Factification for Incamination of Work in Progress* de 1929 — o primeiro volume de ensaios sobre o ainda inacabado romance de Joyce, como sabemos —, esboçou um esquema para desvendar a sua estrutura, que ele acreditava estar baseada na teoria da circularidade histórica de Vico: "A Parte 1 é uma massa de sombra passada, correspondendo por isso à primeira instituição humana de Vico, a Religião, ou a sua era Teocrática, ou simplesmente a uma abstração — Nascimento. A Parte 2 é o jogo amoroso das crianças, correspondendo à Segunda instituição, o Casamento, ou à era Heróica, ou a uma abstração — a Maturidade. A Parte 3 baseia-se no sono, correspondendo à terceira instituição, o Enterro, ou à era Humana ou a uma abstração — Corrupção. A Parte 4 é o dia recomeçando, e corresponde à Providência de Vico, ou a uma abstração — Geração[142]."

Segundo Margot Norris, os críticos, de modo geral, tendem a encontrar nos quatro livros que constituem *Finnegans Wake* uma estrutura análoga ao modelo cíclico viconiano, dividido em quatro idades. Para Norris, no entanto, o que mais impressiona na estrutura do último romance de Joyce não é a circularidade viconiana, mas a "repetição temática", ou seja:

> a persistência de relacionamentos estáveis entre personagens cujas características proteiformes nos lembram aqueles personagens que podem sofrer transmutações em

Ciência Nova, uma imagem de homens e mulheres vivendo na floresta como animais selvagens, permanece próxima da de Lucrécio em seu grande poema filosófico *Sobre a natureza do Universo*, inclusive no que se refere à trovoada que os faz acreditarem num deus". Ademais, a linguagem falada, segundo Vico, teria começado com sons onomatopaicos. (Idem, ibidem, pp. 28, 54).
[141] BECKETT, Samuel, in NESTROVSKI, Arthur (org.), pp. 324-325.
[142] Idem, ibidem, pp. 326-327.

mitos e contos de fadas, aparecendo como seres humanos (Shem e Shaun), como animais (Fornica e Grafanhoto), como seres inanimados (rocha, pedra e tempo).[143]

Na opinião de Norris, *Finnegans Wake* explora a ideia de transmutação, ou transformações contínuas, formando redes intertextuais no próprio tema do livro, através de histórias que se repetem — nelas a "substância" se mantém, mas os "acidentes" mudam —, sendo que esse fenômeno estaria ligado aos mecanismos oníricos e à formação de mitos, daí por que processos semelhantes são encontrados em culturas muito diferentes entre si. Norris cita Claude Lévi-Strauss, antropólogo que estudou os mitos latino-americanos como um conjunto restrito de oposições polares que sofrem contínuas transformações e inversões: "A função da repetição é tornar a estrutura do mito aparente".[144] Dessa forma, a estrutura de *Finnegans Wake* seria semelhante à estrutura "folheada" dos mitos ameríndios, estudados por Lévi-Strauss nas suas *Mitológicas*.

Uma frase do livro parece apontar para isso:

(There extand by now one thousand and one stories, all told, of the same)
(Temos por ora somadas mil e umestórias, mui-recontadas, do mesmo) [FW. 5.28][145]

Não foi por outra razão, parece-me, que Campbell e Robinson afirmaram:

Além de ser um Sonho Confessional, *Finnegans Wake* é também uma Fonte de Mito. Mitos, como sonhos, são um produto da mente inconsciente (...) *Finnegans Wake* é o primeiro exemplo literário da utilização do mito numa escala universal. Outros escritores — Dante, Bunyan, Goethe — empregaram simbolismo mitológico, mas suas imagens eram traçadas a partir do receptáculo do Ocidente. *Finnegans Wake* penetrou no oceano universal.[146]

Em relação ao aproveitamento, em *Finnegans Wake*, do sistema filosófico de Vico, Norris acredita que, uma vez que os ciclos tratam de inevitáveis relações de poder entre os seres humanos, de seus movimentos de uma posição a outra dentro dessa hierarquia e, por fim, de seu aprisionamento num mesmo sistema, o princípio estrutural descrito pelo filósofo italiano estaria associado, no romance de Joyce, à relação entre pais, filhos e irmãos, pois, nessa relação, percebem-se claramente as ideias de ascensão e queda, fim-início, num renascer cíclico.[147]

---

[143] NORRIS, Margot, in NESTROVSKI, Arthur (org.), pp. 374-375.
[144] Idem, ibidem, p. 375.
[145] Tradução de Donaldo Schüler.
[146] CAMPBELL, Joseph e ROBINSON, Henry Morton. Op. cit., p. 294.
[147] NORRIS, Margot, in NESTROVSKI, Arthur (org.), p. 379.

O certo, no entanto, é que o próprio Joyce reconhecia a filosofia de Vico como um de seus modelos estruturais básicos.

Para alguns críticos, entretanto, as ideias do filósofo italiano teriam influenciado não só a estrutura do romance de Joyce, mas também a sua linguagem.

Talvez a maior influência de Vico sobre a linguagem de *Finnegans Wake* esteja relacionada à ideia de circularidade das frases, o que pode ser percebido na última página do romance: ali, uma frase inacabada, "A way a lone a last a loved a long the", remete à frase inicial do livro, também incompleta, "riverrun, past Eve and Adam's, (...)", criando um círculo, uma sentença completa que anula a distinção ou oposição entre fim e início. Além disso, certos recursos estilísticos utilizados por Joyce, tais como trocadilhos e palavras-valise, também trazem possivelmente a marca de Vico, uma vez que dão à linguagem um caráter de simultaneidade e circularidade.

Segundo os estudiosos alemães Klaus Reichert e Fritz Senn, é preciso não esquecer ainda que, conforme a teoria de Vico, cada palavra conta uma pequena história; ou cada palavra é um pequeno mito. Essa concepção também estaria presente no romance de Joyce, através dos recursos estilísticos utilizados pelo escritor. Cito, como exemplo, a palavra composta, ou palavra-valise "finneagain" ("finício"),[148] que por si só "conta" uma história, a história dos ciclos de Vico e dos ciclos de *Finnegans Wake*.

No tocante à teoria filosófica de Bruno, já mencionada como tendo sido importante para Joyce, sabe-se que esse pensador pregava a "coincidência dos opostos", ou seja, tudo que há na natureza desenvolve um oposto e, a partir dessa antítese, forma-se uma nova síntese, sendo que essas transmutações seriam circulares. Segundo John Blades, "em *Wake*, essa doutrina é manifestada, num nível, na contínua justaposição de entidades opostas: Shem e Shaun, a Rampomposa e a Uiva, Fornica/Grafanhoto, tempo/espaço, pai/filho, as quais são, invariavelmente, aspectos conflitantes do mesmo indivíduo".[149] Tais oposições, convém lembrar, também estão presentes nos mitos universais e nos ameríndios em particular, segundo Claude Lévi-Strauss, não podendo ser atribuídas só às ideias filosóficas de Bruno.

Vale ressaltar que, de acordo com a teoria de Bruno, "infinita é a vida, porque infinitos indivíduos vivem em nós, assim como em todas as coisas compostas. O morrer não é apenas morrer, porque 'nada se aniquila'. Assim, o morrer é apenas uma mudança acidental, ao passo que aquilo que muda permanece eterno[150]."

---

[148] Conferir o item IV deste ensaio, no qual estudo a palavra-valise.
[149] BLADES, John. Op. cit., p. 153.
[150] REALE, Giovanni e ANTISERI, Dario. *História da Filosofia*, v. II. São Paulo: Paulus, 1990, p. 166.

Essa ideia talvez já esteja presente no próprio título do romance: *Finnegans Wake*. Segundo Donaldo Schüler:

> (...) assinalado por *s*, alcançamos o despertar dos Finnegans. Quem são eles? Todos os homens? Por que não? *Homens Concorrem. Ei-los.* (*Here Comes Everybody*), HCE, o Homem a Caminho Está... Morrer e renascer é o destino de todos. Os que morrem renascem em filhos, em feitos, em livros, em monumentos, em casas, em árvores... De muitas formas se regenera a mesma energia vital. Finn MacColl revém em Tim Finnegan, (...)[151]

Ou seja, como disse outro estudioso, em *Finnegans Wake*, "James Joyce apresenta, desenvolve, amplia e concentra nada menos que a eterna dinâmica implícita no nascimento, conflito, morte e ressurreição".[152] Deste modo, a eterna ressurreição do livro poderia ser uma representação da "vida infinita" da teoria de Bruno.

A influência de sua teoria também poderia ser identificada em certos aspectos da linguagem do último romance de Joyce: a "coincidência dos opostos" estaria expressa, por exemplo, na conjugação de duas palavras opostas, "laughter" (riso, risada) e "tears" (lágrimas), que originou uma terceira palavra, "laughtears",[153] ou "lágrima-festiva", na tradução de Donaldo Schüler.

Outras teorias — além das teorias de Vico e Bruno — também ajudaram Joyce a estruturar seu *Finnegans Wake*. James Atherton, por exemplo, cita certas teorias "místicas" ou "obscuras", como o ocultismo, o espiritualismo, a alquimia, a cabala. Cita ainda as teorias de Jung e Freud sobre mito e sonho.

Muito embora Joyce nunca se referisse aos trabalhos de Jung ou Freud como tendo sido fundamentais para elaborar sua escritura (preferia dizer que desgostava de ambos os autores), eles são mencionados várias vezes em *Finnegans Wake*. Para alguns críticos, o romance se basearia num sonho descrito por Freud no livro *Interpretação dos sonhos*, embora até hoje esse sonho não tenha sido claramente identificado.[154] Além disso, segundo Atherton, Joyce talvez tenha incorporado de Freud a teoria de que cada palavra, sendo um ponto de ligação de conceitos variados, representa sempre uma ambiguidade.[155]

---

[151] JOYCE, James, 1999, p. 16.
[152] CAMPBELL, Joseph e ROBINSON, Henry Morton. Op. cit., p. 21.
[153] O músico e poeta norte-americano John Cage via nessa palavra-valise um símbolo do livro de Joyce, ou seu resumo. (Cf. Sérgio Medeiros, "A máquina de sonhar", in CULT - REVISTA BRASILEIRA DE LITERATURA. São Paulo. Ano III, n. 31.)
[154] ATHERTON, James S. Op. cit., p. 38.
[155] Idem, ibidem, p. 39.

Quanto ao papel das teses de Jung, os estudiosos parecem duvidar que Joyce tenha de fato delineado a estrutura do livro a partir de alguma de suas teorias, ainda que o inconsciente coletivo esteja presente em *Finnegans Wake* e termos como "subnesciouness" [FW 224] e "sobsconscious" [FW 377] apareçam no romance. Na opinião de Atherton, esses termos "junguianos", geralmente modificados, podem sugerir que sua função é apenas decorativa. Outros estudiosos, entretanto, acreditam que a relação entre mito e sonho, proposta em *Finnegans Wake*, tenha recebido influência dos trabalhos de Jung.[156] Embora essa seja uma questão aberta, o certo é que, no último romance de Joyce, encontramos um grande número de referências a Jung, ou ao seu trabalho: "ondrawer of our unconscionable, flickerflapper for our unterdrugged" ("moldadora de nosso inconsciónável, que bate-que-bate de frente nosso reprimido, induz-nos a ver")[157] [FW 266/267].

Além das teorias já citadas, não se pode esquecer que *Finnegans Wake* absorveu também grande parte do espírito de sua época. Embora não se discutam aqui essas questões, vale citar alguns fatos históricos e culturais importantes desse período (1922-1939), como, por exemplo, o surrealismo. A palavra foi criada em 1917, em Paris, pelo escritor Guillaume Apollinaire, mas o movimento foi lançado apenas em 1924, por André Breton e Philippe Soulpault (que colaborou na primeira versão do capítulo VIII de *Finnegans Wake* para o francês), com a divulgação do *Manifesto do Surrealismo*.[158] "O surrealismo buscou a comunicação com o irracional e o ilógico, deliberadamente desorientando e reorientando a consciência por meio do inconsciente."[159] Deste movimento surgiram pintores como, entre outros, Dalí. Na década de 1929-39, Dalí pintou suas obras mais famosas, usando um "método crítico-paranoico" imaginado por ele próprio, que consistia em registrar imagens múltiplas que variavam conforme a percepção do observador. Parece-me que, de certa forma, as pinturas oníricas dessa fase do pintor podem ser associadas à última obra de Joyce.

Outro movimento cultural em voga nos anos do *Work in Progress* foi o dadaísmo, criado em 1916 pelo escritor Hugo Ball. O dadaísmo é considerado o precursor do surrealismo, muito embora, segundo André Breton, os dois movimentos sejam "como duas ondas quebrando uma na outra[160]." Já se relacionou *Finnegans Wake* ao *Grande vidro* do artista Marcel Duchamp, um dos

---
[156] ATHERTON, James S. Op. cit., pp. 37-39.
[157] Tradução de Donaldo Schüler.
[158] BRADLEY, Fiona. *Surrealismo*, Sérgio Alcides (trad.). São Paulo: Cosac e Naify, 1999, p. 06.
[159] Idem, ibidem, p. 6.
[160] Idem, p. 12.

representantes desse movimento. Duchamp se dedicou à elaboração de o *Grande vidro* de 1912 a 1923, quando o dadaísmo já parecia superado. Nessa obra, assim como em *Finnegans Wake*, os significados se sobrepõem, tornando-a opaca, além do que o *Grande vidro* também exige do espectador uma contemplação ativa, uma participação criadora, e poderia ainda ser entendido como uma versão moderna do conceito de mito.[161]

A época de *Finnegans Wake* é, em suma, a de um mundo em crise entre duas grandes guerras, da psicanálise, das perspectivas fragmentadas, como podemos observar no cubismo de Picasso. Época também das dissonâncias na música, da atomização da melodia e da valorização da percussão, como ocorre, por exemplo, nas composições de Stravinsky, Schönberg, Webern e Varèse ou no jazz. No livro *Obra aberta*, o escritor e ensaísta Umberto Eco compara a situação do leitor de *Finnegans Wake* à de um indivíduo que ouve uma composição serial dodecafônica, recorrendo à seguinte descrição de Pousseur: "Já que os fenômenos não são mais concatenados uns aos outros segundo um determinismo consequente, cabe ao ouvinte colocar-se voluntariamente no centro de uma rêde (sic) de relações inexauríveis, escolhendo, por assim dizer, ele próprio (embora ciente de que sua escolha é condicionada pelo objeto visado), seus graus de aproximação, seus pontos de encontro, sua escala de referências; é ele, agora, que se dispõe a utilizar simultaneamente a maior quantidade de graduações e de dimensões possíveis, a dinamizar, a multiplicar, a estender ao máximo seus instrumentos de assimilação[162]."

Mencionei até aqui uma série de ideias e autores que estariam "por trás" ou se colocariam "ao lado" da elaboração de *Finnegans Wake*. O estudioso James S. Atherton tentou ordenar esse caos erudito das fontes do livro em *The Books at the Wake*, oferecendo de forma sucinta ao leitor aqueles que "parecem ser os principais axiomas do *Wake*"[163] (e suas possíveis origens). Esses axiomas são os seguintes:

"*I. A Estrutura da História (Vico)*
a. A história é um processo cíclico repetindo eternamente certas situações típicas.
b. Os incidentes de cada ciclo têm seus paralelos em todos os outros ciclos.
c. O caráter de cada ciclo volta a acontecer sob novos nomes em todos os outros ciclos.

---

[161] PAZ, Octavio. *Marcel Duchamp ou O Castelo da Pureza*, Sebastião Uchoa Leite (trad.). São Paulo: Perspectiva, 1997.
[162] ECO, Umberto, 1997, p. 49.
[163] ATHERTON, James. Op. cit., p. 52.

II. A Estrutura do Universo (Vico, Bruno, Nicolau de Cusa, Klee)

a. Há um número infinito de mundos. (Bruno, Klee)
b. Como cada átomo tem sua própria vida individual (de acordo com Bruno) então cada letra em *Finnegans Wake* tem sua própria individualidade.
c. Cada palavra tende a refletir na sua própria estrutura a estrutura do *Wake*. (Bruno, a Cabala)
d. Cada palavra tem 'uma ambiguidade predeterminada' (Freud) e uma tendência natural para transformar-se em outra condição. (Bruno)
e. Caracteres, como palavras, não só transmigram de era para era (Vico e Bruno), mas também tendem a trocar suas identidades. Isso é mais evidente quando esses caracteres são opostos. (Nicolau de Cusa)

III. Número (Lévy-Bruhl, Nicolau de Cusa, Cabala)

a. Unidade e diversidade são estados opostos, cada um tendendo constantemente a se tornar o outro. (Nicolau de Cusa)
b. Dualidade é a forma mais típica de pluralidade. Dois de uma espécie representam portanto tudo desta espécie. (Lévy-Bruhl)
c. Números têm um significado mágico, não aritmético. (A cabala). Os números de um a doze também indicam certos caracteres ou grupos de caracteres. Certos números (por exemplo, 1132) têm propriedades mágicas especiais.

IV. Teologia (Vico, Bruno, Notas de Budge para O Livro dos Mortos)

a. O pecado original foi cometido por Deus. É o simples ato da criação.
b. 'Cada civilização tem seu próprio Jove'. (Vico)
c. Cada Jove perpetra novamente, de uma forma nova, para começar seu ciclo, o pecado original de que depende a criação.

V. Estilo (Symons, Mallarmé, a teoria da música, Pound)

a. 'Toda palavra deve ser carregada de significado até o mais elevado grau.' (Pound)
b. 'É o objetivo da linguagem aproximar-se da música.' (Pater)
c. Técnicas musicais podem ser, por isso, aplicadas ao *Wake*. O *leit-motiv* wagneriano, e o conceito de 'Vozes' na polifonia, são frequentemente usados.
d. Visto que o livro é um todo, todas as partes devem estar ligadas por uma lógica.

VI. Linguagem (Vico, Freud, Gautier, Jousse)

a. 'Tudo pode ser expressado.' (Gautier)
b. Na representação da eterna história ideal, o *Wake* deve usar as três formas através das quais a linguagem se desenvolveu: são elas:
1. Atos simbólicos, gestos. (Vico, Jousse)
2. Heráldica. (Vico)
3. Fala humana.
   Essa última envolve as tentativas dos homens de reproduzir o voz do trovão. Suas primeiras tentativas foram gagas. (Vico)
c. A gagueira indica culpa. (Freud, Carroll.)
d. Como as palavras contêm nelas mesmas a imagem da estrutura do *Wake*, elas também contêm a imagem da estrutura da história. (Bruno)
e. O trovejar, sendo ele mesmo uma espécie de gagueira, é uma indicação de culpa.[164]

O esquema de Atherton, até aqui, é bastante claro e rigoroso; há, porém, uma última parte que, como ele mesmo esclarece, é mais especulativa do que explicativa. Ei-la, nas próprias palavras do seu autor:

VII. Espaço-Tempo

"A experiência de Joyce, ao criar o que Larionov chamou 'uma nova combinação de espaço-tempo', foi deixada para o final desta secção, porque eu tampouco estou seguro da precisão da minha interpretação, ou sequer ciente de todas as fontes literárias dos métodos de Joyce. Minha sugestão é que os quatro homens velhos de Joyce representam, em primeiro lugar, o Espaço, sendo geograficamente os quatro pontos do compasso e, literalmente, as primeiras quatro letras do alfabeto hebraico — assim, representam todas as outras letras e, deste modo, representam o espaço literário. Eles têm, é claro, muitas qualidades sobrepostas, tal como sua identificação com os Struldbrugs de Swift, que eram imortais impotentes. Mas eles adquirem essas personificações extras porque são primeiramente Espaço. Eles representam as quatro paredes do quarto e os quatro pilares da cama, observando de maneira impotente e invejosamente as ações das eternas figuras mutantes que ocupam o espaço entre eles. Eles são Aleph, Beth, Ghimel and Daleth, seres eternos: a

---

[164] ATHERTON, James. Op. cit., pp. 52-54.

expressão 'semper as oxhousehumper' (107.34) dá-nos o significado em inglês dos seus nomes — ox (boi), house (casa), camel (camelo); Daleth, the door (a porta), é nomeado em 'till Daleth, mahomahouma, who oped it closeth thereof the. Dor' (20.17). Como letras eles têm 'fourdimmansions' (367.27); como pontos do compasso, 'the bounds whereinbourne our solid bodies all attomed attaim arrest' (367.29). Sua ordem é inalterável: Norte, Sul, Leste, Oeste. E talvez provenha da velha oração: 'Mateus, Marcos, Lucas e João, abençoem a cama onde me deito', o fato de que eles se tornam também os evangelistas que estão sempre na mesma ordem. Como as quatro províncias, eles aparecem usualmente como Ulster, Munster, Leinster a Connaught; raramente escapando dessa sequência precedente, e usualmente falando até mesmo nesta ordem. Mas acredito que é como Espaço circundante que eles são realmente importantes. Eles estiveram lá todo o tempo e sabem tudo o que aconteceu. Por isso podemos dizer que 'the quad gospellers may own the targum' (112.6), quando a dificuldade de compreender o *Wake* está sendo discutida pelo Targum, o livro que explica o Velho Testamento, e eles estavam lá quando os acontecimentos descritos no Velho Testamento ocorreram. Este balanço da personificação do Espaço de Joyce pode estar completamente errado; mas parece-me que várias coisas fazem sentido das muitas que, por outro lado, são incompreensíveis, se minha teoria for aceita. Mas estou menos seguro da minha interpretação no tocante ao tratamento que Joyce dá ao Tempo. O Tempo é, acredito, personificado por Tom, o empregado que leva e traz as coisas. Seu nome também é Tim, que é aquilo que nós discamos na Inglaterra, para verificarmos a hora por telefone. Ele é por vezes 'tompip' (178.27), o que sugere 'time-pip' (imagem da hora), dado pela BBC. Seu nome transforma-se em Atem, e assim por diante. Por Tempo entende-se uma espécie de Deus, o qual representa uma condição para as nossas vidas. Tom Tompion, o relojoeiro (151.18), produz uma típica ligação que Joyce sempre parecia capaz de encontrar entre fantasia e história. Tudo o que eu posso afirmar com convicção, contudo, é que, se Tom é Tempo, um número de coisas misteriosas no *Wake* tornam-se um pouco menos misteriosas. E isso é tudo o que pode ser dito, com respeito à maioria das minhas sugestões".[165]

---

[165] ATHERTON, James. Op. cit., pp. 54-55.

SINOPSE

> "One continuous present tense integument slowly unfolded all marryvoising moodmoulded cyclewhelling history" [FW 185/186]

A qualidade mais intrínseca de *Finnegans Wake* é, como já se viu, a pluridimensionalidade de seus elementos e o número quase infinito de níveis de significados que possui. Por isso, os estudiosos falam com certa reserva sobre a possibilidade de se fazer um resumo ou uma sinopse linear de sua narrativa, uma vez que esta "deterioraria" os múltiplos sentidos da obra. Da mesma forma, uma interpretação parafraseada do livro empobreceria e desvirtuaria seus componentes mais essenciais.

O crítico americano John Blades, após apresentar ao leitor um sumário, de sua autoria, do romance de Joyce, concluiu: "O que essa descrição nos conta do livro? Bem, ela apenas revela quão difícil é fazer justiça a essa obra magnífica, ao tentar reduzir suas proporções enciclopédicas a poucas linhas[166]."

Embora seja difícil, todavia, confinar *Finnegans Wake* dentro de um enredo, várias tentativas nesse sentido já foram feitas e a tendência a resumi-lo é bastante frequente, "e até normal, devido à própria natureza do livro".[167] Num ensaio intitulado *Working Outline of Finnegans Wake*, Bernard Benstock esclarece a possível função de um resumo argumentativo da obra: "tendo de lidar com um vasto panorama de eventos, personagens e alusões, o analista tenta oferecer algum tipo de guia para si próprio e também para o leitor, temendo que a concentração em qualquer parte obscureça seu significado dentro da estrutura do todo".[168]

A apresentação linear da obra, em suma, é sempre uma interpretação parcial e limitada, por isso não deve, obviamente, tomar o lugar da leitura de *Finnegans Wake*. Sua função é oferecer (mas com reservas) uma orientação relativa para o leitor que pretende caminhar mais "desperto" pelas páginas noturnas do último romance de Joyce, com a esperança de aproximá-lo do texto e ajudá-lo, talvez, a entender melhor os efeitos especiais da linguagem do escritor.

O resumo que se segue tem por objetivo destacar a trama básica, ou superficial, do romance, assim como seus personagens mais importantes, todavia,

---

[166] BLADES, John. Op. cit., p. 143.
[167] GONZALEZ, Jose Carnero. Op. cit., p. 75.
[168] Idem, ibidem. p. 75. Jose Carnero Gonzalez cita Bernard Benstock: BENSTOCK, Bernard. *Joyce-Again's Wake: An Analysis of Finnegans Wake*. Westport, Conn.: Greenwood Press, 1965, p. 6.

apenas em alguns poucos momentos cita-se uma ou outra metamorfose sofrida por eles.

Finnegans Wake está dividido em quarto Partes, ou Livros, aos quais Joyce não deu título. Posteriormente, tentou-se imaginar possíveis títulos para eles: "Campbell e Robinson deram nomes a esses Livros, baseando-se para tanto na relação do ciclo quadripartido de Joyce com as idades do *Corso-Ricorso* de Vico; subdividiram-nos, ainda, em 16 capítulos, a que apuseram títulos adaptados das frases do texto[169]."

Os títulos dados por Campbell e Robinson foram aproveitados na elaboração deste resumo de *Finnegans Wake*:

LIVRO I: O LIVRO DOS PAIS (3-216)

Cap. 1: A Queda de Finnegan (3-29): As páginas iniciais de *Finnegans Wake* (que são a continuação das páginas finais) relatam a queda, o velório e a ressurreição de Tim Finnegan. Essas cenas se fundem com a descrição topográfica e histórica de Dublin e seus arredores. Tim Finnegan ressuscita como o misterioso H.C. Earwicker, que se instala no seu pub com sua mulher e seus filhos: uma menina e dois meninos.

Cap. 2: H.C.E. – Seu Apelido e Reputação (30-47): Surgem boatos acerca de H.C.E., sobre a origem do seu nome e do possível delito que cometeu no Parque Phoenix. Os boatos tomam proporções ainda maiores depois que um mendigo conta à sua mulher ter encontrado H.C.E. no parque. "A Balada de Persse O'Reilly", uma canção com perguntas e suposições a respeito da vida de H.C.E., é o clímax de todo esse mexerico.

Cap. 3: H.C.E. – Seu Julgamento e Prisão (48-74): As suposições acerca da vida de H.C.E. são distorcidas e tornam-se mentirosas. H.C.E. é preso. Durante seu julgamento aparecem diferentes versões sobre sua vida e, aos poucos, sua identidade funde-se com a de outras pessoas, inclusive seus inimigos.

Cap. 4: H.C.E. – Sua Libertação e Ressurreição (75-103): H.C.E. morre e é enterrado no Lago Neagh. Mesmo estando o réu morto, seu julgamento prossegue e, para escapar da sentença, H.C.E. transforma-se em uma raposa e desaparece do lago. No entanto, a verdade a seu respeito pode vir à tona por

---

[169] CAMPOS, Augusto e Haroldo de. *Panaroma do Finnegans Wake*. São Paulo: Perspectiva, 1971, p. 79.

meio de uma carta que sua esposa, A.L.P., havia dirigido a ele. Seu filho Shem redigiu a carta e seu outro filho, Shaun, torna público o documento.

Cap. 5: H.C.E. – O Manifesto de A.L.P. (104-125): Anna Livia Plurabelle (A.L.P.) entoa louvores a seu marido perante a Corte, ato que é conhecido como "mamafesta", e ainda apresenta um fragmento da carta para análise. Essa carta é examinada à exaustão até as últimas páginas do livro. Muitos estudiosos acreditam que a carta seja o próprio *Finnegans Wake*.

Cap. 6: Enigmas – Os Personagens do Manifesto (126-168): Shaun, conhecido como Shaun o Carteiro, toma a forma de Professor Jones e, como tal, examina o texto da carta, lançando doze perguntas sobre seu conteúdo.

Cap. 7: Shem, o Escriba (169-195): Shem é apresentado por seu irmão Shaun como "Pain the Shamman" ("Dor o Impostor"), um embusteiro escandaloso e debochado, um escritor de contos pornográficos que perde prematuramente a visão e apresenta certos problemas psíquicos. Shem se autocensura, mas sua mãe o absolve de seus erros.

Cap. 8: As Lavadeiras no Vau (196-216): Duas lavadeiras, enquanto lavam roupa à margem do rio Liffey, falam sobre a vida de Anna Livia, que aos poucos se confunde com o rio Liffey. Outros personagens são citados na fofoca das lavadeiras, que só termina com o anoitecer e a transformação das mesmas em pedra e árvore.

LIVRO II: O LIVRO DOS FILHOS (219-399)

Cap. 1: A Hora das Crianças (219-399): Enquanto H.C.E. dorme, seus filhos participam de uma festa em frente ao pub do pai: Shem e Shaun aparecem agora como Glugg e Chuff, junto com sua irmã Issy e suas 28 amigas, que representam o arco-íris. Eles jogam e brincam de adivinhações com cores. Com um grito ensurdecedor, H.C.E. chama seus filhos e as amigas de Issy partem.

Cap. 2: O Período do Estudo – Triv e Quad (260-308): As crianças iniciam os deveres de casa. O texto é cheio de anotações. Na margem esquerda quem escreve é Shem (Dolph), na margem direita, Shaun (Kev).

Cap. 3: A Taverna em Festa (309-382): Enquanto isso, acontece uma barulhenta festa no pub. Escutam-se, entre os muitos ruídos, anedotas, fragmentos de um programa de rádio e também de televisão (neste programa atuam Shem, agora chamado de Butt, e Shaun, agora chamado de Taff). Narram-se também algumas histórias, como, por exemplo, a de um capitão norueguês. Chega a hora de fechar o pub, H.C.E recolhe os copos de seus clientes, que estão sonolentos e bêbados.

Cap. 4: Navio-noiva e Gaivotas (383-399): H.C.E. deita-se exausto. Os quatro pilares da cama se transformam em quatro juízes ("Mamalujo") e registram as fantasias de H.C.E., que sonha com a lenda de Tristão e Isolda. Ele é o Rei Mark, o marido enganado por seu filho Tristão (Shaun). Isolda é sua filha Issy.

LIVRO III: O LIVRO DO POVO (403-590)

Cap. 1: Shaun diante do Povo (403-428): H.C.E. dorme profundamente e Shaun domina a história. Shaun lê uma fábula, "The Ondt and the Gracehoper", e através dela demonstra seu ciúme. A carta de A.L.P. reaparece sob os cuidados de Shaun, que pretende lê-la e devolvê-la, mas transforma-se num barril e rola rio abaixo.

Cap. 2: Jaun diante da Academia de St. Bride (429-473): Shaun/Jaun descansa na margem do rio e aconselha Issy, que flerta com as suas 28 seguidoras. O sermão é puritano, repressivo. Ele pune Shem por escrever histórias obscenas. Issy sonha com seu amor fictício.

Cap. 3: Yawn sob Inquérito (474-554): Shaun, ou Yawn (bocejo em inglês) aparece agora como um espectro de H.C.E., o gigante adormecido no parque Phoenix. Dormindo sobre um monte de lixo, ele é interrogado por quatro juízes. Aos poucos a voz de H.C.E é ouvida. Ele se defende das acusações que lhe são feitas e afirma-se inocente, um cidadão respeitável que ama sua mulher.

Cap. 4: H.C.E. e A.L.P. – Seu Leito de Julgamento (555-590): Voltamos à cama de H.C.E. H.C.E e A.L.P. namoram. Shem/Jerry chora e os interrompe. Eles o confortam e retornam ao leito. O amanhecer se aproxima.

LIVRO IV: RICORSO (593-628)

Por volta das seis horas da manhã, a claridade começa a iluminar os objetos do quarto e a paisagem. A família desperta. Eles vão tomar café. A carta de Anna Livia reaparece na forma de monólogo (monólogo de A.L.P.). H.C.E. renasce uma vez mais. As identidades dos pais se fundem nas dos filhos. O passado transforma-se em presente e futuro. É Páscoa, época de ressurreição. A.L.P. é novamente o rio Liffey e retoma seu curso, que deságua no mar e, assim, reinicia seu ciclo, levando-nos mais uma vez ao começo da história.

FINNEGANS WAKE: PROTESTO POLÍTICO E EXPERIMENTAÇÃO LINGUÍSTICA

> "This is nat language at any sinse of the world" [FW 83]

Sabe-se que *Finnegans Wake* pode ser definido, segundo as palavras de Augusto e Haroldo de Campos, como uma "literatura do significante", que rompeu radicalmente com a "era da representação" para instaurar a "era da textualidade".

A linguagem do último romance de James Joyce é o que se discutirá a seguir, visando aprofundar a compreensão de certos aspectos já comentados ou aludidos, mas, desta vez, também de uma perspectiva política e histórica.

Se um dos objetivos declarados de Joyce ao compor *Finnegans Wake* era contar a "história da humanidade" por meio de uma linguagem onírica, ele o fez recorrendo a um idioma próprio (um dialeto joyciano), capaz de expressar não apenas essa sua intenção, como também traduzir o inconsciente da mente durante o sono: "Botei a linguagem para dormir", declarou Joyce certa vez a August Suter. E, para outro amigo, Max Eastman, explicou mais tarde:

> escrevendo sobre a noite eu realmente não pude, senti que não podia, usar palavras em suas ligações habituais. Usadas dessa maneira elas não expressam como são as coisas à noite, nos diferentes estágios — conscientes (sic), depois semiconsciente, depois inconsciente. Achei que isso não poderia ser feito com palavras em suas relações e conexões comuns. Quando a manhã chegar naturalmente tudo ficará claro outra vez. (...) Eu lhes devolverei sua língua inglesa. Não a estou destruindo em definitivo.[170]

Ao percorrer *Finnegans Wake*, o leitor é confrontado de fato com uma linguagem nova, que recorre aos mais variados recursos estilísticos e que utiliza ainda a mescla de palavras de mais de sessenta e cinco línguas diferentes — Joyce incluiu no seu novo idioma tanto as línguas modernas quanto as antigas, orientais e ocidentais, e ainda distorceu e disfarçou muitas delas, criando, assim, um enorme "quebra-cabeça cheio de adivinhações e jogos de palavras".[171]

A primeira dificuldade que o leitor enfrenta ao iniciar a leitura do romance é saber em que língua este está escrito, ou melhor, qual é sua língua básica, uma vez que nem sempre é evidente ser o inglês a língua que prevalece sobre as outras.

---

[170] ELLMANN, Richard. Op. cit., p. 673.
[171] GONZALEZ, Jose Carnero. Op. cit., p. 04.

"Não sei em que língua, não sei em quantas línguas" está escrito o romance, concluiu o filósofo Jacques Derrida.[172]

Na opinião de Seamus Deane, "a 'língua do sonho' da obra é um amálgama poliglota, ocasionalmente vigilante das convenções da gramática e da sintaxe inglesa, mas na maioria das vezes destruidora delas".[173]

Outros estudiosos preferem falar num "inglês irlandês", ao discutir a estranheza do dialeto joyciano. Para David Norris, por exemplo, "*Finnegans Wake* está escrito numa linguagem onírica noturna. Sua sintaxe básica e seu ritmo são aqueles do inglês falado em Dublin, mas existem ecos de quase 50 línguas de todas as partes do mundo".[174]

O que se poderia concluir a esse respeito, contudo, é que, no último romance de Joyce, "a história é contada numa língua que contém todas as línguas";[175] basta tomar como exemplo a sentença: "Are we speachin d'anglas landage or are you sprakin sea Djoytsch?" (Estamos parlando anglês ou você está sprechando-se em Djoycenamarquês?) (FW485). Nessa única frase, Joyce usa o francês ('d'anglais'), o alemão ('sprechen Sie Deutsch?'), o inglês e, poderia-se dizer, o "joyce", ou "Djoytsch", uma vez que muitas dessas palavras na verdade foram construídas por ele próprio.

Mesclar línguas diversas numa obra literária não foi, todavia, uma invenção de Joyce: esse mesmo recurso já havia sido usado, por exemplo, quase um século antes da publicação de *Finnegans Wake*, pelo poeta irlandês Clarence Mangan (1803-1849). Mangan era um competente linguista, conhecia vários idiomas e a literatura de diversos países, além de ser também um nacionalista fervoroso. Em seus poemas ele mesclava outros idiomas com o inglês, como forma de protesto contra a dominação inglesa na Irlanda.[176]

A obra de Joyce, sobretudo seus dois últimos romances, *Ulisses* e *Finnegans Wake*, revela, como se sabe, essa mesma inquietação linguística. Desde jovem, Joyce refletia sobre a possibilidade de uma língua literária universal, que não fosse

---

[172] DERRIDA, Jacques. "Duas palavras por Joyce", in NESTROVSKI, Arthur (org.). Op. cit., p. 17.
[173] JOYCE, James, 1992, p. xxviii.
[174] NORRIS, David e FLINT, Carl. Op. cit., p. 150.
[175] DEANE, Seamus, "Joyce the Irishman", in ATTRIDGE, Derek (org.). Op. cit., pp. 49-50.
[176] Idem, ibidem, p. 32.
[177] Na América Latina, o pintor, místico e poeta argentino Oscar Alejandro Agustín Schulz Solari, ou simplesmente Xul Solar, contemporâneo de Joyce, iniciou também, na década de 1920, um trabalho similar com a linguagem. O envolvimento de Xul com os movimentos da vanguarda levou-o a criar dois idiomas, a "panlíngua" e o "creol", ou "neocrioulo". O primeiro idioma era filosófico, já o outro era uma reforma do espanhol, com palavras inglesas, alemãs, gregas e a retomada do idioma guarani. Este segundo idioma, o "neocrioulo", apresenta certas semelhanças com a língua criada por Joyce em *Finnegans Wake*: é formado por uma mescla de línguas e pretendia ser uma língua cosmopolita e sem fronteiras — o objetivo de Xul

nenhuma das línguas conhecidas.[177] Em julho de 1905, o então jovem escritor declarou: "eu gostaria de uma língua que estivesse acima de todas as línguas, uma língua que todos pudessem utilizar. Eu não me posso expressar em inglês sem encerrar-me numa tradição[178]."

Além disso, já nessa época, Joyce estava convencido de que só poderia escrever a história do seu país quando encontrasse uma língua que se adequasse às experiências irlandesas.[179] Essa língua, segundo sua visão estética, possivelmente não seria o inglês, idioma do povo que dominou por tantos anos a Irlanda, nem mesmo o irlandês, língua perdida entre tantas outras que foram faladas e depois esquecidas ao longo da história de sua terra natal (a Irlanda sofreu o domínio de outros povos além do inglês, como os viquingues e os franceses).

Em meio a esse afã de buscar uma língua mais apropriada à sua arte, Joyce procurou, ao utilizar o inglês, também reproduzir a maneira de falar dos irlandeses, chegando a declarar, quando compunha *Finnegans Wake*, que a linguagem do seu novo romance tinha o ritmo da fala do povo do seu país quando este se expressava em inglês. Devemos entender que Joyce se referia a um inglês falado no final do século XIX e início do século XX na Irlanda, inglês esse profundamente alterado na sua sintaxe, gramática e vocabulário, após haver migrado da Inglaterra para os falantes do seu país natal.

Quando se discute o uso do inglês em *Finnegans Wake*, muitos ensaios a respeito dão indícios de que Joyce, mesmo sendo exímio estilista, teria tentado "destruir" ou "fragmentar" esse idioma como uma forma de protesto contra a ocupação inglesa da Irlanda. Ou seja, Joyce teria agido por motivações políticas exatamente como seu predecessor Clarence Mangan, outro "terrorista" da linguagem.

Essa parece ser a opinião de David Norris, quando afirma: "a língua revolucionária de Joyce é também de certa maneira uma sofisticada represália linguística contra os colonizadores ingleses pelos 800 anos de ocupação. Joyce tomou o bem mais prezado deles — a língua de Milton e Shakespeare, rompeu-a em fragmentos e usou a 'montagem desordenada' resultante para reescrever a história do mundo".[180]

---

era criar uma língua para a América Latina, alternativa àquela do colonizador europeu —; os textos que ele escreveu em "neocrioulo" vêm acompanhados por uma "glosa" que ajuda a decifrar o vocabulário do texto. Além disso, os textos nesse idioma exigem uma participação ativa do leitor, por permitirem uma multiplicidade de significados.

[178] SHEEHAN, Sean (org.). *The Sayings of James Joyce*. Duckworth, 1995, p. 53.
[179] DEANE, Seamus, in ATTRIDGE, Derek (org.), p. 32.
[180] NORRIS, David e FLINT, Carl. Op. cit., p. 151.

Parece que Joyce quis despertar do pesadelo da história irlandesa (para usar a expressão de Stephen Dedalus no livro *Ulisses*) através da destruição/reinvenção da linguagem do vencedor. Segundo Seamus Deane, "o livro está escrito na língua inglesa e também contra a língua inglesa; o livro se converte em inglês e se perverte a partir do inglês". Se é assim, então, no último romance de Joyce, temos "uma língua não patrulhada pela guarda fronteira, um inglês fraco, inseguro, diante do selvagem irlandês situado além".[181]

Certamente não se pode mais analisar e compreender a motivação que teria levado Joyce a criar um dialeto "universal", o dialeto do sonho da humanidade, sem levar em conta uma questão regional, a "questão irlandesa". Aqui, convém lembrar que, cerca de quarenta e cinco anos antes de Joyce nascer, a Irlanda havia perdido quase metade de sua população e também a sua língua nativa. Assim, na opinião de Seamus Deane, "*Finnegans Wake* é a resposta de Joyce a um problema irlandês. Está escrito numa língua fantasma, sobre figuras ilusórias; a história é assombrada por eles e os incorpora repetidas vezes em pessoas, lugares e línguas específicas. Se a Irlanda não pode ser ela mesma, em compensação, o mundo pode se tornar a Irlanda".[182] Além disso "na Irlanda, a recuperação da língua, através dela mesma ou do inglês — se isso não era uma ambição demasiada paradoxal — era largamente considerada como uma necessidade psicológica e também cultural. Somente através dessa façanha os irlandeses poderiam afirmar suas diferenças, somente através disso poderiam se sentir senhores de si, o que começaria a cicatrizar as feridas de um passado mutilado".[183]

A discussão da "questão irlandesa", aqui apenas esboçada, exigiria uma compreensão aprofundada do contexto político-social em que viveram Joyce e outros artistas irlandeses da sua época. Sabe-se, felizmente, que estudos mais recentes sobre Joyce já abordam os aspectos pós-colonialistas da obra do escritor irlandês.

No tocante a *Finnegans Wake*, opina-se que a análise dos aspectos políticos da sua linguagem poderia esclarecer algumas das escolhas estéticas do escritor. No livro *Joyce, Race and Empire*, John Coyle afirma que Vicent Cheng defende a ideia de que "(...) muitas das qualidades estilísticas revolucionárias de Joyce, de suas inovações linguísticas e literárias, podem ser atribuídas a, e estar embasadas na, sua compreensão de expropriação ideológica, étnica e colonial. Sustentando isso

---

[181] JOYCE, James, 1992, pp. viii-ix.
[182] DEANE, Seamus, in ATTRIDGE, Derek (org.), p. 50.
[183] JOYCE, James, 1992, p. xli.
[184] COYLE, John. *James Joyce*. Nova York: Columbia University Press, 1998, p. 146.

ele aponta como Joyce escrevia em oposição às pretensões culturais imperialistas britânicas do seu tempo[184]."

Dentro dos estudos joycianos, todavia, esse tipo de análise que associa ideologia e estética, sondando certas "intenções do autor" representadas em sua escritura, ainda é recente. Caberia lembrar que os ensaios mais antigos sobre os romances de Joyce não enfatizavam — muitas vezes negavam — o aspecto político de sua obra:[185]

> Durante a época da Guerra Fria, a academia era via de regra hostil a interpretações políticas de textos, mas há outras razões para a escassez desse tipo de análise no caso de Joyce. Primeiro, a recusa de Joyce em estar até mesmo minimamente envolvido nas grandes questões políticas europeias dos anos 1930 foi determinante para provar a teoria de que os textos joycianos, assim como o autor deles, eram apolíticos. A segunda maior razão para essa omissão pode ser atribuída à acusação, levantada pela esquerda nos anos 1930, e que atingia igualmente a obra de Franz Kafka, de decadência.[186]

Somente no início dos anos 1970, particularmente na França, é que começaram a aparecer os primeiros estudos sérios e importantes devotados aos aspectos políticos da obra de Joyce. Em 1975, Phillipe Sollers opinou:

> Acreditou-se ingenuamente que Joyce não tinha nenhuma preocupação política porque nunca disse ou escreveu nada sobre o assunto numa *língua franca*. A mesma velha história: arte de um lado, opiniões políticas de outro, como se houvesse um *lugar* para opiniões políticas — ou para qualquer coisa que diga respeito a esse assunto.[187]

Desse modo, conforme alguns estudos posteriores aos anos 1970, Joyce poderia ser considerado um escritor politicamente engajado, uma vez que sua obra criativa e crítica inclui a questão da identidade irlandesa, dentro de uma concepção universal da história.[188]

De fato, o escritor deixou a Irlanda ainda jovem, aos 22 anos, mas nunca se distanciou do seu país, nem ignorou os problemas políticos que este continuava a enfrentar. Da mesma forma, nunca se separou realmente da sua cidade natal. Por isso, Dublin sempre esteve presente em sua ficção: "Se algum dia Dublin for

---

[185] BURNS, Christy L. *Gestural Politics: Stereotype and Parody in Joyce*. Nova York: State University of New York, 2000, p. 117.
[186] WILLIAMS, Trevor L. Op. cit., p. 13.
[187] HAYMAN, David e ANDERSON, Elliott (org.). *In the Wake of the Wake*. Madison: University of Wisconsin Press, 1977, p. 108.
[188] Segundo Peter Burke, "História é mais bem definida como o estudo de sociedades humanas no plural, destacando as diferenças entre elas e as mudanças ocorridas em cada uma com o passar do tempo". (BURKE, Peter. *História e teoria social*, Klauss Brandini Gerhardt e Ronei Venâncio Majer (trads.). São Paulo: Unesp, 2000, p. 12.)

destruída, ela poderá ser reconstruída das páginas dos meus livros",[189] declarou o escritor na época em que escrevia *Ulisses*.

No século XX, várias capitais, algumas provincianas ou periféricas, tornaram-se "centros", pelo menos na literatura. Lisboa, para Fernando Pessoa, Buenos Aires, para Jorge Luis Borges. Quanto a Dublin, era uma província que Joyce quis transformar, nos seus romances, em um modelo de cidade moderna e num centro da história da humanidade. Seus escritos refletem esse paradoxo; por isso, segundo Seamus Deane, "ele teve que encontrar uma língua que registrasse ambos os aspectos da cidade (...) sua língua estranha cambaleia e se desenvolve".[190] Além disso, "Dublin era uma combinação estranha de culturas orais e escritas. Ela se orgulhava de sua fama de espirituosa, de manter boas relações, de sua bisbilhotice maliciosa, de sua oratória, de seu drama e jornalismo. A obra de Joyce reflete esse aspecto da cultura da cidade. É um mosaico de composições literárias — sermões, discursos, histórias, ditos espirituosos, extravagâncias retóricas e mimetismos".[191] Em todos os escritos de Joyce talvez se possa perceber a musicalidade da fala dos irlandeses, em todos os níveis, do popular ao erudito.

A COMPLEXIDADE DA LINGUAGEM ONÍRICA

Além da mescla de línguas, encontramos em *Finnegans Wake* novas relações e conexões entre as palavras e as regras da gramática. É por essa razão que podemos dizer que se trata de "um novo idioma" — "um 'caosmos' governado por suas próprias leis"[192] —, capaz de registrar novos sentidos e novas experiências da mente do ser humano.

Alguns críticos acreditam que essa linguagem onírica tenha facilitado o tratamento de temas considerados tabus, como questões sexuais e crimes contra os costumes, e também certas discussões políticas: "É um tabu falar disso numa língua diurna, mas inevitável numa língua noturna".[193] Ademais, o uso desse dialeto próprio permitiu ao escritor libertar-se das amarras da lógica, da razão, inaugurando um nível discursivo mais livre para a arte e passando a explorar domínios novos, como o do inconsciente, que permite qualquer "arbitrariedade".[194]

---

[189] NORRIS, David e FLINT, Carl. Op. cit., p. 12.
[190] DEANE, Seamus, in ATTRIDGE, Derek (org.), p. 42.
[191] Idem, ibidem, p. 43.
[192] BLADES, John. Op. cit., p. 155.
[193] JOYCE, James, 1992, pp. xxviii-xxix.
[194] JOYCE, James. *Ulisses*. Buenos Aires: Rueda, 1986, p. 27.

A complexidade da linguagem inovadora do romance é ainda acentuada pela tentativa de dar a ela circularidade e simultaneidade — características motivadas não apenas por razões estilísticas, mas também filosóficas, visto terem sido baseadas nas teorias dos pensadores italianos Giambatistta Vico e Giordano Bruno. Contudo, se no conjunto o livro é circular, suas partes contêm sentenças compostas numa sequência normal, ou seja, a do inglês padrão.

Afirmam os estudiosos que Joyce empregava geralmente a construção normatizada ao escrever suas sentenças, encaixando nelas, porém, vocábulos fora dos padrões. Desse modo, sua sintaxe é de certo modo normal, ao passo que suas palavras podem provocar muita estranheza no leitor.[195]

Caberia dizer, então, que, na língua noturna de Joyce, a maior distorção (elaboração onírica) ocorre nos vocábulos: "aqui as palavras formam uma nova matéria: nenhuma palavra permanece intacta, nenhuma palavra se furta à metamorfose".[196]

Em *Finnegans Wake*, a palavra pode concentrar dois ou mais significados, sendo que essa acumulação de significados "se realiza através de associações semânticas, fônicas, gráficas e morfológicas, todas se amontoando sobre si mesmas ao mesmo tempo, em um reduzido e mínimo espaço[197]." Trata-se de um trabalho de deslocamento e condensação de sentido similar àquele descrito por Freud em sua *Interpretação dos sonhos*.

Assim, no último romance de Joyce, a multiplicidade de relações e conexões acontece não apenas entre duas palavras, mas também dentro de cada palavra isolada: "cada vocábulo é um microcosmo de inumeráveis irradiações",[198] que deve ser apreendido como um todo e num mesmo instante — aliás, parece ter sido este o objetivo do autor, desde o início da elaboração do livro: criar algo que pudesse ser captado como um conjunto harmônico, composto de diferentes níveis e estratos, unidos entre si para formar um todo indivisível, embora em si mesmo eternamente mutável.

Numa passagem metalinguística, o próprio *Finnegans Wake* se conceitua como "the book of Doublends Jined" (FW 20), o que significa que seus componentes não são apenas *blends* (combinações), mas *double blend joined* (duplas combinações unidas/combinadas): isso reforça a ideia de simultaneidade, igualdade e inseparabilidade, que os estudiosos identificam na linguagem da obra. As três

---

[195] BLADES, John. Op. cit., p. 147.
[196] JOYCE, James, 1986, p. 26.
[197] GONZALEZ, Jose Carnero. Op. cit., p. 20.
[198] Idem, p. xiii.

palavras — *double*, *blends*, *joined* — são, em certa medida, termos sinônimos, mas *double* pode significar também repetição numérica de um feito e, nesse caso, sugere a multiplicação por dois das possibilidades de combinação.

Joyce consegue obter essa reação em cadeia das palavras e gerar um efeito multiplicador de significados, ao utilizar principalmente dois recursos estilísticos: o trocadilho e a palavra-valise, os quais serão discutidos a seguir.

Os trocadilhos são jogos de palavras semelhantes no som, mas com significados diferentes. Por isso, costuma-se dizer que o trocadilho "... representa um truque artístico, impondo duplicidade e autoconsciência sobre a singularidade e a simplicidade da natureza[199]." O trocadilho não visa elucidar, mas gerar sentidos múltiplos. Daí por que "o contexto do trocadilho, em vez de eliminar uma ambiguidade latente, se constrói deliberadamente a fim de reforçar a ambiguidade".[200] Segundo Michel Butor, o trocadilho "reserva uma surpresa. Ele revela que a palavra que você pensava ter lido ou ouvido era apenas uma aparência, e que a significação verdadeira escondida por baixo era bem outra. Não A, mas B[01]."[2]

O trocadilho não é só um procedimento literário, é também "uma característica do sonho, do *Witz* e do falar impensado[202]." Fora desses domínios, esse recurso estilístico é geralmente desvalorizado.

Para esclarecer melhor a natureza do trocadilho, cito alguns exemplos retirados de *Finnegans Wake*: "Maria full of grease" (Maria cheia de graxa), que toma o lugar da expressão "Maria full of grace" (Maria cheia de graça); "Talk save" (Fala me livre), expressão usada reiteradas vezes no livro, que toma o lugar da frase "God save" (Deus me livre); ou, ainda, a expressão "making loof" (fazendo rumor, tradução possível), no lugar de "making love" (fazendo amor).

A partir do trocadilho surge um novo recurso estilístico em *Finnegans Wake*: a paródia. Segundo Michel Butor, "pode-se considerar a paródia como uma extensão do trocadilho. Ao invés de seguir somente uma palavra ou uma fórmula, segue-se todo um texto, não em geral, nos pormenores, mas em seu estilo, em seu jeito. Assim teremos a impressão de que um trecho descreve, ou conta, tal gênero de História, e percebemos de repente que se trata de coisa bem diferente". Ainda na opinião do escritor e crítico francês, "em *Finnegans Wake*, assistimos a uma generalização da paródia, no sentido de que será impossível decidir qual das duas leituras é melhor. Perceberemos perpetuamente que uma outra história se conta, sem que

---

[199] ATTRIDGE, Derek, in NESTROVSKI, Arthur (org.), p. 340.
[200] Idem, ibidem, p. 341.
[201] BUTOR, Michel, 1974, p. 156.
[202] ATTRIDGE, Derek, in NESTROVSKI, Arthur (org.), p. 340.

nunca possamos eliminar uma delas[203]." Não tratarei aqui, porém, da paródia em *Finnegans Wake*, visto que agora me interessa analisar outro tema, mais essencial, talvez, para a compreensão da linguagem do sonho joyciano: a palavra-valise.

A expressão *portmanteau word* (palavra-valise) foi cunhada por Lewis Carroll no livro *Através do espelho* (1871), protagonizado pela menina Alice. No capítulo seis desse livro, Humpty Dumpty — estranho personagem oriundo de um poema infantil inglês, que é referido muitas vezes em *Finnegans Wake* e está relacionado a H.C.E., o "herói" do romance de Joyce — diz-se intérprete de todos os poemas escritos e não escritos, e explica a Alice o sentido das palavras do misterioso poema "Jabberwocky". Na primeira estrofe desse poema, aparece a palavra "*slithy*" (traduzido como "lesmolisas", por Augusto de Campos), de sentido incompreensível. O hermeneuta Humpty Dumpty explica então: "Ora, significa 'lisas como lesmas'. Veja bem, é uma palavra-valise: dois significados embrulhados numa palavra só".[204]

Esse mesmo recurso é levado às últimas consequências em *Finnegans Wake*, em que Joyce vai seguidamente "empacotar" duas, três ou mais palavras numa só, muitas vezes utilizando palavras de línguas diferentes. Na obra de Lewis Carroll esse procedimento poliglota não aparece.

As palavras-valise joycianas formam palavras compostas, as quais podem, no ato da leitura, separar-se distintamente umas das outras, ou dar origem a uma nova palavra que o autor nem sequer havia pensado, como se pode verificar nos exemplos que se seguem, retirados de *Finnegans Wake*: "laughtears", que conjuga duas outras palavras, "laugh" (riso, risada) e "tears" (lágrimas); "chaosmos", originada a partir das palavras "chaos" (caos) e "cosmos" (cosmo); "funferall", construída a partir das palavras "funeral" (funeral) e "fun for all" (divertimento para todos); "finneagain", composta de uma palavra latina "finne" (fim) e da palavra inglesa "again" (novamente); "dredgerous", formada por três palavras, "dangerous" (perigoso), "treacherous" (traiçoeiro, enganoso), "dredging" (dragagem, tradução possível); "djoytsch", que contém "Deutsch" (alemão) e "Joyce", ou "joy" (alegria).

Dessa forma, as palavras de *Finnegans Wake* adquirem um poder germinador, e são, como disse Joyce, "palavras fermentadas",[205] que conferem um caráter onírico ao seu vocabulário, visto que, no sonho, cada imagem é instável e se modifica continuamente.

---

[203] BUTOR. Michel, 1974, pp. 156-157.
[204] CARROLL, Lewis. *Aventuras de Alice no país das Maravilhas. Através do espelho e o que Alice encontrou lá*. Sebastião Uchoa Leite (trad.). Rio de Janeiro: Fontana/Summus, 1977, p. 197.
[205] BUTOR. Michel, 1974, p. 155.

Na opinião de Derek Attridge, "a palavra-valise desafia dois mitos que servem de base à maioria das suposições com respeito à eficácia da literatura. Como o trocadilho, a palavra-valise nega que as palavras possam ter, numa dada ocasião, um único significado; e como os vários recursos de assonância e rima, nega que os padrões múltiplos de semelhança, ao nível do significante, sejam desprovidos de significado." Por isso, segundo o crítico, "não se pode escapar de sua insistência de que o significado é um efeito da linguagem (não uma presença por dentro ou por trás dela) e que esse efeito é instável e incontrolável". Attridge afirma ainda que "(...) é mais difícil deixar de concluir que a palavra-valise não seja outra coisa senão um aspecto definidor da própria língua, porque a palavra-valise deriva do fato de que os mesmos segmentos (letras, fonemas, sílabas) podem se combinar de modos diferentes[206]."

O certo é que a palavra-valise problematiza até mesmo o significante mais estável, mostrando como suas relações com outros significantes podem ser produtivas, e induzindo o leitor a testar sempre novas associações, não só quando depara com as palavras-valise óbvias, mas também quando lida com palavras aparentemente "normais". Em *Finnegans Wake*: "a expressão 'bangled ears' (orelhas argoladas) não se apresenta como palavra-valise, e na maioria dos textos seria lida como uma conjugação um tanto estranha de adjetivo e substantivo, mas semanticamente precisa. No entanto, o estilo palavra-valise do *Wake* nos encoraja, como já sugeri, a ouvi-la também como 'bandolier' (boldrié, bandoleira), a combinar os atributos do selvagem ou do estrangeiro com os do soldado[207]." Essa leitura talvez pareça demasiado "sonhadora", mas não se pode esquecer que o sonho é a matéria-prima da literatura joyciana, especialmente em *Finnegans Wake*.

Compreende-se então por que, na opinião de certos críticos, "a palavra-valise é um monstro, uma palavra que não é palavra, que não é autorizada por nenhum dicionário, que garante a possibilidade de que livros, em vez de confortavelmente reciclarem os termos que já conhecemos, tenham a liberdade infinita de inventar novas palavras[208]." Isso produz certo desconforto no leitor, fazendo que nem sempre a palavra-valise seja aceita pacificamente em obras literárias. Os próprios escritores podem se mostrar refratários ao seu uso, como costuma acontecer, aliás, com o trocadilho.

Fora dos sonhos e das anedotas, a palavra-valise e o trocadilho têm sido relegados a uma área periférica da comunicação, existindo principalmente na forma

---

[206] ATTRIDGE, Derek, in NESTROVSKI, Arthur (org.), p. 348.
[207] Idem, p. 356.
[208] Idem, pp. 347-348.

de impropriedades no discurso diário, ou em versos sem sentido da poesia *nonsense*, quando não na linguagem de pessoas incultas, das crianças e dos idiotas. A partir de Carroll e Joyce, porém, a palavra-valise foi alçada à condição de importante recurso estilístico da literatura.

Além das palavras-valise, Joyce recorreu também a outros "truques verbais" criados por Lewis Carroll, como, por exemplo, a inversão de letras de uma palavra: no romance *Sílvia e Bruno*, publicado na maturidade pelo escritor inglês, o personagem Bruno usa a palavra *evil* (maldade) no lugar de *live* (vida), e esse procedimento também ocorre em *Finnegans Wake*. Joyce inclusive parece ter invertido o nome da heroína Alice, quando escreveu: "Secilas through their laughing classes" (FW 526-35),[209] fazendo uma alusão ao livro *Através do Espelho* (through the looking glass / through their laughing classes).

Lewis Carroll também criou a "Word Ladder" — Palavra em Escada, que foi igualmente incorporada por Joyce. Em 1879, o escritor inglês explicou da seguinte maneira as regras da sua nova criação:

> Duas palavras são propostas, com a mesma extensão. O quebra-cabeça consiste em ligá-las pela interposição de outras palavras, cada uma diferindo da anterior apenas em uma letra. Isto é, uma letra deve ser mudada numa das duas palavras, depois outra na nova palavra obtida, e assim por diante, até chegar à outra palavra proposta. As letras não podem ser trocadas entre si, cada uma tem de conservar o seu próprio lugar. Como exemplo, a palavra *head* (cabeça) pode ser transformada em *tail* (cauda) pela interposição das palavras *heal, teal, tell, tall*. Chamo as duas palavras de Doublet (parelha), as palavras interpostas de Elos, e a série inteira de Cadeia, da qual lhe dou aqui um exemplo: HEAD/heal/teal/teel/ tall/TAIL. É desnecessário dizer, talvez, que é *de rigueur* que os elos devem ser palavras inglesas, correntemente usadas.[210]

Em *Finnegans Wake* temos o seguinte exemplo de "Word Ladder": "Item... Utem... Otem... Atem..." (FW 223-4).[211] No entanto, os "elos" de Joyce nem sempre são palavras inglesas corretamente usadas.[212]

---

[209] ATHERTON. James S. Op. cit., pp. 125-126.
[210] CARROLL. Lewis. *Aventuras de Alice no País das Maravilhas. Através do Espelho. Alice Encontrou Lá*. Sebastião Uchoa Leite (trad.). Rio de Janeiro: Fontana/Summus, 1977, pp. 261-262.
[211] ATHERTON. James S. Op. cit., p. 125.
[212] O poeta, tradutor e ensaísta Augusto de Campos também criou alguns 'doublets' em português, a partir da técnica de Carroll: CÉU/ cem/ com/ cor/ dor/ dar/ MAR. E ainda criou os 'triplets' como MANHÃ/ manha/ manda/ mando/ bando/ bardo/ tardo/ TARDE/ tardo/ tordo/ mordo/ morto/ morte/ norte/ NOITE. (CARROLL, Lewis. *Aventuras de Alice no País das Maravilhas. Através do Espelho. Alice Encontrou Lá*. Sebastião Uchoa Leite (trad.). Rio de Janeiro: Fontana/Summus, 1977, p. 263.)

Pode-se ainda descobrir outra analogia importante entre a obra de Carroll e a de Joyce: tanto o *Finnegans Wake* quanto *Sílvia e Bruno* começam no meio de uma frase. Martin Gardner, estudioso da obra de Lewis Carroll, enfatizou isso: "Como no *Finnegans Wake*, de James Joyce, a história começa no meio de uma sentença. Acredito que isso quer indicar que o narrador vivenciou subitamente a sua primeira *OBE* ('Out-of-body experience', experiência extrassensorial)..."[213]

Desse modo, pode-se concluir que Joyce dialoga com Carroll, e que sua técnica verbal foi em parte um desenvolvimento das criações linguísticas do escritor inglês.

Na realidade, pode-se dizer que a linguagem de *Finnegans Wake* incorpora elementos do universo literário *nonsense*, como, por exemplo, certos recursos de linguagem que confundem e obscurecem o sentido. Vale lembrar também que o recurso de linguagem mais evidente de *Finnegans Wake* é o macarrônico, o qual consiste no uso simultâneo de várias línguas, fazendo que o discurso à primeira vista não pertença a lugar nenhum. Susan Stewart afirma, aliás, que *Wake* é provavelmente o texto modernista para "onde mais línguas e culturas convergem".[214]

Não só as palavras são exploradas em *Finnegans Wake*, uma vez que a unidade básica de construção da sua linguagem, tanto em termos de significado quanto de musicalidade, pode ser às vezes a sílaba. Por isso, opina Jacques Mercanton: "não é assim a palavra, é a sílaba, às vezes um fragmento de sílaba, o que chega a ser a célula orgânica da linguagem".[215] O melhor exemplo disso são os chamados "soundsenses", vocábulos formados por uma associação de inúmeras letras.[216] Constam do livro cerca de dez "soundsenses" (nas páginas: 3, 23, 44, 90, 113, 257, 314, 414 e 424) e seu significado talvez só possa ser devidamente decifrado numa leitura em voz alta, como, aliás, Joyce sugeriu. Um exemplo de "soundsense" é o barulho do trovão que aparece já na primeira página do romance:

---

[213] CARROLL, Lewis. *Algumas aventuras de Sílvia e Bruno*. Sérgio Medeiros (trad.). São Paulo: Iluminuras, 1997, p. 12. (Contém uma seleção dos contos que compõem a edição original.)

[214] STEWART, Susan. *Nonsense: Aspects of Intertextuality in Folklore and Literature*. Baltimore: Johns Hopkins, 1989, p. 168.

[215] JOYCE, James, 1986, p. 26.

[216] Na opinião de Martin Gardner, responsável pelas edições comentadas das Alices e do poema "A caça ao Snark", os "soundsenses" também são exemplos de palavras-valise: a palavra-valise "pode ser encontrada em muitos dicionários contemporâneos. Tornou-se uma expressão comum para palavras que carregam, como uma mala, mais de um significado. Na literatura inglesa, o grande mestre da palavra-valise é evidentemente James Joyce. *Finnegans Wake* (um sonho, como os livros de Alice) tem dezenas de milhares delas. Entre elas estão aqueles 10 ribombos de 100 letras que simbolizam, entre outras coisas, a colossal queda de Tim Finnegan, o carreteiro irlandês, de sua escada. O próprio Humpty Dumpty está empacotado no sétimo ribombo: Bo thallchoractorschumminaroundgansumumminarumdrumstrum-truminahumptadumpwaultopoofoolooderamaunsturnup." (CARROLL, Lewis. *Alice: edição comentada*, Maria Luiza X. de A. Borges (trad.). Rio de Janeiro: Jorge Zahar, 2002, p. 207.)

> Bababadalgharaghatakamminarronnkonntonnerronntuonnthunntrovarrhou naw nskawntoohoohoordenenthurnuk! [FW 03]

Esse "soundsense", que significa, dentre outras coisas, a voz de Deus, a queda de Tim Finnegan e da linguagem padrão e o início de um novo período, repercutirá por todo livro.[217]

Outro exemplo de "soundsense" é o barulho da queda de um copo:

> Klikkaklakakaklaskaklopatzklatschabattacreppycrottygraddaghsemmihsam mihnouithappluddyappladdypkonpkoy! [FW 44]

Certos críticos afirmam, baseados nos "soundsenses" e em outros procedimentos análogos, que, em *Finnegans Wake*, a audição precede a visão; por isso, o livro não deveria apenas ser lido em silêncio, mas também deveria ser ouvido. O próprio Joyce, aliás, aconselhou: "se alguém não entender uma passagem, tudo que tem que fazer é ler em voz alta".[218]

Assim, em *Finnegans Wake*, a leitura em voz alta pode esclarecer determinados termos, ou realçar o valor estético de sentenças inteiras, que possuem no ritmo, ora acelerado, ora entrecortado, seu potencial expressivo. No final do capítulo VIII, por exemplo, cai a noite e as palavras "adormecem", aparecendo então frases entrecortadas como: "Can't hear with the waters of. The chittering waters of." ["Nãouço com as agitadas águas de. As sussurrantes águas de."] (FW 216). Outro exemplo desse tipo aparece no segundo capítulo do livro, quando as palavras "cantam" ao expressarem o ato de cantar: "Some apt him Barth, Voll, Noll, Soll, Will, Weel, Wall but I parse him Persee O'Reilly else he's called no name at all. Together." ["Alguns o habilitam Arth, outros o batizam Barth, Coll, Noll, Soll, Will, Weel, Wall mas eu o roclamo Persee O'Reilly do contrário ele não é chamado de nome algum. Todos juntos."] (FW 44).

Diante disso, pôde opinar Michel Butor que:

> *Finnegans Wake* é antes de tudo uma sinfonia. A linguagem é aí tratada, de ponta a ponta, como uma matéria musical no interior da qual se desenrolam temas e variações. A sonoridade das palavras se reveste de uma importância considerável e o ritmo das frases é particularmente estudado e diversificado; feito por vezes de uma sucessão dialogada de palavras curtas, por vezes, ao contrário,

---

[217] Segundo o crítico alemão Klaus Reichert, o trovão é uma palavra formada por mais de duas dúzias de palavras de diferentes idiomas.
[218] SHEEHAN, Sean (org.). Op. cit., p. 36.

estendendo-se em imensos períodos de várias páginas sustentadas por palavras indefinidamente longas.[219]

A linguagem de *Finnegans Wake* poderia, talvez, ser definida como uma linguagem poliglota, poética e musical, através da qual o escritor levou às últimas consequências sua experimentação com a língua e as palavras, indo à raiz da fala, à fonte obscura e ilógica do inconsciente, retirando daí os "soundsenses", as palavras sem sentido óbvio, os ruídos, as onomatopeias etc. A dimensão poética dessa linguagem onírica é evidente em todo o romance, pois, além dos jogos de linguagem já mencionados, aparecem com frequência rimas e aliterações, como ocorre, por exemplo, na frase: "Tell me every tiny teign. I want to know single ingul" ["Conta-me toda minúscula minúcia. Eu quero saber tudo tudo"] [FW 201].

Em suma, como os demais elementos da obra, também a linguagem do romance é formada por unidades que se modificam e se diluem, abandonando suas formas habituais para criarem um mundo de "sonhos" e "ilusões". Mas o "dialeto" criado por Joyce não é meramente "anytongue athall" (umúnica língua qualinguer) [FW 117]; apresenta-se, ao contrário, como uma fascinante exploração das possibilidades da comunicação humana.[220]

QUESTÕES DE LEITURA

Falou-se em "dialeto" joyciano. Isso implica uma questão básica: é possível ler e fruir *Finnegans Wake*, quando sabemos que ele explora dimensões novas da linguagem literária, sem se furtar a jogos que "obscureçam" o sentido?

Sobre a leitura do romance, Seamus Deane afirma: "a primeira coisa a se dizer sobre *Finnegans Wake* é que ele é, em grande parte, ilegível[221]." No entanto, o mesmo crítico admite a possibilidade de se fazer uma leitura do livro, desde

---

[219] BUTOR, Michel. Op. cit., pp. 141-142.
[220] A linguagem de *Finnegans Wake* é, possivelmente, um dos aspectos mais fascinantes e ricos do livro. Trabalhar esse aspecto do romance abre um vasto horizonte para a pesquisa. Os estudos comparativos podem ser amplamente trabalhados: a linguagem de Joyce em *Finnegans Wake* nos permite traçar paralelos com a linguagem de outros escritores, como os já mencionados Clarence Mangan, Lewis Carroll, Xul Solar, John Cage e, ainda, Guimarães Rosa e Juan Rulfo, dentre outros. A questão política da língua de *Finnegans Wake* é da mesma forma um assunto que desperta o interesse, uma vez que, parece, no último romance de Joyce a língua inglesa é usada como "bode expiatório", "o inocente que polariza sobre si o ódio universal", segundo o conceito de René Girard (GIRARD, René. *La Ruta Antigua de Los Hombres Perversos*, Francisco Díez del Corral (trad.). Barcelona: Anagrama, 1989, p. 15), ou seja, em *Finnegans Wake*, recai sobre ela a culpa pelos problemas políticos e sociais entre a Inglaterra e a Irlanda.
[221] JOYCE. James, 1992, p. vii.

que o leitor "renuncie" à boa parte das convenções estabelecidas sobre leitura e linguagem. A leitura deve ser uma aventura.

Michel Butor, por exemplo, declarou nunca haver lido *Finnegans Wake* no sentido que damos à palavra "ler", uma vez que jamais foi capaz de percorrer o romance a partir da primeira até a última linha, sem pular uma palavra, uma frase e, às vezes, páginas inteiras.

Partindo da sua experiência de leitura, o crítico e romancista francês esclarece o que entende pelo adjetivo "ilegível", empregado por muitos estudiosos para qualificar o romance: "a última obra de Joyce, proibindo-nos de ter a seu respeito a ilusão de uma leitura integral (e é isso que se quer dizer quando se declara que ele (*sic*) é ilegível), desmascara essa ilusão naquilo que concerne às outras, que nunca conseguimos ler tão integralmente quanto imaginamos, saltando muitas vezes páginas inteiras, relaxando nossa atenção, pulando linhas, esquecendo letras, tomando uma palavra por outra e adivinhando o sentido daquelas que não conhecíamos, sem nos dar o trabalho, no mais das vezes, de verificá-los[222]."

Ao ler esse romance obscuro, o leitor é convidado a agir por conta própria, criando uma leitura particular, sonhando o sonho de Joyce segundo sua própria experiência, de modo que se pode considerar que se trata mais de uma "performance" do que de uma leitura no sentido comum do termo — esta, via de regra, supõe um agente passivo, que absorve uma mensagem que lhe é dada pronta. Não é esse o caso de *Finnegans Wake*.

Um exemplo de leitura performática seria exatamente a de Butor: ele leu o romance "abrindo o texto aqui e ali, ao acaso, parando quando algumas palavras, algumas frases, alguma história ou algum sonho se delineava" para ele, ou atraía-o,[223] sem se preocupar em obter uma apreensão total ou linear do livro.

O músico e poeta norte-americano John Cage, da mesma forma que o ensaísta e romancista francês, também fez uma leitura bastante idiossincrática do livro, abrindo as páginas do romance ao acaso e "absorvendo" apenas certas palavras que lhe pareciam interessantes.[224] Tendo frequentado o livro dessa maneira, compôs então *Writing for the Second Time Through Finnegans Wake*, que é uma releitura resumida de *Finnegans Wake*, na forma de mesósticos sobre o nome de James Joyce e sem respeitar a sintaxe padrão do inglês, usada no livro

---

[222] BUTOR. Michel, p. 152.
[223] Idem, p. 151.
[224] CULT – REVISTA BRASILEIRA DE LITERATURA. São Paulo. Ano III, n. 31 (cf. Sérgio Medeiros, "A Máquina de Sonhar").

de Joyce. Para Cage, essa sintaxe convencional estava associada (sob inspiração de Henri Thoreau) a uma tropa de exército marchando.[225] Em 1979, John Cage realizou "Roaratorio", uma composição construída a partir de vozes humanas, sons naturais, sons do ambiente, ruídos, canto e música. Entre esses ruídos, Cage incluiu a leitura de sua versão de *Finnegans Wake*.[226]

No contexto cultural brasileiro, Haroldo de Campos, ao falar da leitura do romance, opinou:

> Uma obra com as características do *Finnegans Wake* requer uma operação de leitura muito diversa daquela a que estamos acostumados. Escrevemos em 1956 ("A obra aberta", *Diário de São Paulo*, 3 de julho) que *Finnegans* retinha a propriedade do círculo, da equidistância de todos os pontos em relação ao centro: a obra é porosa à leitura por qualquer das partes através das quais se procure assediá-la. Assim, *Finnegans* há de ser uma leitura topológica, em progresso, que não termina nunca, que se está fazendo sempre e que está sempre por fazer, tais os meandros do texto, as dificuldades que o inçam, as multifacetas desse maravilhoso caleidoscópio.[227]

Tratando do mesmo assunto, Donaldo Schüler entende que, "como na sinfonia, os primeiros acordes anunciam o desenvolvimento futuro. Acompanhemos algumas das repercussões. Só algumas. Se déssemos atenção a todas, não sairíamos do primeiro parágrafo[228]."

A leitura do último romance de Joyce também exige do leitor outro sentido além do da visão. Como mencionado, o escritor aconselhava uma leitura em voz alta caso o leitor encontrasse alguma dificuldade de compreensão. Assim, reforça-se a ideia do livro como uma performance, pois ele exige de quem o lê o emprego de outros sentidos além daquele a que estava habituado.

Se por um lado Joyce desejava dar liberdade ao leitor, por outro lado ele introduziu na obra "certas chaves", que indicam talvez a intenção de que o livro também fosse lido num determinado sentido. O "sentido" de *Finnegans Wake* tem, entretanto, "a riqueza do cosmo", cabendo ao leitor se colocar no centro de uma rede de relações inexauríveis e escolher, ele próprio, "seus graus de aproximação, seus pontos de encontro, sua escala de referências[229]."

---

[225] CAGE, John. *Empty Words*. Londres: Marion Boyars, 1980, pp. 133-134.
[226] TÁPIA, Marcelo (org.). *Joyce Revém*. São Paulo: Olavobrás/ABEI, 1999, pp. 40-41.
[227] CAMPOS, Augusto e Haroldo de. Op. cit., p. 23.
[228] JOYCE, James, 1999, p. 90.
[229] ECO, Umberto, 1997, pp. 48-49.

Pode-se afirmar que James Joyce, ao criar uma linguagem nova, criou também um novo tipo de leitor. Um leitor que necessita estar familiarizado com diferentes línguas e culturas para absorver uma gama enorme de fatos históricos e culturais e para conseguir administrar a riqueza verbal do livro. Para os leitores de língua inglesa, a identificação dos provérbios, das canções, das fábulas infantis e de outros similares usados pelo escritor ajudam a recompor o sentido do livro. No entanto, não raramente, esses mesmos leitores poderão se sentir "desamparados", se não conhecerem as outras línguas ou culturas referidas no livro. Nesse aspecto, o leitor estrangeiro talvez tenha certa vantagem sobre o leitor nativo. Assim, talvez seja possível concluir que, para compreender melhor o romance, uma leitura coletiva seria a leitura ideal: cada leitor encontrará diferentes significados no texto, conforme sua nacionalidade ou domínio de outros idiomas, ou conhecimento de outras culturas. Aliás, já se afirmou que, "paradoxalmente, *Finnegans Wake* é o mais proibitivamente xenófobo de todos os livros e ao mesmo tempo estende boas-vindas ecumênicas a todos os estrangeiros, encontrando-os em seu território e muito especificamente nele[230]."

Além de conhecimento, paciência e uma boa dose de "insônia" (para usar uma palavra mencionada no *Finnegans Wake*: "that ideal reader suffering from an ideal insomnia" [FW 120]), o leitor "desperto" do sonho de Joyce necessita de "uma preparação prévia e ainda uma vocação e caráter determinados".[231] Mas, ainda assim, muitos leitores que reúnem todas essas qualidades, e mesmo depois de anos de dedicação à leitura do romance, sentem-se frustrados por não poderem decifrá-lo: Clive Hart, um dos mais conhecidos estudiosos da última obra de Joyce, por exemplo, confessou não saber ainda do que trata o romance, mesmo depois de vinte anos de estudo e intensa dedicação a ele.[232]

A leitura de *Finnegans Wake* é, na realidade, como afirmou Haroldo de Campos, uma leitura "em progresso, que não termina nunca",[233] tantas são as dificuldades e pluralidades de significado do texto. Mas "quem se confia a jogos sonoros, ao ludismo de imagens e ideias, pode ler Joyce com prazer",[234] como afirma Donaldo Schüler.

Muitos críticos acreditam que, por essa razão, nenhum outro trabalho literário precisaria tanto de um "guia" quanto *Finnegans Wake*, com sua língua estranha, seus neologismos, suas ambiguidades e alusões obscuras.[235]

---

[230] SENN, Fritz., "Leituras de estrangeiro", in NESTROVSKI, Arthur (org.). Op. cit., p. 259.
[231] TORTOSA, Francisco García. Op. cit., p. 09.
[232] Idem, p. 10.
[233] CAMPOS, Augusto e Haroldo de. Op. cit., p. 23.
[234] JOYCE, James, 1999, p. 25.
[235] NORRIS, Margot, in ATTRIDGE, Derek (org.), p. 161.

De certa forma, Joyce já oferece no próprio romance um "guia" de leitura por meio de conselhos inseridos aqui e ali. Mas tais conselhos encontram-se muitas vezes dispersos no meio da linguagem "pouco clara" do livro. Outras vezes aparecem de forma implícita, ajudando muito pouco o leitor. Na página 108, tem-se o seguinte conselho, aliás bastante pragmático:

"Now, patience; and remember patience is the great thing..." ("Agora paciência; e lembre-se paciência é a melhor coisa...")

E na página 453, o conselho é este:

"So now, I'll ask you, let ye create no scenes in my poor primmmafore's wake." ("Então, agora, eu pedirei a vocês, não criem nenhum espetáculo no meu pobre préprimeiro despertar.")

Ou seja, Joyce pede que o leitor não faça nenhum prejulgamento do livro antes de começar a folheá-lo.

Atualmente, além dos próprios conselhos de Joyce inseridos no romance, tanto o leitor comum quanto o pesquisador têm ao seu alcance um volume considerável de "guias" de leitura de *Finnegans Wake*. Por vezes, o principiante, desencorajado e desalentado já nas primeiras páginas do romance, busca refúgio numa leitura substituta de algum manual "milagroso" que possa guiá-lo pelas páginas quase impenetráveis do livro, esperando ingenuamente encontrar, aí, a solução definitiva do seu mistério.

ANNA LIVIA PLURABELLE: A TERCEIRA MARGEM DO LIFFEY

"Anna was, Livia is, Plurabelle's to be." [FW 215]

De todos os capítulos de *Finnegans Wake*, talvez o mais conhecido, estudado e traduzido seja o oitavo, que se tornou famoso ainda em vida do autor, e foi batizado por ele de "Anna Livia Plurabelle", desde o primeiro esboço, enviado à sua protetora Harriet Weaver, em 1924. Na edição final do romance, esse capítulo, assim como os demais, foi publicado sem título ou identificação numérica.

O título que lhe deu Joyce, e que foi logo adotado pelos estudiosos,[236] pode ser à primeira vista enganoso, por sugerir que o assunto principal é a vida

---

[236] Campbell e Robinson, na sua sinopse do livro, intitularam este capítulo "The washers at the Ford" ("As lavadeiras no vau", segundo a tradução dos irmãos Campos).

de Anna Livia Plurabelle, unicamente. Os críticos identificam, nesse capítulo, quatro elementos fundamentais;[237] um deles, é claro, seria Anna Livia, e os outros: H.C.E., seu marido; duas lavadeiras que conversam entre si enquanto lavam a roupa suja da família Earwicker; e o rio Liffey, em cujas margens as lavadeiras estão sentadas. Convém lembrar que a personagem Anna Livia atua igualmente em outros capítulos do livro, como, por exemplo, no último, conhecido como "Recorso" (*sic*).

A ênfase que darei a esse capítulo não é casual: "Anna Livia Plurabelle", além de ser, entre todas as seções de *Finnegans Wake*, a mais conhecida e admirada,[238] talvez seja também a que permite uma aproximação mais fácil do leitor com o romance, na opinião dos estudiosos.[239]

Sabe-se que Joyce sentia por esse episódio do romance um "carinho especial", recitando-o de memória a amigos e conhecidos. Além disso, ele próprio incentivou Stuart Gilbert a escrever uma sinopse de todo o capítulo, com o objetivo de transformá-lo em filme. Em agosto de 1929, Joyce gravou as últimas páginas do episódio (pp. 213-216) a pedido de C.K. Odgen, no Instituto Ortológico, em Londres. Essas mesmas páginas, em 1932, foram "traduzidas" para o inglês básico pelo próprio C.K. Odgen.[240]

Desde as primeiras publicações de "Anna Livia Plurabelle", em revistas como *Navire d'Argent* e *Two Worlds*, a crítica foi pródiga em elogios, ao contrário do que aconteceu com outros capítulos do livro, em geral recebidos com reservas ou mesmo incompreensão: o escritor inglês John Drinkwater, por exemplo, considerou o episódio "as melhores páginas da literatura inglesa[241]."

James Stephens, dois anos após a primeira publicação do capítulo, afirmou: "Anna Livia Plurabelle é a melhor prosa já escrita por um homem".[242]

O próprio Joyce já havia declarado a Harriet Weaver: "se o último capítulo da primeira parte ["Anna Livia"] não é algo bem feito, eu sou um imbecil em questões de linguagem".[243]

A composição do capítulo, apesar da satisfação que proporcionou ao escritor, deixou-o exausto. Em março de 1924, Joyce confessou a Harriet Weaver: "Terminei o capítulo 'Anna Livia Plurabelle'. Aqui ele está, depois de tanto trabalho, preo-

---

[237] TORTOSA, Francisco García, p. 84.
[238] NORRIS, Margot, in ATTRIDGE, Derek (org.), p. 166.
[239] NORRIS, David e FLINT, Carl. Op. cit., p. 161.
[240] ELLMANN, Richard. Op. cit., pp. 761, 805. JOYCE, James. *Anna Livia Plurabelle*. Frankfurt: Suhrkamp, 1982, p. 26.
[241] JOYCE, James. *Anna Livia Plurabelle*. Frankfurt: Suhrkamp, 1982, p. 27.
[242] TORTOSA, Francisco García, p. 80.
[243] Idem, ibidem.

cupações, má visão e outras circunstâncias adversas, só me restam forças para sustentar uma pluma."[244]

Provavelmente, nada do que Joyce escrevera até então havia sido tão árduo e ao mesmo tempo tão satisfatório.

De fato, dentre todos os capítulos de *Finnegans Wake*, "Anna Livia Plurabelle" foi o que teve maior repercussão entre leitores e críticos, ainda que inicialmente seu número não fosse grande: em outubro de 1928, uma edição de luxo do capítulo, com 850 exemplares apenas, foi publicado por Crosby Gaige em Nova York.[245] Em agosto de 1929, o episódio mereceu uma publicação em forma de livro pela Faber & Faber. Para esta edição, também limitada, Joyce compôs um "poeminha humorístico":[246]

> Compre um livro em papel castanho
> De Faber & Faber
> Para ver Annie Liffey viajar, tropeçar e saltar,
> Setepecados em seus cantocoisas,
> Plurabelle em sua prosa,
> Concha de mar maré música riocaminho ela flui.[247]

"ANNA LIVIA PLURABELLE": SUAS FONTES

O primeiro esboço do capítulo surgiu em 1924 e foi descrito por Joyce como "um diálogo coloquial por sobre o rio de duas lavadeiras que, quando a noite cai, se transformam em árvore e pedra. O rio chama-se Anna Liffey. Algumas das palavras no começo são um híbrido de dinamarquês-inglês.[248] Dublin é uma cidade fundada por vikings (*sic*). O nome irlandês é Baila atha Cliath. Ballyclee = Town of Ford of Hurdles.[249] A caixa de Pandora dela contém as doenças que a carne herdou. A torrente é bastante castanha, rica em salmão, muito sinuosa, superficial. A divisão pelo final (sete diques) é a cidade.[250] Issy será a futura Isolde (cf. Chapelizod)[251]."

---

[244] Idem, p. 81.
[245] JOYCE, James. Op. cit., 1982, p. 24.
[246] O'BRIEN, Edna. Op. cit., p. 151.
[247] ELLMANN, Richard. Op. cit., p. 760.
  "Joyce escreveu rimas para a publicidade na sobrecapa de *Anna Livia Plurabelle* e de *Haveth childers everywhere*", este um fragmento do romance também publicado individualmente.
[248] A palavra "wildgaze" [FW 197], por exemplo, é, segundo Roland MacHugh, um misto de dinamarquês e inglês: *wild* (selvagem), é uma palavra inglesa; *gæs* (ganso), é uma palavra dinamarquesa. Outras palavras formadas a partir dessas duas línguas podem ser encontradas em todo o capítulo.
[249] Town of Ford of Hurdles: Cidade do Vau dos Obstáculos.
[250] O estudioso alemão Klaus Reichert, ao traduzir para o alemão a penúltima frase dessa afirmação de Joyce, escreveu: "O estilhaço ao final (sete diques) é a cidade em construção", o que talvez ajude a tornar a sentença mais clara.
[251] ELLMANN, Richard. Op. cit., p. 695.

A ideia desse capítulo, contou o escritor certa vez, "veio-lhe numa viagem a Chartres, onde viu mulheres lavando roupas nos dois lados do Eure[252]." No entanto, ele também afirmava ter concebido o episódio depois de ouvir uma conversa entre suas irmãs, Eileen e Eva Joyce. Nessa conversa, Eileen descrevia a Eva a beleza do cabelo de Livia Schmitz, mulher do escritor italiano Italo Svevo, que conhecera em Trieste, quando ali morou com a família de James Joyce:

> And trickle me through was she marcellewaved or was it weirdly a wig she wore. (E escorra-me extenuamente estava ela de permanente ou por ventura era uma peruca quela usava.) [FW 204]

Tendo ouvido essa conversa, Joyce concebeu a estrutura do capítulo como um diálogo entre duas mulheres discutindo a vida de uma terceira:[253]

> Do you know what she started cheeping after, with a choicey voicey like water glucks or Madame Delba to Romeoreszk? You'll never guess. Tell me. Tell me. (Sabes o que ela começou a cacarejar depois, com voz vairiada como a maré ou como Madame Delba em Romeoreszk? Nunca vais adivinhar. Me conta. Me conta.) [FW 200]

O rio como metáfora da mulher, tão importante no capítulo, parece também ter saído do diálogo entre as duas irmãs do escritor. Em 1924, Joyce revelou a um jornalista italiano como lhe veio essa ideia:

> Dizem que imortalizei Svevo,[254] mas também imortalizei as tranças da signora Svevo. Eram lonas (sic) de um louro avermelhado. Minha irmã que costumava vê-las soltas me falara delas. O rio de Dublin passa por casas de tintura e por isso tem águas avermelhadas. Assim comparei ludicamente as duas coisas no livro que estou escrevendo. A dama que está nele terá tranças que são na verdade as da signora Svevo.[255]

Alguns estudiosos, como, por exemplo, Margot Norris, acreditam entretanto que o embrião do capítulo esteja num conto do livro *Dublinenses*, ou *Gente de Dublin*, como também é conhecido em português, chamado "Argila". O conto narra a história da criada Maria, uma mulher solitária e humilde.

---

[252] Idem, ibidem.
[253] NORRIS, Margot, in ATTRIDGE, Derek (org.), pp. 166-167.
[254] O apoio de Joyce foi fundamental para que Svevo, autor de *A consciência de Zeno* e outros textos, alcançasse reconhecimento internacional. Por meio de Joyce, ele conseguiu espaço em revistas literárias e jornais fora de sua terra natal. (ELLMANN, Richard. Op. cit., p. 691.)
[255] Idem, p. 692.

Na opinião de Norris:

> Quando comparamos as duas representações das lavadeiras, no capítulo ALP e em "Argila", podemos perceber uma relação estrutural intricadamente invertida entre elas (...) "Argila" apresenta as lavadeiras quando elas estão com a sua já lavação concluída: 'em poucos minutos as mulheres começam a chegar em grupo de duas e três, esfregando suas mãos fortes em suas anáguas e abaixando as mangas de suas blusas sobre seus fortes braços ruivos'.[256]

O capítulo VIII de *Finnegans Wake*, invertendo essa situação, começa com o trabalho das lavadeiras:

Wash quite and don't be dabbling. Tuck up your sleeves and loosen your talktapes. (Lava aí e não me enroles. Arregaça as mangas e solta a língua) [FW 196]

Em "Argila", não sabemos o que as lavadeiras dizem e fazem durante o trabalho. Na opinião da estudiosa citada, "As lavadeiras de 'Argila' provavelmente falam da personagem Maria, mas como o narrador da história está tão determinado a colocar apenas a melhor parte do ambiente de Maria, elas são rapidamente descartadas, como vulgares e sem importância (...) As lavadeiras de 'Argila' são silenciosas, exceto quando elogios a Maria são citados em canções".[257] Já em "Anna Livia Plurabelle", pelo contrário, as lavadeiras, à medida que lavam a roupa suja dos moradores de Dublin, comentam sem nenhuma discrição e pudor suas vidas:[258]

> Look at the shirt of him! Look at the dirty of it! He has all my water black on me... I know by heart the places he likes to sale, duddurty devil. (Olha a camisa dele! Olha que suja ela está! Ele deixou em mim toda minh'água escura... Sei de cor os lugares que ele gosta de manchar, suujeito suujo.) [FW 196]

O silêncio das lavadeiras, em "Argila", dá lugar, assim, à expressividade das vozes das lavadeiras de "Anna Livia Plurabelle", que se revelam muitas vezes numa fala vulgar e inculta, sem prejuízo da musicalidade do texto:[259]

---

[256] NORRIS, Margot, in ATTRIDGE, Derek (org.), p. 167.
[257] Idem, p. 168.
[258] Idem, p. 167.
[259] Idem, pp. 168, 169.

Lordy, lordy, did she so? Well, of all the ones ever I head! Throwing all the neiss little whores in the world at him! (Deus, deus, ela fez isso? Bem, nunca ouvi coisa igual! Lançando todas as encantadoras prostitutinhas do mundo sobre ele!) [FW 200]

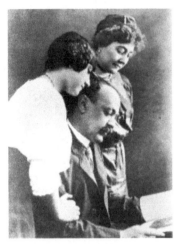

Ettore Schmitz (Italo Svevo) e sua família.

Outra relação simetricamente inversa entre o conto dos *Dublinenses* e o capítulo VIII de *Finnegans Wake*, apontada por Norris, é a seguinte: "a criadinha velha, virginal, sem amor e infantil de 'Argila' transforma-se, sob o nome de 'Anna Livia Plurabelle', numa esposinha com uma generosa história sexual e muitos filhos, isto é, a metáfora da 'própria mãe' de 'Argila' ('Mamãe é mamãe mas Maria é minha própria mãe') transforma-se literalmente na mãe quase inumerável de *Finnegans Wake*".[260] Uma comprovação do que se acabou de afirmar poderia ser esta passagem do capítulo VIII:

> Some says she had three figures to fill and confined herself to a hundred eleven, wan by-wan bywan. (Alguns dizem que ela teve três figuras para preenchê-la e limitá-la a cento e onze, um depilpois do outro e doutro.) [FW 201]

Finalmente, se em "Argila" a personagem Maria é descrita como uma mulher modesta, que usa poucos enfeites ("Trocou também de blusa e, ao olhar no espelho, pensou em como costumava arrumar-se para a missa de domingo quando era jovem."[261]), em *Finnegans Wake* Anna Livia é descrita como uma mulher vaidosa, que gosta de se enfeitar:[262]

---

[260] Idem, p. 168.
[261] JOYCE, James. *Dublinenses*. Hamilton Trevisan (trad.). Rio de Janeiro: Civilização Brasileira, 1999, p. 99.
[262] NORRIS, Margot, in ATTRIDGE, Derek (org.), p. 168.

> Then she made her bracelets and her anklets and her armelets and jetty amulet for necklace of clicking cobbles and pattering pebbles... (Então ela fez seus bracelets, suas presilhas e seus anklets e um amuleto de molhe para o colar de contas de carvão...) [FW 207]

Embora a tese de Margot Norris seja interessante, a leitura do conto não evidencia que nele esteja de fato o embrião ou o ponto de partida do capítulo VIII de *Finnegans Wake*.

Não se pretende, porém, solucionar aqui o enigma da origem do capítulo, mas apenas indicar algumas fontes prováveis, como as já citadas.

DA NASCENTE À FOZ

Em 1925, "Anna Livia Plurabelle" foi publicada pela primeira vez na revista francesa *Navire d'Argent*, depois que a revista inglesa *The calendar* recusou-se a fazê-lo, receando problemas com a censura.[263] Contudo, o capítulo sofreria ainda alterações, pois somente em 1931 o escritor redigiu sua versão final, que foi publicada em 1º de maio de 1931, na revista *Nouvelle Revue Française*.[264]

Durante esse período, "Anna Livia Plurabelle" teve dezessete versões diferentes,[265] mas o escritor manteve em todas elas o plano narrativo original, ou seja, duas lavadeiras à margem do Liffey lavam roupa e falam da vida de Anna Livia Plurabelle e de seu marido Humphrey Chimpden Earwicker.

Cada nova versão do capítulo era, entretanto, uma amplificação da anterior, graças à acumulação de elementos que se correlacionavam e às distorções de vocábulos que visavam aumentar a carga semântica da narrativa.[266]

O primeiro rascunho de "Anna Livia Plurabelle" era, assim, uma versão bastante reduzida do que deveria ser o capítulo final, constando de quatro páginas que se converteram em vinte,[267] depois das várias revisões.

As versões iniciais do capítulo estavam escritas num estilo que se poderia chamar "convencional". O diálogo entre as lavadeiras se desenvolvia numa

---

[263] ELLMANN, Richard. Op. cit., p. 708.
[264] JOYCE, James, 1982, p. 27.
[265] Fred H. Higginson, no livro *Anna Livia Plurabelle. The Making of a Chapter*. Minneapolis: The University of Minnesota Press, 1960, faz um estudo das diferentes versões pelas quais o capítulo VIII passou.
[266] TORTOSA, Francisco García. Op. cit., p. 84.
[267] Idem, p. 83.

linguagem marcadamente coloquial, e as únicas "irregularidades" da língua usada por Joyce provinham da representação da fala inculta das duas mulheres.[268]

Nas versões seguintes, se a estrutura essencial do primeiro texto permaneceu inalterada, o entrecho foi se enriquecendo com a acumulação de referências e relações — "um significado se converteria em polissemia, mais plena em cada nova versão"[269] —, até que o capítulo adquiriu, nos anos posteriores, o tom noturno e onírico que exigia a obra.

Assim, o que parecia ser, na primeira versão do capítulo, apenas uma conversa trivial entre duas lavadeiras, foi adquirindo aos poucos uma dimensão universal, que se evidenciava tanto no conteúdo quanto na forma. À medida que a personalidade das lavadeiras e suas funções tornavam-se mais complexas, também a língua ficava mais intrincada, o estilo "se obscurecia", a fim de adaptar o conteúdo à forma. Em razão disso, nas versões finais do capítulo, a linguagem deixou de ser clara e direta, como o foi na primeira versão.

Ao redigir o primeiro rascunho do capítulo, Joyce já estava preocupado em dar-lhe "universalidade", mas talvez só tenha obtido isso a partir da oitava versão, quando o autor decidiu incluir no texto numerosos nomes de rios, nem sempre de forma explícita, fazendo alusões a todo o planeta.

"Anna Livia Plurabelle" já havia sido publicada em duas revistas (*Navire d'Argent* [outubro de 1925] e *Two Worlds* [março de 1926]), mas foi somente na terceira — *transition* (novembro de 1927) — que o episódio começou a apresentar-se repleto de nomes de rios. Em outubro de 1927, Joyce escreveu a Harriet Weaver: "Centenas de rios percorrem o texto. Creio que se move[270]."

Para compor "Anna Livia Plurabelle" dessa maneira, Joyce buscou informações em mapas e enciclopédias e contou com o apoio de amigos e familiares, que lhe serviam de informantes. A partir dessas informações, construiu um capítulo que seria "a planície por onde passa os rios de todo o mundo[271]."

> Reeve Gootch was right and Reeve Drughad was sinistrous! (A Margem Esquerda era direita e o direito era sinistro!) [FW 197][272]

Na opinião de Richard Ellmann, o capítulo teria sido, em 1927, "triunfalmente concluído, com trezentos e cinquenta nomes de rios incorporados ao texto".[273]

---

[268] JOYCE, James, 1982, p. 23.
[269] TORTOSA, Francisco García. Op. cit., p. 89.
[270] Idem, p. 88.
[271] Idem, ibidem.
[272] NORRIS, David e FLINT, Carl. Op. cit., p. 168.
[273] ELLMANN, Richard. Op. cit., p. 738.

No entanto, segundo o estudioso espanhol Francisco García Tortosa, Joyce continuou, por mais três anos, acrescentando nomes de rios ao texto, "até alcançar os oitocentos ou mil e duzentos — de acordo com a perspicácia dos leitores que se dedicam a este trabalho[274]."

A respeito dos nomes de rios inseridos no capítulo VIII, Max Eastman afirmou certa vez:

> Joyce me recitou várias linhas (...) linhas em que havia trabalhado seiscentas horas e nas quais havia inserido nomes de quinhentos rios, no entanto eu não percebi nenhum. Voltei a examinar depois essas linhas e não fui capaz de encontrar mais de três rios e meio. E, mais ainda, uma vez que o assunto está relacionado com a lógica indutiva e dedutiva, se seiscentas horas foram necessárias para inserir esses rios em tal prosa, da mesma forma serão necessárias cerca de seis mil horas para encontrá-los. Pergunto-me quantas pessoas se dariam a esse trabalho e que prazer obteriam nesse empenho. Se a ideia original de Joyce é proporcionar deleite aos demais, parece necessário dizer que desperdiçou quinhentas das seiscentas horas que empregou enterrando os nomes desses rios onde as pessoas que querem encontrá-los não são capazes de descobri-los.[275]

Na opinião de David Norris, entretanto, "Joyce coletou cuidadosamente nomes de rios de todas as partes do mundo para incluir no seu texto, porque, como ele dizia, ele queria que, no futuro, os jovens, lendo essa seção em diferentes partes do mundo, se sentiriam em casa, quando dessem com o nome de seu próprio rio".[276] Alguns leitores sul-americanos, por exemplo, poderão "sentir-se em casa" ao descobrir uma menção, na página 197, ao rio Pilcomayo, que separa a Argentina do Paraguai e começa próximo da fronteira com o Brasil, ou na página 198, quando descobre uma referência ao rio Negro, no Brasil, e ao rio da Prata, na Argentina:

> Pilcomayo! Suchcaughtawan! And the whale's away with the grayling! (Pilcomayo! Pescoumaetanto! E lá se foi o grande peixe do mar com seu peixinho doce!) [FW 197]

> As El Negro winced when he wonced in La Plate (Assim como El Negro recuou quando ele triunfou em La Plata.) [FW 198]

Além disso, segundo Philippe Soupault, "para cada episódio e para cada parte de sua obra em andamento, James Joyce adota uma categoria de nomes

---
[274] TORTOSA, Francisco García. Op. cit., p. 88.
[275] Idem, p. 89. Tortosa cita Max Eastman: EASTMAN, Max. *Poets Talking to Themselves*. Harper's Magazine, 977, outubro de 1931.
[276] NORRIS, David e FLINT, Carl. Op. cit., p. 168.

que deverá conferir a este episódio e esta parte o seu tom, no sentido musical do termo. Quanto a Anna Livia Plurabelle, são os nomes dos rios que se tem que ouvir".[277]

O certo é que, a partir de 1927, Joyce introduziu no capítulo um número indeterminado de nomes de rios e pôs-se a distorcer o inglês, em revisões sucessivas, a fim de aclimatá-los todos no mesmo capítulo:

> My wrists are wrusty rubbing the mouldaw [Rio Moldau] stain. The dneepers [Rio Dnieper] of wet and the gangres [Rio Ganges] of sin in it. (Meus pullsos estão emperrujando de tanto esfreegar as nódoas de bolor e as porções de umidade e as gangegrenas de pecado.) [FW 196]

O escritor elegeu, ainda, sequências de palavras cuja melodia e cujo sentido por si só sugerissem os sons da água, como ocorre neste exemplo:

> Drop me the sound of findhorn's name, Mtu or mti, sombogger was wisness. And drip me why in the flenders was she freckled. And trickle me through... (Pinga-me o som do nome do hadoque, Mtu ou Mti, allguém foi testemunha. E goteja-me por que na senna estava ela salpicada. E escorra-me extenuamente...) [FW 204]

Outros recursos estilísticos já discutidos, como palavras-valise e assonâncias, também são abundantes na linguagem de "Anna Livia Plurabelle", com exceção do "soundsense", que nela não aparece.

OS ELEMENTOS TEMÁTICOS DE "ANNA LIFFEY"

Quatro elementos estão na base da riqueza temática e simbólica do capítulo VIII: as duas lavadeiras, o rio, Anna Livia Plurabelle e H.C. Earwicker.

No que diz respeito às lavadeiras, cujos nomes só são revelados nas últimas páginas do romance — "Queer Mrs Quickenough and odd Miss Doddpebble" [FW 620] [278] —, o fato de lavarem roupa significa, para muitos estudiosos, como por exemplo, Francisco García Tortosa, que a ação ocorre depois da queda de Adão e Eva, uma vez que, de acordo com o relato bíblico, antes da queda era inteiramente

---

[277] BOUCHET, André du. Op. cit., p. 90. O primeiro capítulo do Livro III, que trata da longa vigília de Shaun, por exemplo, foi "organizado sobre estradas" (ELLMANN, Richard. Op. cit., p. 707).
[278] SHELDON, Brivic. *Joyce's Waking Women: An Introduction to Finnegans Wake*. Madison: The University of Wiscousin Press, 1995, p. 35.

desnecessário usar roupa. Além disso, as lavadeiras mencionam uma situação de pecado, malícia e engano:[279]

>Mixing marrage and making loof. (Levianamente acasalando e fazendo rumor.) [FW 196]

>By the smell of her kelp they made the pigeonhouse. Like fun they did! (Pelo cheiro da alga dela eles fizeram um pombal. Como se divertiram!) [FW 197]

>Tell me, tell me, how cam she camlin through all her fellows, the neckar sh was, the diveline? (Me conta, me conta, como ela pôde prosseguir através de todos os seus companheiros, a divinabólica?) [FW202]

Por estarem envolvidas num mundo de pecado e confusão, costumam-se associar as lavadeiras a certas figuras "míticas", como as bruxas de Macbeth, ou mesmo aos coveiros de Hamlet. As duas mulheres podem ser comparadas também a Shem e a Shaun, os filhos rivais de Anna Livia, à personagem Kate (a criada da família Earwicker, que representa Anna Livia envelhecida[280]), ou a qualquer outra personalidade dividida, ou até mesmo a Earwicker diante do espelho, conforme veremos à frente.[281]

Como Shem e Shaun, as lavadeiras representariam a dualidade intrínseca a todo ser humano e, tal como os gêmeos, elas se transformam, no final do capítulo, em pedra (Shaun) — ente inanimado, sem vida, permanente, incapaz de modificar por si mesmo sua própria condição, e, por isso, inalterado — e árvore (Shem) — ente animado, com vida, capaz de crescer e modificar-se:[282]

>I feel as old as yonder elm. A tale told of Shaun or Shem: All Livia's daughtersons. Dark hawks hear us. Night! Night! My ho head halls. I feel as heavy as yonder stone. (Me sinto tão velha como aquele olmo além. Um conto contado de Shaun e Shem? Todas as filhas e filhos de Livia. Falcões da noite escutem-nos. Noite! Noite! Toda minha cabececoa. Me sinto tão pesada quanto aquela pedra lá no chão.) [FW 215-216][283]

Essa metamorfose as introduz num intrincado círculo de símbolos e alusões, uma vez que a pedra e a árvore possuem um número infindável de significados,

---

[279] TORTOSA, Francisco García. Op. cit., pp. 84-85.
[280] GONZALEZ, Jose Carnero. Op. cit., p. 145.
[281] TORTOSA, Francisco García. Op. cit., p. 85.
[282] GONZALEZ, Jose Carnero. Op. cit., p. 142.
[283] A árvore que absorve a personalidade de uma das lavadeiras é o olmo, humilde versão da árvore da vida.

simbólicos e mitológicos; a metamorfose também pode representar um distanciamento, no sentido figurado, entre as lavadeiras que, com a transformação, começam a enrijecer seus sentidos, passando a compartilhar da insensibilidade do reino mineral e da vida inconsciente do reino vegetal e, portanto, a não mais se entender.[284] A árvore e a pedra representam um dos temas mais repetidos em *Finnegans Wake*, e significam, entre muitas outras coisas, vida e morte.

A mutação das lavadeiras também as inclui na rotação cíclica de Vico, pois, nesse processo, "se consagra o mesmo princípio de perpetuidade e continuidade". A teoria do filósofo italiano também pode ser percebida em certas passagens da fala das lavadeiras. Segundo o estudioso alemão Klaus Reichert, "as lavadeiras contam uma história, mas não linear, senão circular, sempre voltando ao mesmo ponto[285]."

Ainda segundo Reichert, o rio "provocaria" essa fala circular, pois a história que as lavadeiras contam acaba por acompanhar o percurso do rio Liffey: sabe-se que "as 70 milhas irlandesas que o rio perfaz é quase um círculo".[286]

Segundo outra teoria, o rio também seria o responsável pelo afastamento entre si das lavadeiras, no final do capítulo VIII. Na opinião do tradutor e estudioso espanhol Francisco García Tortosa, no decorrer do capítulo elas foram levadas pela correnteza do rio e, por estarem em margens opostas do Liffey, rio que se "alarga consideravelmente na sua foz", o distanciamento entre elas se tornou inevitável.[287]

O rio Liffey é, portanto, elemento de grande importância no capítulo. Da imitação do seu curso surge o fluxo ou a melodia das frases que compõem o episódio — "é a tentativa de subordinar as palavras ao ritmo da água", Joyce explicou a um amigo que se queixou de que tudo no capítulo era muito dadaísta[288] — assim como o seu fluxo estimula a escolha de determinadas palavras que deveriam simbolizar o universo fluvial, como nos dois exemplos que se seguem:

> Sabrina asthore, in a parakeet's cage, by dredgerous lands and devious delts,... (Sabrina amaratriz, na gaiola do periquito, por terras peringanosas e deltas tortuosos,...) [FW 197]

---

[284] TORTOSA, Francisco García. Op. cit., p. 85.
[285] JOYCE, James, 1982, p. 30.
[286] Idem, ibidem, p. 30, "der 70 irische Meilen lange Lauf der Liffey ist fast Kreis".
[287] TORTOSA, Francisco García. Op. cit., p. 85.
[288] ELLMANN, Richard. Op. cit., p. 695.

> Wasserbourne the waterbaby? Havemmarea, so he was. (Floatuante filhodágua? Havemmarea, então era ele.) [FW 198]

A respeito do ritmo da linguagem do capítulo VIII, Philippe Soupault concluiu: "Enfim, o ritmo da narração que sustenta, ainda, aquele da linguagem é comparável ao curso de uma ribeira ora rápida, ora imóvel, ora mesmo pantanosa, mais mole perto de sua embocadura".[289] Na literatura brasileira, poder-se-ia mencionar, como um texto análogo quanto ao ritmo, o poema "O rio" (1953), de João Cabral de Melo Neto, leitor e admirador de Joyce, cujo andamento, ora prosaico, ora poético, imita o fluir do rio Capibaribe, da nascente à cidade do Recife.

Além disso, a "ideia de rio" influenciou a disposição das sentenças no capítulo. No início do episódio, por exemplo, as sentenças formam um delta que se alarga até sua foz, tal como faz o rio Liffey:

> O
> tell me all about
> Anna Livia! I want to hear all
> about Anna Livia. Well, you know Anna Livia?...
> (O
> Me conta tudo sobre
> Anna Livia! Eu quero saber tudo
> sobre Anna Livia. Bem, conheces Anna Livia?...) [FW 196]

O outro elemento básico do capítulo é, finalmente, Anna Livia Plurabelle, que seria, segundo Edna O'Brien, "a personagem mais acessível e, na verdade, mais amada concebida por Joyce[290]."

A personagem dá título ao episódio e, ainda que as vozes não sejam dela, o diálogo — monólogo? — das lavadeiras contém o tempo todo fragmentos de sua vida.

> Who? Anna Livia? Ay, Anna Livia. Do you know she was calling bakvandets sals from all around, nyumba noo, chamba choo, to go in till him, her erring cheef, and tickle the pontiff aisy-oisy? (Quem? Anna Livia? Ah, Anna Livia. Sabias que ela estava chamando backseatantes girlrotas de toda a parte, nyumba noo, chamba choo, para ir até ele, seu comandante transgressor, e exitar o pontífice daqui-dali?) [FW 198]

---

[289] BOUCHET, André du. Op. cit., p. 89.
[290] O'BRIEN, Edna. Op. cit., p. 151.

> Then riding the ricka and roya romanche, Annona, gebroren aroostokrat Nivia, dochter of Sense and Art, with Sparks' pirryphlickathims funkling her fan, anner frostivying tresses dasht with virevlies,... (Então liberando o ricko e royal romanche, Annona, nata aroostokrat Nivia, fils do engenho e Arte, com Centelhas de pyrasobreonome cintilando sua excitação, anner dos longos cachos desafriadores mesclou-se vigorenganosamente,...) [FW 199]

Como sucede com os outros elementos temáticos do capítulo, o nome e a personalidade de Anna Livia, bem como os fatos de sua vida, foram enriquecidos por um acúmulo de alusões mitológicas e históricas.

No tocante ao nome do personagem em especial, podem-se extrair do estudo da sua composição muitos esclarecimentos e uma melhor compreensão do "método acumulativo" utilizado por Joyce no romance.

"Plurabelle", por exemplo, pode ser entendido inicialmente como uma palavra composta: "plura", do latim "pluris", e "bella", também do latim "bellus". O adjetivo "bella" (mulher bonita em italiano) cria um nexo de união com Isabel, ou Issy, filha de Anna Livia, especialmente por meio de sua personificação como Isolda, a qual, segundo a tradição lendária, era chamada de "Isolda a bela", estabelecendo assim um vínculo entre essas personagens.

O termo "bella" é também elemento frequente em topônimos irlandeses. Pode também representar a palavra "Bile", árvore sagrada, e "Bili", "objetos de culto incrustados em pedras circulares".[291]

Quanto a *Plura*, que significa plural e diverso, modificando e condicionando os outros elementos do nome, sugere a natureza cambiante e variada da pessoa que o incorpora. Isso nos autoriza, por sua vez, a interpretar Anna Livia como a síntese de outros personagens que estão dentro e fora de *Finnegans Wake*[292] e também como o próprio rio Liffey.

Assim, Anna Livia, graças à sua natureza "plural", dissolve-se em todos os personagens femininos que aparecem no livro, ou que estejam até mesmo fora deste, e todos esses personagens, reais e virtuais, configuram seu caráter. Como Eva, ela é a mãe da humanidade, e como Issy (que pode representar Anna Livia quando jovem), é a filha por excelência, frágil, inocente etc. Em suma, todas as conexões estão justificadas pelo nome "Plurabelle":[293]

> She can't remember half of the cradlenames she smacked on them by the grace of her boxing bishops's infallible slipper,... (Ela nem se lembra de um terço

---
[291] TORTOSA, Francisco García. Op. cit., p. 90.
[292] Idem, ibidem.
[293] Idem, ibidem.

dos nomes que ela jogou nos berços pela graça do inflalível bastão do seu bispo pugilista,...) [FW 201]

... she was just a young thin pale soft shy slim slip of thing... (... ela era apenas uma magra pálida delicada acanhada imatura débil criatura...) [FW 202]

She must have been a gadabount in her day, so she must, more than most. Shoal she was, gidgad. She had a flewmen of her own. (Ela deve ter sido uma vagaabundante nos seus dias, sim ela foi, mas do que a maioria. Shoaltamente que ela foi, por Deueus. Ela teve excasos homens para si.) [FW 202]

O segundo elemento do seu nome, Livia, pode representar a latinização do nome do rio Liffey, cuja denominação provém, segundo a lenda, da palavra "Life": "o nome da mulher que deu seu nome ao rio Liffey o qual atravessa Dublin" (embora essa seja uma história curiosa, parece ter sido criada somente para justificar o nome do rio, que "de outra maneira não teria explicação").[294] Além disso, o nome Livia tem um parentesco homógrafo com o inglês *life*, vida, e homófono com *leafy*, frondoso. No capítulo VIII, Anna Livia é, aliás, o próprio rio. Segundo Klaus Reichert, "o que ela faz como mulher, o faz como rio":[295]

... I badly want a brandnew bankside,... (... eu apenas preciso ardentemente de um novíssimo leito,...) [FW 201]

Não é a primeira vez que Joyce, seguindo uma tradição iniciada por outros escritores, identifica a mulher com o princípio da vida, da terra e da fertilidade. Em *Ulisses*, a personagem Molly, mulher do herói Leopold Bloom, representa a vida entre homens que sofrem de paralisia mental numa "cidade morta" como Dublin.[296]

Finalmente, o nome Anna encerra também diferentes significados, todos adequados à personalidade de Anna Livia. Do hebreu, o nome traz a acepção de "graça"; do gaélico, "riqueza"; do grego, o sentido de "voltar outra vez". Além dessas conotações, a mitologia irlandesa a identifica com *Ana* ou *Anu*, a deusa da abundância e mãe dos deuses, descrita algumas vezes como a Eva irlandesa.[297]

Ademais, em irlandês, Ann e Anna procedem da palavra "Eanach" e da locução "Ath na", que são elementos frequentes em nomes próprios. "Eanach" deriva da

---

[294] CRESSWELL, Julia. *Irish First Names*. Glasgow: Harper Collins, 1999, pp.163-164.
[295] JOYCE, James, 1982, pp. 28-29. "Was sie als Frau tut, tut sie als Fluss."
[296] TORTOSA, Francisco García. Op. cit., p. 91.
[297] CRESSWELL, Julia. *Irish First Names*. Glasgow: Harper Collins, 1999, pp.163-164.

raiz "ean", que significa água, ou, dependendo da ligação, pode adquirir também o sentido de "lugar com água", "charco", "lago", pântano" etc. "Ath na" significa "vau de...", "passo de...".[298] Além disso, segundo David Norris, "em mapas antigos, o Liffey era chamado 'Anna Liffey', a partir do irlandês *amhain*, um rio[299]."

No seu espaço de atuação, que é o romance *Finnegans Wake*, como afirmam os estudiosos, a personagem Anna Livia Plurabelle contém todas as virtudes e os defeitos no mais alto grau, e sua fertilidade é ilimitada. Isso ocorre porque Joyce incorporou nessa personagem o maior número possível de significados, esgotando, por assim dizer, as conotações de cada um deles.[300]

Por fim, Anna Livia Plurabelle encarnaria, por si mesma, a teoria da circularidade histórica de Giambattista Vico, uma vez que, como nos afirma Norris, "Anna Livia é por si mesma indestrutível nessa mágica paisagem".[301] O capítulo VIII do romance confirma essa afirmação:

> Tys Elvenland! Teems of times happy returns. The seim anew. Ordovico or viricordo. Anna was, Livia is, Plurabelle's to be. (Tyslenciosa Elvenland! Tempos de farturas e felizes retornos. O esmo prati. Ordovico ou viricordo. Anna foi, Livia é, Plurabelle será.) [FW 215]

Ainda que o título do capítulo VIII de *Finnegans Wake* contenha apenas o nome da mulher de H.C. Earwicker, o taberneiro de Chapelizod também tem um papel importante nesse episódio.

Se o último romance de Joyce, como acreditam alguns estudiosos, é o sonho de um só personagem, e se esse personagem é possivelmente Earwicker, torna-se evidente então que toda essa seção do romance se passa na sua mente. Mas se aceitarmos que o livro é o sonho de vários personagens, o que parece mais provável, então deveríamos acreditar que todos eles sonham ao mesmo tempo e, nesse caso, Earwicker perderia sua centralidade. Qualquer que seja a opinião, no entanto, não se pode negar o papel relevante de Earwicker nesse episódio, pois parte do capítulo se dedica a contar alguns de seus "pecados" ou "inclinações", e também seu casamento com Anna Livia e suposições sobre a infidelidade de sua mulher.

> And how long was he under loch and neagh? It was put in the newses what he did, nicies and priers, the King fierceas Humphrey, with illysus distilling, exploits and all. (E quanto tempo ele ficou trancafiado no lago? Tá nos jornais o que ele fez,

---

[298] TORTOSA, Francisco García. Op. cit., p. 93.
[299] NORRIS, David e FLINT, Carl. Op. cit., p. 155.
[300] TORTOSA, Francisco García. Op. cit., p. 93.
[301] NORRIS, David e FLINT, Carl. Op. cit., p. 171.

do nessimento ao sacerdócio, o Rei violento como Humphrey, distilando ilisiões, façanhas e tudo mais.) [FW 196]

Caberia ainda acrescentar que, nesse capítulo do romance, existem provavelmente vários elementos autobiográficos: a página 197 descreveria, por exemplo, a fuga de Nora e Joyce da Irlanda e sua consequente vida em comum no continente, só legalizada anos mais tarde:[302]

> Was her banns never loosened in Adam and Eve's or were him and her but captain sliced? (Seus proclamas nunca foram comentados no Adão e Eva ou foram ele e ela enlaçados apenas pelo capitão?) [FW 197]

> ... when he raped her home, Sabrine asthore, in a parakeet's cage, by dredgerous lands and devious delts,... (... quando ele a raptou para sua casa, Sabrina amaratriz, na gaiola do periquito, por terras peringanosas e deltas tortuosos,...) [FW 197]

Já as páginas 202 e 203 relatariam as experiências amorosas do casal:

> She sid herself she hardly knows whuon the annals her graveller was, a dynast of Leinster, a wolf of the sea, or what he did or how blyth she played or how, when, why, where and who offon he jumpnad her and how it was gave her away. (Ela disse a si mesma que dificilmente entende quemsteve nos confusos anais, uma dinastia do Leinster, um lobo do mar, ou o que ele fez ou quão feliz ela se desfrutou ou quão, quando, como, onde e quem foi ele que frequentemente saltou sobre ela e como foi cedido seu lugar.) [FW 202]

Outros elementos, igualmente biográficos, teriam entrado, segundo alguns críticos, na composição de Anna Livia Plurabelle, uma vez que Joyce poderia ter-se inspirado na sua mulher para traçar o perfil básico da sua múltipla "heroína". Na opinião de Tortosa:

> Podemos ver refletidos em Anna Livia vários aspectos da personalidade de Nora: seu cabelo avermelhado, seu gosto por vestidos e, em particular, por sapatos, o receio de perder a graça de sua juventude etc. Mas a semelhança mais recôndita se evidencia na Anna Livia bela e feia ao mesmo tempo, cansada e solitária, depois de ter consumido sua vida na dedicação aos filhos e ao esposo, que nos recorda Nora nos anos em que Joyce escrevia *Finnegans Wake*.[303]

---

[302] James Joyce e Nora Barnacle conheceram-se em 1904, mas só vieram a se casar em 4 de julho de 1931.
[303] TORTOSA, Francisco García. Op. cit., pp. 107-108.

Por isso, afirma-se que Anna Livia também poderia ser lida como uma homenagem de Joyce a Nora e à sua abnegação durante os anos em que o escritor se dedicava a escrever o romance. O certo é que, em "Anna Livia Plurabelle", podemos encontrar uma referência explícita a ela:

> Not where the Finn fits into the Mourne, not where the Nore takes lieve of Bloem, not where the Braye divarts the Farer, not where the Moy changez her minds twixt Cullin and Conn tween Cunn e Collin? (Não onde Finn se encaixa no Mourne, não onde Nore despede-se do Bloem, não onde Braye distrai o Timmoneiro, não onde o Moy cambia sua inclinação entre Cullin e Conn entre Cunn e Cullin?) [FW203]

SINOPSE

A sinopse de cada página do capítulo VIII, apresentada a seguir, tem por objetivo destacar a trama básica do episódio e orientar sua leitura.

Conforme já se falou, o resumo linear da narrativa "deterioraria" os seus múltiplos sentidos, por isso deve ser visto com reserva.

CAPÍTULO VIII

PÁG. 196: As três primeiras linhas do capítulo VIII formam um triângulo ou delta, símbolo de Anna Livia Plurabelle.[304] Além disso, o delta representa a foz do rio Liffey. Já a interjeição "O", com a qual as lavadeiras iniciam o diálogo, indica a circularidade da obra, e também recordaria a pronúncia da palavra francesa *eau*, "água".[305]

Nessa primeira página, duas lavadeiras, enquanto lavam roupa às margens do rio Liffey, discutem a vida de Anna Livia. Uma das lavadeiras, antes mesmo de falar sobre Anna Livia, menciona H.C.E., seu companheiro, e o possível crime que ele teria cometido no parque Fiendish.

PÁG. 197: A descrição de H.C.E. prossegue. As lavadeiras indagam sobre a identidade dele, logo em seguida relatam seu possível casamento com A.L.P, ou o rapto de A.L.P e a subsequente fuga dos amantes para o continente. Uma das lavadeiras descreve a vida em comum do casal.

---

[304] Conferir: MCHUGH. *The Sigla of Finnegans Wake*. Londres: Edward Arnold, 1976.
[305] TORTOSA. Francisco García. Op. cit., p. 98.

PÁG. 198: A vida de A.L.P. e H.C.E. é sensualmente narrada. Para assombro de uma das lavadeiras, entretanto, Anna Livia transforma-se rapidamente em prostituta: é provocante, sensual e tem muitas "seguidoras". H.C.E. parece estar resignado com o comportamento da esposa, ou talvez tudo o que se narrou tenha sido apenas um sonho dele.

PÁG. 199: Agora Anna Livia é dona de casa e prepara quitutes estranhos e afrodisíacos para seu marido. Descreve-se uma briga do casal. Depois da contenda, Anna Livia junta-se a outras prostitutas.

PÁG. 200: Uma das lavadeiras conta a vida de A.L.P. nas ruas, ao lado de suas companheiras. Comenta-se uma carta escrita por ela.

PÁG. 201: O conteúdo da carta é revelado e, nela, Anna Livia diz como é sua vida com H.C.E. O diálogo toma outra direção e as lavadeiras passam a falar dos muitos filhos de Anna Livia e dos possíveis pais desses filhos.

PÁG. 202: Anna Livia teria tido vários homens na juventude, sendo que o primeiro, quando ainda era apenas uma menina, foi H.C.E.

PÁG. 203: H.C.E. a desejou ardentemente, esquecendo sua vida pregressa de homem solitário.

PÁG. 204: Anna Livia esquece também seu passado, que é novamente descrito pelas lavadeiras. Nessa página, a protagonista transforma-se em rio, que circula por todas as partes da cidade: "sujos e parados charcos chuvosos". Como rio entrega-se mais uma vez a H.C.E. As lavadeiras discutem o seu trabalho e falam sobre as roupas que estão lavando.

PÁG. 205: A.L.P. ainda é descrita como rio, um rio sinuoso, cheio de curvas e atrativos. E H.C.E. é um viajante que já esteve em todas as partes, frequentando os mais diversos locais.

PÁG. 206: Anna Livia planeja vingar-se, talvez, de seus (ex-)companheiros, ou apenas de H.C.E., e, para tanto, rouba uma sacola dos filhos e se disfarça. A.L.P. lava o cabelo e cuida da pele.

PÁG. 207: A.L.P. continua enfeitando-se para seu provável casamento. Logo em seguida, transforma-se numa delicada mãe.

PÁG. 208: Anna Livia se disfarça novamente. As lavadeiras descrevem minuciosamente sua nova roupa. Anna Livia comporta-se como uma feiticeira.

PÁG. 209: A.L.P. enfeitiça os homens, transformando-se finalmente em Pandora, e traz numa sacola estranhos presentes para seus filhos.

PÁG. 210: A.L.P. tira da sacola os presentes a serem doados, e começa a distribuí-los.

PÁG. 211: Anna Livia continua distribuindo presentes.

PÁG. 212: As lavadeiras admiram-se da quantidade e da excentricidade dos presentes doados por Anna Livia. Os filhos afastam-se dela. As lavadeiras falam sobre o seu trabalho.

PÁG. 213: O crepúsculo aumenta. Uma das lavadeiras procura dar um desfecho à história de Anna Livia. Elas torcem e estendem as roupas.

PÁG. 214: O crescente crepúsculo confunde as lavadeiras. Elas perdem a noção do tempo. Entre orações e queixas, vão terminando o serviço.

PÁG. 215: As lavadeiras planejam se reencontrar. Voltam a falar de Anna Livia e H.C.E. Não mais se entendem. As águas agitadas do rio, o anoitecer, o cansaço as confundem. Começam a perguntar sobre os filhos e filhas de Anna Livia. Uma das lavadeiras se transforma em árvore, o olmo.

PÁG. 216: A outra lavadeira se transforma em pedra. As indagações acerca dos filhos de Anna Livia, Shem e Shaun, continuam. Mas faz-se noite e as lavadeiras, como árvore e pedra, não podem mais prosseguir seu diálogo.

Nora Barnacle.

A TRADUÇÃO DE "ANNA LIVIA PLURABELLE"

> "Anna foi, Livia é, Plurabelle será" [FW 215]

A primeira tradução do capítulo VIII de *Finnegans Wake* foi publicada em 1931: o texto foi vertido para o francês, com o apoio e incentivo de Joyce, por uma equipe constituída por Samuel Beckett, Eugène Jolas, Paul Léon, Alfred Perron, Ivan Goll, Adrienne Mounier e Phillipe Soupault, que acreditavam, tanto quanto o próprio escritor, que "não há nada que não possa ser traduzido".[306]

Essa versão do capítulo, que manteve o título de "Anna Livia Plurabelle" já utilizado por Joyce, contém unicamente as páginas 196-201 e 215-216 do episódio.

Na introdução a essa tradução, Phillipe Soupault explicou o método utilizado pelos tradutores:

> A tradução de fragmentos de Anna Livia Plurabelle que se segue foi feita desta maneira: um primeiro ensaio foi tentado por Samuel Beckett, irlandês, leitor na Escola Normal. Ele foi ajudado nessa tarefa por Alfred Perron, professor da Universidade, que havia morado um ano em Dublin. Uma revisão dessa primeira versão foi executada, sob a direção de seu autor, por Paul-L. Léon, Eugène Jolas e Ivan Goll.
>
> No fim de novembro de 1930, nós nos reunimos, o Sr. Joyce, M. Paul-L. Léon e eu mesmo, rua Casimir-Périer, no nosso amigo Léon. Escolhemos um dia por semana, quinta-feira. Às duas horas e meia da tarde o Sr. Joyce chegava e começávamos imediatamente a trabalhar. Instalávamo-nos em torno de uma grande mesa redonda. O Sr. Joyce numa poltrona fumava *Maryland*. O Sr. Léon lia o texto em inglês e eu seguia com a versão francesa revista. Paul Léon destacava uma frase do texto em inglês, eu lia a tradução da frase e nós discutíamos. Repelíamos, de acordo com o Sr. Joyce, aquilo que nos parecia contrário ao ritmo, ao sentido, à metamorfose das palavras e tentávamos de nossa parte propor uma tradução. O Sr. Joyce nos expunha as dificuldades, procurávamos de comum acordo os equivalentes, encontrávamos uma frase, mais ritmada, um pouco mais forte. "Um momento", dizia o Sr. Joyce, para nos deter. Pensávamos e, de repente, o Sr. Joyce, Paul Léon ou eu mesmo descobríamos exatamente aquilo que procurávamos. Essas sessões duravam três horas.[307]

Segundo o tradutor espanhol Francisco García Tortosa, que, como eu, consultou essa versão, disponível numa edição da editora Gallimard, suas características principais seriam:

---

[306] ELLMANN, Richard. Op. cit., p. 779.
[307] BOUCHET, André du. Op. cit., pp. 87-88.

Nela, a maioria dos jogos de palavras do texto original foram eliminados, no seu lugar foram criados outros novos, cuja relação com o inglês é "marginal", em alguns casos nula, quando não contraditória. As alusões literárias e históricas são respeitadas unicamente quando em francês podem ser identificadas, ou porque são amplamente conhecidas, ou porque de alguma maneira o contexto as esclarece, nos casos restantes foram substituídas por outras mais próximas à cultura francesa. A sonoridade da língua tem um lugar de destaque, de tal modo que não se hesitou em ampliar uma frase, se assim se conseguisse o ritmo apropriado.[308]

A apresentação de Soupault, já citada, parece revelar algo da atitude de Joyce diante do processo de tradução. O próprio autor admitia e permitia que a tradução de *Finnegans Wake*, feita sob seus olhos, fosse antes de tudo um processo de reconstrução e recriação, porque ele estava ciente que não seria possível de outra maneira conservar a musicalidade do original em nenhuma outra língua; nem mesmo as onomatopeias, tão abundantes na obra, puderam ser excluídas desse processo de recriação, simplesmente porque os mecanismos que permitem recriar e distorcer os vocábulos variam de um idioma para outro.[309] Na condição de tradutor da própria obra, Joyce procurou sempre enfatizar o fluir de uma frase, "cuidando mais do som e do ritmo que do sentido[310]."

Umberto Eco afirma que, para Joyce, aliás, "o tema era pretexto".[311]

A primeira tradução integral de *Finnegans Wake*, porém, só veio a ser publicada na França meio século depois, em 1982, tendo como tradutor Philippe Lavergne, que verteu sozinho todo o texto. Na opinião de alguns estudiosos, como Francisco García Tortosa, "apesar de seu relativo êxito de vendas e do esforço indubitável de se traduzir a obra completa, o resultado foi decepcionante. O trabalho de Lavergne consistiu principalmente em tornar compreensível um livro cujo mérito não é precisamente a clareza".[312] Ainda segundo o tradutor espanhol, Lavergne teria escolhido, "entre os numerosos níveis narrativos, aquele que se refere à biografia de Joyce, e escolheu as alusões mais imediatas e anedóticas, perdendo no caminho profundidade e ritmo".[313]

Lavergne não explicou seu método de trabalho, apenas acrescentou ao texto algumas notas que nada esclarecem seu fazer tradutório.

Em 1929, cerca de um ano antes do início da primeira tradução francesa de "Anna Livia Plurabelle", Georg Goyert, o tradutor alemão de *Ulisses*, iniciou a sua

---

[308] TORTOSA, Francisco García. Op. cit., pp. 113-114.
[309] TORTOSA, Francisco García. Op. cit., p. 114.
[310] ELLMANN, Richard. Op. cit., p. 779.
[311] ECO, Umberto. *Quase a mesma coisa*, Eliana Aguiar (trad.). Rio de Janeiro: Record, 2007.
[312] TORTOSA, Francisco García. Op. cit., pp. 115-116.
[313] Idem, ibidem, p. 116.

versão do capítulo VIII de *Finnegans Wake*. O próprio Joyce e Ivan Goll, um dos tradutores da primeira versão francesa do episódio, foram seus revisores.

Essa pioneira tradução alemã de "Anna Livia Plurabelle" foi publicada pela primeira vez em 1933, na Holanda, uma vez que, segundo o editor Daniel Brody, "o clima para a aparição de senhora ALP entre o público alemão não era favorável".[314] Somente em 1946 a tradução de Goyert foi novamente editada, dessa vez na Alemanha.

Outras traduções do capítulo VIII e de alguns outros fragmentos do romance vieram à luz depois, na Alemanha. Assim, "Anna Livia Plurabelle" foi traduzida por Wolfgang Hildesheimer, em 1960, por Hans Wollschläger, em 1982, e, em 1993, apareceu a tradução integral de *Finnegans Wake*, assinada por Dieter H. Stündel.

No mesmo ano em que Goyert iniciava sua versão de "Anna Livia Plurabelle", o linguista Charles K. Ogden, que já havia discutido, a convite de Joyce, a estrutura de *Finnegans Wake*,[315] aceitou o desafio lançado pelo próprio escritor para traduzir o capítulo VIII para o "inglês básico". Ogden, que no seu estudo havia sintetizado a linguagem do romance num núcleo semântico básico, "traduziu" então as quatro últimas páginas de "Anna Livia Plurabelle", as quais foram publicadas na revista *transition*, em março de 1932.

A "tradução" de Ogden evidencia o quão difícil é definir a língua de *Finnegans Wake*.[316] Para a estudiosa italiana Rosa Maria Bollettieri Bosinelli, "imerso num contexto anglófono, *Finnegans Wake* não está escrito em inglês, a ponto de o próprio Joyce não ter se oposto, mas ao contrário aceito de bom grado que o fragmento de *Anna Livia* fosse traduzido para a língua inglesa[317]."

Finalmente, em 1937, Joyce propôs a Nino Frank que traduzissem juntos "Anna Livia Plurabelle" para o italiano. Joyce disse a Frank: "temos que fazer o trabalho agora antes que seja tarde demais. Nesse momento há pelo menos uma pessoa, eu mesmo, que consegue entender o que estou escrevendo. Não garanto, porém, que em dois ou três anos ainda serei capaz de fazer isso".[318]

O método que ambos adotaram para traduzir o capítulo VIII foi quase o mesmo utilizado na tradução francesa: Nino Frank e James Joyce passaram a se encontrar duas vezes por semana, durante três meses, e novamente o escritor enfatizou o ritmo e a sonoridade das frases e dos jogos verbais; "para o sentido

---

[314] REICHERT, Klaus e SENN, Fritz. Op. cit., p. 14.
[315] ELLMANN, Richard. Op. cit., p. 757.
[316] BOSINELLI, Rosa Maria Bollettieri. *Anna Livia Plurabelle*. Torino: Giulio Einaudi, 1996, pp. 64-65.
[317] Idem, ibidem, p. 64. Conferir capítulo IV dessa dissertação.
[318] ELLMANN, Richard. Op. cit., p. 862.

das coisas ele parecia indiferente e infiel, e Frank muitas vezes tinha de lembrá-lo disso. Com descuido refinado, Joyce jogava no texto nomes de mais rios[319]." Certa ocasião, Frank protestou contra uma frase sugerida por Joyce, que parecia sacrificar o ritmo original do capítulo. Joyce entretanto respondeu: "eu gosto do novo ritmo".[320]

Essa primeira tradução italiana do capítulo VIII foi publicada em 1940 na revista *Prospettive* e abrange as mesmas páginas da tradução francesa de 1931. O trabalho foi assinado por Ettore Settanni, pois o nome de Nino Frank, antifascista, e o do próprio Joyce foram censurados por questões políticas.[321]

Segundo os estudiosos, a tradução italiana conseguiu recriar a riqueza semântica do original e alcançou musicalidade semelhante, perdendo unicamente aquelas conotações que as diferenças culturais e a natureza das duas línguas impõem.[322]

Como sucedeu na primeira tradução francesa, também nessa tradução italiana de Nino Frank, Joyce e Settani a recriação predomina sobre a literalidade, podendo-se conjeturar, de certa forma, que Joyce estava levando avante seu *Work in Progress* em outra língua.

Outras traduções italianas surgiram após a de Settani, Frank e Joyce. A que merece mais atenção é a tradução de Luigi Schenoni, de 1982.

Schenoni traduziu até o momento, segundo tenho conhecimento, os oito primeiros capítulos do romance, finalizando, assim, a primeira parte, ou Livro I, de *Finnegans Wake*. Segundo os estudiosos, sua tradução é a que mais se aproxima do texto original (o tradutor italiano foi, nesse aspecto, muitas vezes mais fiel ao texto do que o próprio Joyce havia sido nas traduções que auxiliou), mas sua versão é no conjunto menos criativa.[323] A tradução de Schenoni procura "conservar todas as palavras 'funcionais' ou nucleares, como: artigos, preposições, conjunções etc.; manter as aliterações e ritmos especiais; respeitar as alusões geográficas, históricas, religiosas e literárias; e, finalmente, empregar o maior número de línguas estrangeiras. Muito embora seja lógico duvidar das possibilidades de chegar a pôr em prática muitas dessas normas".[324]

---

[319] ELLMANN, Richard. Op. cit., p. 862.
[320] Idem, ibidem, p. 862.
[321] BOSINELLI, Rosa Maria Bollettieri. Op. cit., p. 54. Segundo se lê em algumas das cartas de Joyce a Mary Colum e James Johns Sweeny, o escritor teria sido o verdadeiro autor da tradução. (TORTOSA, Francisco García. Op. cit., p. 114; GILBERT, Stuart. *The Letters of James Joyce, vo.* Nova York: Viking, 1957, pp. 410-412.)
[322] TORTOSA, Francisco García. Op. cit., pp.114-115.
[323] JOYCE, James. *Finnegans Wake. Livro Primo I – IV.* Milão: Oscar Mondadori, 1993, p. LI.
[324] TORTOSA, Francisco García. Op. cit., p. 115.

Conforme se pôde observar até aqui, a história das primeiras traduções de fragmentos do capítulo VIII corre paralelamente à história da própria composição de *Work in Progress*, como se a reescritura desse texto numa outra língua também fosse um projeto criativo de Joyce, que colaborou ativamente com seus tradutores. De fato, foi o próprio autor, antes mesmo de escrever a versão definitiva de "Anna Livia Plurabelle", que encorajou e promoveu a tradução desse capítulo para os idiomas que vimos anteriormente.

Na opinião da ensaísta italiana Rosa Maria Bolletieri Bosinelli, é difícil dizer se tal postura do escritor em relação a "Anna Livia Plurabelle" teria derivado "do desejo de ser lido também fora do mundo de língua inglesa, da vontade de controlar os possíveis resultados da sua manipulação tradutória ou, acima de tudo, do fato de estar convencido de que a tradução em outra língua poderia enriquecer e integrar o próprio processo de composição do capítulo[325]." Para a estudiosa, haveria uma ligação entre a versão francesa do capítulo VIII de 1931, a italiana de 1940 e o texto original. Bosinelli cita, entre outros exemplos, a frase da página 199 de Anna Livia Plurabelle: "metauwero rage it swales and rises", que na versão de 1928 era escrita da seguinte forma: "his towering rage it swales and rieses". Segundo Bosinelli, a transformação de "towering" em "metauwero" é resultado de uma italianização do texto, com a introdução do rio Metauro, que possui semelhança sonora com a palavra inglesa "tower".

Além das traduções já citadas, "Anna Livia Plurabelle" foi traduzido na íntegra para outras línguas, como, por exemplo, para o espanhol, por Francisco García Tortosa (1993), e para o japonês, por Yanese Naoki (1991).

Fragmentos do capítulo VIII e de outros episódios do romance também já foram traduzidos para o húngaro, por André Bíró (1964), para o português, por Haroldo e Augusto de Campos (1971), e para o espanhol, por Victor Pozanco (1993).

Josep-Miquel Sóbre (1982) traduziu fragmentos de "Anna Livia Plurabelle" para o catalão, Ricardo Silva-Santisteban (1982) para o castelhano, Leopoldo R.L. Rodriguez (1969) para o galego e Laurent Milesi (1994) para o romeno.[326]

Essas são as traduções mais citadas, porém existem outras traduções do capítulo VIII e de diversos fragmentos do romance, que não foram arroladas aqui.

---

[325] BOSINELLI, Rosa Maria Bollettieri. Op. cit., p. 43.
[326] Idem, pp. 78-79.

TRADUZINDO *FINNEGANS WAKE*

Para os estudiosos e tradutores de *Finnegans Wake*, o romance representa um caso especial dentro da problemática da tradução, já que, em primeiro lugar, não se sabe bem o que se vai traduzir, ou seja, qual é a língua de origem.

Na opinião de Umberto Eco, por exemplo, "*Finnegans Wake* não está escrito em inglês, mas em 'Finneganian', e o Finneganian é uma língua inventada" — muito embora, segundo o ensaísta italiano, a linguagem do último romance de Joyce não se inclua totalmente em nenhum dos vastos conceitos de língua inventada. Segundo uma das definições, a "língua inventada" seria aquela em que, ao menos parcialmente, o léxico e a sintaxe teriam sido criados pelo seu autor, como é o caso da língua de Foigny (citada por Eco), ou aquela que se reduz a um efeito sonoro, como ocorre, por exemplo, nos poemas de Hugo Ball[327] ou, ainda, parece-me, nos poemas de John Cage, sobretudo naqueles do livro *Empty Words*.

Eco concluiu dessas definições que *Finnegans Wake* seria "antes de tudo um texto plurilíngue. Portanto é igualmente inútil traduzi-lo, porque já foi traduzido. Traduzir determinado *pun* que tem um radical alemão A e um radical italiano I, significa no máximo transformar o sintagma AI em um sintagma IA[328]." Conforme se viu, o romance foi escrito num léxico que incorpora mais de sessenta e cinco línguas e, "de fato, cada radical que se aglutina nos seus *puns* pertence a alguma língua[329]."

Na opinião de alguns estudiosos, caberia perguntar se o esforço de tradução do livro é realmente válido ou se "não seria mais útil e fácil que o possível leitor aprendesse inglês e se informasse dos fundamentos e técnicas de Joyce".[330]

A tradução de *Finnegans Wake*, entretanto, é possível e válida, segundo demonstrou o próprio Joyce, que incentivou seus tradutores e colaborou em pelo menos três traduções: a francesa, a italiana e a alemã.

Se levadas em conta a complexidade e as nuances da língua de Joyce, no entanto, compreende-se facilmente que uma tradução literal da obra não é possível, nem mesmo uma tradução para o inglês padrão. Na tradução, caberia, idealmente, realizar na língua de chegada a (mesma) experimentação linguística que Joyce realizou na língua de origem, o "inglês", partindo das mesmas premissas e tentando conservar o maior número de registros linguísticos, jogos de palavras, alusões etc.

---

[327] BOSINELLI, Rosa Maria Bollettieri. Op. cit., pp. VI-VII.
[328] Idem, ibidem, p. VII.
[329] Idem, ibidem.
[330] TORTOSA, Francisco García. Op. cit., p. 110.

Na opinião de Francisco García Tortosa, a tradução de *Finnegans Wake* é contudo "uma tradução hermenêutica, em essência não muito diferente de qualquer outra da mesma modalidade[331]." Pois, aceitando-se a premissa de que duas línguas nunca são totalmente equivalentes, deve-se buscar compreender a função e significação de todos os elementos linguísticos do texto e procurar as correspondências aproximadas em outra língua. O tipo de experimentação a que uma língua pode ser submetida varia muito de uma para outra, já que cada língua contém recursos diferentes. Desse modo, segundo Tortosa, "o trabalho do tradutor de *Finnegans Wake* consistirá em descobrir as equivalências funcionais, na sua vertente diacrônica e sincrônica, e em inserir modificações na norma linguística que sejam capazes de gerar ramificações semânticas similares às do original, embora não idênticas, o que, por outro lado, considera-se um intento impossível[332]."

Na opinião de Fritz Senn, o livro permanecerá como um desafio aos tradutores, mas não haveria razões para não se tentar traduzi-lo:

> Um tradutor com certeza irá reduzir a complexidade semântica a um fio de significado arbitrariamente selecionado, talvez com flutuações de sentidos adicionais. Esse substituto pobre não vale a pena ser levado adiante. Ou vale? Pois então, tendo dito que *Finnegans Wake* não pode ser devidamente traduzido, seguirei dizendo que não há razão para não se tentar fazê-lo. Desde que saibamos o que está acontecendo. Independentemente de quais sejam os nossos dogmatismos sobre essa impossibilidade — ela será tentada. O livro permanece um desafio para o tradutor.[333]

O fato é que uma tradução de *Finnegans Wake* é sempre questionável, ou, segundo Umberto Eco, é uma tradução "que a cada passo diz, implicitamente, esta tradução não é uma tradução".[334]

Traduções parciais e integrais do romance, no entanto, foram tentadas em diversas línguas, o que demonstra na prática que a tradução de *Finnegans Wake* é possível e tem sido realizada, com maior ou menor êxito estético. Em todas essas traduções existem elementos comuns e planos de significados semelhantes, o que evidencia a presença de leituras coincidentes e, o mais importante, que as traduções podem "abrir uma brecha no mundo sombrio de *Finnegans Wake*[335]."

---

[331] TORTOSA, Francisco García. Op. cit., pp. 111-112.
[332] Idem, p. 111.
[333] BATES, Ronald e POLLOCK, Harry J. *Litters from Aloft*. Tulsa: The University of Tulsa. Fritz. Senn, "Joycean Translatitudes: Aspects of Translation", p. 48.
[334] BOSINELLI, Rosa Maria Bollettieri. Op. cit., p. V.
[335] TORTOSA, Francisco García. Op. cit., p. 116.

Paradoxalmente, como reconheceu Umberto Eco, "pelo fato mesmo de ser teoricamente intraduzível, *Finnegans Wake* é também — entre todos — o texto mais fácil de se traduzir porque consente o máximo de liberdade inventiva e não cobra a obrigação de fidelidade em qualquer que seja o modo narrado[336]." O próprio Joyce, aliás, nas traduções de que participou, nunca permaneceu estritamente fiel ao seu texto; ao contrário, procurou ser fiel à natureza da língua na qual o repensava, buscando, dessa forma, renovar a língua de chegada com os recursos que lhe eram próprios.[337]

Assim, a tradução de *Finnegans Wake* é, segundo os estudiosos, necessariamente alguma coisa mais, ou menos, do que uma tradução e atinge sempre o grau de recriação.[338] Essa liberdade das traduções, aliás, sugeriu a muitos críticos a ideia de uma obra paralela, que conservaria do original o argumento, ou argumentos, e a intencionalidade rítmica.

A TERCEIRA MARGEM DO LIFFEY: "ANNA LIVIA PLURABELLE" EM PORTUGUÊS

No Brasil, a primeira tradução de fragmentos de "Anna Livia Plurabelle" e de outros capítulos de *Finnegans Wake* foi publicada em 1962. Augusto e Haroldo de Campos assinaram o trabalho e, a respeito dele, opinaram o seguinte:

> Traduzir James Joyce, especialmente fragmentos de *Finnegans Wake*, é uma ginástica com a palavra: um trabalho de perfeccionismo. Algo que nunca assume o aparato estático do definitivo, mas que permanece em movimento, tentativa aberta e constante, trazendo sempre em gestação novas soluções, "pistas" novas, que imantam o tradutor, obrigando-o a um retorno periódico ao texto e seus labirintos.[339]

A linguagem é um dos aspectos mais fascinantes da última obra de Joyce. Na escrita de *Finnegans Wake*, o escritor levou ao extremo a "minúcia artesanal" com a língua, valorizando aspectos que vão além de qualquer significado. Daí por que, segundo os irmãos Campos:

---

[336] BOSINELLI, Rosa Maria Bollettieri. Op. cit., p. XI.
[337] Idem, p. XVII.
[338] TORTOSA, Francisco García. Op. cit., p. 111.
[339] CAMPOS, Augusto e Haroldo de, 1971, p. 21.

> A tradução se torna uma espécie de jogo livre e rigoroso ao mesmo tempo, onde o que interessa não é a literalidade do texto, mas, sobretudo, a fidelidade ao espírito, ao "clima" joyciano, frente ao diverso feixe de possibilidades do material verbal manipulado. E há uma rede renhida de efeitos sonoros a ser mantida, entremeada de quiproquós, trocadilhos, malapropismos.[340]

Sem dúvida, a tradução de Augusto e Haroldo de Campos parece bastante fiel ao "clima" joyciano, embora eles tenham traduzido apenas pequenos fragmentos, retirados de diferentes capítulos da obra.

Da tradução de fragmentos de *Finnegans Wake* à tradução de capítulos integrais da obra passaram-se quase trinta anos, pois só em 1999 foi publicado o primeiro capítulo do romance, traduzido na íntegra por Donaldo Schüler. Hoje já temos todos os capítulos traduzidos e publicados, em cinco alentados volumes.

Sobre a tradução de *Finnegans Wake*, Schüler opinou o seguinte:

> Traduzir não é possível. Não há correspondência entre uma e outra língua. Excetuando as linguagens técnicas: tradução mecânica. A língua literária rompe com todas as subordinações. As decisões do texto criativo são imprevisíveis. Joyce não faz mais do que acentuar este processo. Todos os textos são intraduzíveis. Por isso é necessário recriá-los. Haroldo de Campos: só os textos intraduzíveis merecem ser traduzidos. Traduzir Joyce significa revitalizar um texto em estado de deterioração, ativar o ciclismo viconiano. Sem tradução, o texto morre.[341]

Quanto à tradução do capítulo VIII, que será apresentada a seguir, ela surgiu inicialmente como um modo prático de estudar e compreender as técnicas narrativas e estilísticas de Joyce. Para realizar a minha versão do capítulo, adotei um princípio: cada texto a ser traduzido impõe suas próprias leis. Não se podem criar leis gerais para a tradução. O tradutor deve aprender com o texto que traduz.

Duas leituras rigorosas do capítulo VIII precederam a feitura da minha versão de "Anna Livia Plurabelle": a primeira foi feita em Cambridge, em janeiro de 2000, com uma falante nativa do inglês, a professora de literatura e língua inglesa Joanna Parker; a segunda leitura foi feita no Brasil, com o auxílio do poeta e professor de teoria literária Sérgio Medeiros, da Universidade Federal de Santa Catarina. A partir dessas duas leituras, e apoiada em outras traduções de "Anna Livia Plurabelle" e no livro *Annotation to Finnegans Wake*, de Roland MacHuge, um estudo minucioso do vocabulário utilizado por Joyce em *Finnegans Wake*, empreendi a minha versão

---

[340] CAMPOS, Augusto e Haroldo de, 1971, pp. 21-22.
[341] *Folha do Povo*, 20 de maio de 2001, Palavra Boa, p. 4.

do texto, uma versão feminina (todas as outras traduções que consultei e citei neste trabalho foram assinadas por homens) do universo das duas lavadeiras.

No meu ensaio de tradução, procurei recriar o ritmo do texto, e não reproduzir simplesmente o ritmo joyciano, baseado em monossílabos — comuns na língua inglesa, mas não no nosso idioma —; obtive assim um ritmo brasileiro, talvez latino, um ritmo mais lento, ao usar palavras mais longas do que as do original.

Ao enfatizar o ritmo (acento, rimas, aliterações, assonâncias), entretanto, deixei de lado a recriação de outros aspectos da obra Joyce, embora tenha valorizado também seus aspectos semânticos e, em particular, as palavras-valise. Procurei ainda preservar o diálogo entre diferentes línguas, já que, como afirmei, meu objetivo foi usar a tradução para compreender melhor as técnicas narrativas e estilísticas empregadas por Joyce na composição de *Finnegans Wake*. Concordo, por isso, com Augusto e Haroldo de Campos, quando opinam que a tradução, especialmente de *Finnegans Wake*, "nunca assume o aparato estático do definitivo, mas permanece em movimento, tentativa aberta e constante[342]." Tentativa, talvez, de se atingir — o inatingível — o todo.

Na tradução seguinte, alguns rios, que estavam no original, "secaram". Mas, como diz Umberto Eco, "... o fato de que no capítulo haja oitocentos ou duzentos rios é irrelevante — ou pelo menos é tão irrelevante quanto o fato de que um pintor renascentista tenha pintado, entre os rostos de uma multidão, os de seus amigos: tanto melhor para a carreira acadêmica de quem é capaz de identificá-los todos, mas para usufruir do quadro ou do afresco, isso só conta até certo ponto".[343]

Segue-se, portanto, a minha versão de "Anna Livia Plurabelle", acompanhada do texto original.

---

[342] CAMPOS, Augusto e Haroldo de, 1971, p. 21.
[343] ECO, Umberto, 2007, p. 363.

ANNA LIVIA PLURABELLE
(Capítulo VIII de *Finnegans Wake*)

O
tell me all about
Anna Livia! I want to hear all
about Anna Livia. Well, you know Anna Livia? Yes, of course, we all know Anna Livia. Tell me all. Tell me now. You'll die when you hear. Well, you know, when the old cheb went futt and did what you know. Yes, I know, go on. Wash quit and don't be dabbling. Tuck up your sleeves and loosen your talk-tapes. And don't butt me — hike! — when you bend. Or whatever it was they threed to make out he thried to two in the Fiendish park. He's an awful old reppe. Look at the shirt of him! Look at the dirt of it! He has all my water black on me. And it steeping and stuping since this time last wik. How many goes is it I wonder I washed it? I know by heart the places he likes to saale, duddurty devil! Scorching my hand and starving my famine to make his private linen public. Wallop it well with your battle and clean it. My wrists are wrusty rubbing the mouldaw stains. And the dneepers of wet and the gangres of sin in it! What was it he did a tail at all on Animal Sendai? And how long was he under loch and neagh? It was put in the newses what he did, nicies and priers, the King fierceas Humphrey, with illysus distilling, exploits and all. But toms will till. I know he well. Temp untamed will hist for no man. As you spring so shall you neap. O, the roughty old rappe! Minxing marrage and making loof.

-196-

Reeve Gootch was right and Reeve Drughad was sinistrous! And the cut of him! And the strut of him! How he used to hold his head as high as a howeth, the famous eld duke alien, with a hump of grandeur on him like a walking wiesel rat. And his derry's own drawl and his corksown blather and his

       O
    Me conta tudo sobre
  Anna Livia! Quero saber tudo
sobre Anna Livia. Bem, conheces Anna Livia? Claro que sim, todo mundo conhece
Anna Livia. Me conta tudo. Me conta já. Cais dura se ouvires. Bem, sabres, quando
o velho foolgado fallou e fez o que sabes. Sei, sim, anda logo. Lava aí não enroles.
Arregaça as mangas e solta a língua. E não me baitas — ei! — quando te apaixas.
Seja lá o que quer que tenha sido eles teentaram doisciírar o que ele trestou fazer
no parque Fiendish. É um grandessíssimo velhaco. Olha a camisa dele! Olha que
suja questá! Ele deixou toda minh'água escura. E estão embebidas, emergidas
tolduma ceumana. Quanto tanto já lavei isso? Sei décor os lugares que ele gosta
de manchar, suujeito suujo. Esfolando minha mão e esfomeando minha fome pra
lavar sua roupa suja em púlpito. Bate bem isso com teu paterdor, lavelhas. Meus
pullsos estão emperrujando de tanto esfregar as nódoas de bolor. E as porções
de umildade e as gangegrenas de pecado. O que foi isso que ele fez uma estola e
tanto com o Anima Sancta? E quanto tempo ele ficou trancafiado no lago? Tá nos
jornais o que ele fez, do nessimento ao sacerdócio, o Rei violentocomo Humphrey,
destilando ilisiões, façanhas e tudo mais. Mas a massculinidade ele cultivará. Eu o
conheço bem. O tempo selvagem não pára pra ninguém. Naquilo que semenhares,
colherás. O, rude raptor! Levianamente acasalando e fazendo rumor.

         -196-

A Margem Esquerda era direita e o Direito era sinistro! E a pose dele! Que
empertigado ele é! Como costumava manter a cabeça tão alta quanto a de um
nobre, o famoso velho duque estrangeiro, com uma corcunda de grandeur como
um ruminante rato roedor. E o seu típico sotaque derryense e sua fala corketípica

doubling stutter and his gullaway swank. Ask Lictor Hackett or Lector Reade of Garda Growley or the Boy with the Billyclub. How elster is he a called at all? Qu'appelle? Huges Caput Earlyfouler. Or where was he born or how was he found? Urgothland, Tvistown on the Kattekat? New Hunshire, Concord on the Merrimake? Who blocksmitt her salt anvil or yelled lep to her pail? Was her banns never loosened in Adam and Eve's or were him and her but captain spliced? For mine ether duck I thee drake. And by my wildgaze I thee gander. Flowey and Mount on the brink of time makes wishes and fears for a happy isthmass. She can show all her lines, with love, license to play. And if they don't remarry that hook and eye may! O, passmore that and oxus another! Don Dom Dombdomb and his wee follyo! Was his help inshored in the Stork and Pelican against bungelars, flu and third risk parties? I heard he dug good tin with his doll, delvan first and duvlin after, when he raped her home, Sabrine asthore, in a parakeet's cage, by dredgerous lands and devious delts, playing catched and mythed with the gleam of her shadda, (if a flic had been there to pop up and pepper him!) past auld min's manse and Maisons Allfou and the rest of incurables and the last of immurables, the quaggy waag for stumbling. Who sold you that jackalantern's tale? Pemmican's pasty pie! Not a grasshoop to ring her, not an antsgrain of ore. In a gabbard he barqued it, the boat of life, from the harbourless Ivernikan Okean, till he spied the loom of his landfall and he loosed two croakers from under his tilt, the gran Phenician rover. By the smell of her kelp they made the pigeonhouse. Like fun they did! But where was Himself, the timoneer? That marchantman he suivied their scutties right over the wash, his cameleer's burnous breezing up on him, till with his runagate bowmpriss he roade and borst her bar. Pilcomayo! Suchcaughtawan! And the whale's away with the grayling! Tune

-197-

your pipes and fall ahumming, you born ijypt, and you're nothing short of one! Well, ptellomey soon and curb your escumo. When they saw him shoot swift up her sheba sheath, like any gay lord salomon, her bulls they were ruhring, surfed with spree. Boyarka buah! Boyana bueh! He erned his lille Bunbath hard, our staly bred, the trader. He did. Look at here. In this wet of his prow. Don't you know he was kaldt a bairn of the brine, Wasserbourne the

e sua gagueira duplinense e seu comportamento galowayense. Pergunta a Lector Hackett ou Lector Reade da Garda Growley ou ao garoto do Billyclub. Como então ele é chamado afinal? Qu'appele? Huges Caput Earlyfouler. Ou onde ele nasceu ou como foi encontrado? Urgothland, Tvistown on the Kattekat? New Hunshire, Concord na Marrimake? Quem ferreou a sua suculenta bigorna ou encheu seu vale de lágrimas? Seus proclamas nunca foram comentados no Adão e Eva ou foram ele e ela enlaçados apenas pelo capitão? Eu tua duckesa te recebo por meu ducke. E pelo meu fitar selvagem te prometo ser fiel. Flowey e Mount na beira do tempo fazem votos e vetos para um feliz Christmass. Ela pode mostrar rugas de amor, authorizada a brincar. E se eles não se casarem de novo unha e carne ofarão. O, passamore isso e quoxustone outro. Dim Don Dombdomb e sua pequeniña himensa loucura! Sua ajuda foi assegurada no Stork and Pelican contra estragos, resfriado e risco contra terceiros? Ouvi dizer que ele cavou um bom dinheiro com sua boneca, sobre o delta primeiro e em Dublin depois, quando ele a raptou para sua casa, Sabrina amaratriz, na gaiola do periquito, por terras peringanosas e deltas tortuosos, jogando escondida e mitificada pela luz da sua sombra (se um tira tivesse lá pra flagrá-lo e capturá-lo!), além do velho ministro do mosteiro e manicômios e do resto dos incuráveis e dos últimos dos encarcercados, o pantanoso caminho para tropeçar. Quem te vendeu o conto do Jackumlanterneiro? Pálido pastelão de pelicamms! Nenhum círculo de grama para circundá-la, nenhum grão de formiga de ouro. Numa barcaça ele embarcou, o barco da vida, do pequenoporto Invernikan Okean, até que ele viu sulgir o primeiro vestígio da sua terra e lançou duas grasnadas de sob seu toldo, o gran rio Phenician. Pelo cheiro da alga dela eles fizeram um pombal. Como se divertiram! Mas onde estava ele próprio, o timonair? Esse marchandor ele suivriu o rastro deles bem em cima do enxague, a sua veste de cameleiro soprando sobre ele a sua brisa, até que com estrondo fugitivo ele ancorou e estourou o compasso dela. Pilcomayo! Pescoumaetanto! E lá se foi o grande peixe do mar com seu peixinho dulce! Afina

-197-

tua gaita e solta o verbo, nasceste egipciota, e não és nada exceto uma! Wawa, protocolomeu logo e controla o teu palavreado. Quando eles assistiram ele saltar suave sobre sua segura sabá, como um lascivo lorde salomão, os touros dela estavam uivando, saciados de satisfação. Boyarka buah! Boyana bueh! Ele merernceu sua pequena penosa vitória, nosso nobre garonhão, o mercante. Ele mereceu. Olha aqui. Na umidade da proa. Não sabias que ele era shamado uma criança do

waterbaby? Havemmarea, so he was! H.C.E. has a codfisck ee. Shyr she's nearly as badher as him herself. Who? Anna Livia? Ay, Anna Livia. Do you know she was calling bakvandets sals from all around, nyumba noo, chamba choo, to go in till him, her erring cheef, and tickle the pontiff aisy-oisy? She was? Gota pot! Yssel that the limmat? As El Negro winced when he wonced in La Plate. O, tell me all I want to hear, how loft she was lift a laddery dextro! A coneywink after the bunting fell. Letting on she didn't care, sina feza, me absantee, him man in passession, the proxenete! Proxenete and phwhat is phthat? Emme for your reussischer Honddu jarkon! Tell us in franca langua. And call a spate a spate. Did they never sharee you ebro at skol, you antiabecedarian? It's just the same as if I was to go par examplum now in conservancy's cause out of telekinesis and proxenete you. For coxyt sake and is that what she is? Botlettle I thought she'd act that loa. Didn't you spot her in her windaug, wubbling up on an osiery chair, with a meusic before her all cunniform letters, pretending to ribble a reedy derg on a fiddle she bogans without a band on? Sure she can't fiddan a dee, with bow or abandon! Sure, she can't! Tista suck. Well, I never now heard the like of that! Tell me moher. Tell me moatst. Well, old Humber was as glommen as grampus, with the tares at his thor and the buboes for ages and neither bowman nor shot abroad and bales allbrant on ee crests of rockies and nera lamp in kitchen or church and giant's holes in Grafton's causeway and deathcap mushrooms round Funglus grave and the great tribune's barrow all darnels occumule, sittang sambre on his sett, drammen and drommen, usking queasy quizzers of his ruful continence, his childlinen scarf to encourage his obsequies where he'd check their

-198-

debths in that mormon's thames, be questing and handsetl, hop, step and a deepend, with his berths in their toiling moil, his swallower open from swolf to fore and the snipes of the gutter pecking his crocs, hungerstriking all alone and holding doomsdag over hunselv, dreeing his weird, with his dander up, and his fringe combed over his eygs and droming on loft till the sight of the sterner, after zwarthy kowse and weedy broeks and the tits of buddy and the loits of pest and to peer was Parish worth thette mess. You'd think all was dodo belonging to him how he durmed adranse in durance

oceano, Floatuante filhodágua? Havemmarea, então era ele. H.C.E. tem um olho de bacolhau. Ah, ela é quase tão culpada quanto ele. Quem? Anna Livia? Ah, Anna Livia. Sabias que ela estava chamando backseatantes girlrotas de toda parte, nyumba noo, chamba choo, para ir até ele, seu comandante transgressor, e excitar o pontífice daqui-dali? Estava? Deudossel é o cúmulo! Assim como El Negro recuou quando ele triunfou em La Plata. O, me conta tudo, eu quero saber, quantas vezes ela veio à tona! Uma cintilante garoupinha depois que os panos caíram. Fazendo revelações ela não se importava, eu sem dinheiro, na minha absência, a ele homem aposseonado, a amanteretriz! A amanteretriz e uísque é uisso? Emme para teu russoscitado jargão hondu! Me diz in franca langua. E fala claro e abeternamente. Nunca tigre ensinaram ebbraico n'scola, sua analfabecedeta? É exatamente como se eu devesse conduzir par examplum agora um processo de proteção fora da telecinesia e te subprostituísse. Pelo amor dos eus e é isso quela é? Kecoragem eu pensei que ela tivesse se comportado colville a lei. Não a percebeste na jaunela dela, se balançando numa cadeira de vime, na sua frente um musiaico de letras cunningformes, pretendendo proferir um agudo réquiem num violino sem arco? Na certa ela não sabe tocar uma nota, com som ou chanson. Claro que não sabe! Só uma sucsom. Iaco, nunca tinha ouvido coisa igual! Conta-me mais. Conta-me most. Bem, o velho Humber era tão mal-humorado quanto um malmífero cetáceo, com taras no seu thorchedo e bulbous seculares e nem o arqueiro, nem o atirador ousaram ir ao extrangeiro e aos pirorituais nos cumes das colinas quando neróis iluminavam a cozinha ou a igreja e nas cavidades gigantescas da estrada de Grafton cogumelos venenosos rodeavam a cova de Funglus, o temido tribuno do túmulo de todos os juntamontuados joios, sentado sombriamente no seu assento, tragando e tamborilando, qusktionando preocupantes perguntas sobre seu sentido semblante, seu lenço de linhoinfantil para alentar seus funerais onde ele conferiu seus

-198-

débitos naqueles templos mórmons, perguntando e respondendo, saltando e andando e se aprofundando, com os seus ancoradouros nos seus mares revoltos, sua andorinha desembrulhada da boca do lobo pra a proa e pra palitar os dentes do joão-ninguém, recusando se alimentar completamente solitário e levando-a ao dia do juízo finnal, tremendo sua má sorte, com sua fúria, e sua franja penteada sobre seus ovlhos e sonhando no sótão até o senal das stellas, depois de tenegroso chaos e riocachos delgados e germinantes seioxos e moitas pragas e para assomar estava a Parisóquia digna de tamanha desordem. Acharias que tudo pertencia a

vaal. He had been belching for severn years. And there she was, Anna Livia, she darent catch a winkle of sleep, purling around like a chit of a child, Wendawanda, a fingerthick, in a Lapsummer skirt and damazon cheeks, for to ishim bonzour to her dear dubber Dan. With neuphraties and sault from his maggias. And an odd time she'd cook him up blooms of fisk and lay to his heartsfoot her meddery eygs, yayis, and staynish beacons on toasc and a cupenhave so weeshywashy of Greenland's tay or a dzoupgan of Kaffue mokau an sable or Sikiang sukry or his ale of ferns in trueart pewter and a shinkobread (hamjambo, bana?) for to plaise that man hog stay his stomicker till her pyrraknees shrunk to nutmeg graters while her togglejoints shuck with goyt and as rash as she'd russ with her peakload of vivers up on her sieve (metauwero rage it swales and rieses) my hardey Hek he'd kast them frome him, with a stour of scorn, as much as to say you sow and you sozh, and if he didn't peg the platteau on her tawe, believe you me, she was safe enough. And then she'd esk to vistule a hymn, *The Heart Bowed Down* or *The Rakes of Mallow* or Chelli Michele's *La Calumnia èun Vermicelli* or a balfy bit ov *old Jo Robidson*. Sucho fuffing a fifeing 'twould cut you in two! She'd bate the hen that crowed on the turrace of Babbel. What harm if she knew how to cockle her mouth! And not a mag out of Hum no more than out of the mangle weight. Is that a faith? That's the fact. Then riding the ricka and roya romanche, Annona, gebroren aroostokrat Nivia, dochter of Sense and Art, with Sparks' pirryphlickathims funkling her fan, anner frostivying tresses dasht with virevlies, —

-199-

while the prom beauties sreeked nith their bearers' skins! — in a period gown of changeable jade that would robe the wood of two cardinals' chairs and crush poor Cullen and smother MacCabe. O blazerskate! Theirs porpor patches! And brahming to him down the feedchute, with her femtyfyx kinds of fondling endings, the poother rambling off her nose: *Vuggybarney, Wickerymandy! Hello, ducky, please don't die!* Do you know what she started cheeping after, with a choicey voicey like waterglucks or Madame Delba to Romeoreszk? You'll never guess. Tell me. Tell me. *Phoebe, dearest, tell, O tell me* and *I loved you better nor you knew*. And letting on hoon var daft about

um dodorminhoco como se ele sonhasse em transe numa pequena prisão. Ele tem eructado por severnte anos. E lá estava ela, Anna Livia, ela nãousava pregar os olhos à noite, ondulando por toda parte como uma sujeita safada, indoevindo, um palito de magra, numa saia veranilapônica e bochechas ameizônicas, para dezjá bonzour ao seu amado atrapalhado Dublinamarquês. Com rins nuovos e salz dos seus mares. E em curiosas ocasiões ela preparava ovas de peixe e punha seus ovlhos mediciumentos para acalmá-lo, oeuf, e fartos trouncinhos sobre a tourrada e um copoandhalf de tão insípido chá da Greenlândia ou uma Dzoses de Kaffe mokae com asucré escura do Sikiang ou cerveja de samambaias em estanhos genuínos e um pãodecanela (jamleia de presunto, banana?) para dar plaisir àquele porcalhão e satisfazer o seu estomicky até que seu pair de joelhos se retraíram como raladores de noz-moscada enquanto as juntas do seu cotovelo pelam-se com gota e tão rápido como ela se moveu com seu pesado pacote de víveres sobre ela mesma (violento mareteouro sobe e desce) meu resistente Hek os lançou para longe dele, com boa dose de desprezo, quando muito para dizer tu és assuína e assada e se ele não arremessou o platteau no rspeito dela, podes crer, ela estava devidamente segura. E então ela ordenou que assobiassem um himno, *The Heart Bowed Down* ou *The Rakes of Mallow* ou Chelli Michele's *La Calumnia è un Vermicelli* ou um pequeno pedaço do *old Jo Robidson*. Tanta disputa e discussão podia ter te doisvidido! Ela abateu a galinha que cantava no towerraço de Babbel. Que prejuízo se soubesse como enrugar a boca! E nem um rumor sem Zhumbido não mais do que sai dum utensílio de passar. É isso de fato? Esse é o fato. Então liberando o ricko e royal romanche, Annona, nata aroostokrat Nivia, fils do Engenho e Arte, com Centelhas de pyrasobreoreno cintilando sua excitação, anner dos longos cachos desafriadores mesclou-se vigorenganosamente,

-199-

enquanto as belas proust guinchavam sob suas condutoras peles! — um vestido de época de jade furta-cambiante que poderia vestir o tronco de dos cardeais e aniquilar o pobre Cullen e asfixiar MacCabe. O absurdo! Seus remendos poorpuras! E brahmindo para ele na descida de sua corredeira alimentar, com os seus cinquenta e seis femininos trejeitos de mimosos desenlaces, o pudor escorrendo do seu nariz: *Vulgarbaby, Bienzinho! Olá, gracinha, por favor no te vais!* Sabes o que ela começou a cacarejar depois, com uma voz vairiada como a maré ou como Madame Delba em Romeoreszk? Nunca vais adivinhar. Me conta. Me conta. *Phoebe, amantíssima, dize, O dize-me* e *te amarei mais do que nem sabias*. E revelava tão louca era ela

the warbly sangs from over holmen: *High hellskirt saw ladies hensmoker lilyhung pigger:* and soay and soan and so firth and so forth in a tone sonora and Oom Bothar below like Bheri-Bheri in his sandy cloak, so umvolosy, as deaf as a yawn, the stult! Go away! Poor deef old deary! Yare only teasing! Anna Liv? As chalk is my judge! And didn't she up in sorgues and go and trot doon and stand in her douro, puffing her old dudheen, and every shirvant siligirl or wensum farmerette walking the pilend roads, Sawy, Fundally, Daery or Maery, Milucre, Awny or Graw, usedn't she make her a simp or sign to slip inside by the sullyport? You don't say, the sillypost? Bedouix but I do! Calling them in, one by one (To Blockbeddum here! Here the Shoebenacaddie!) and legging a jig or so on the sihl to show them how to shake their benders and the dainty how to bring to mind the gladdest garments out of sight and all the way of a maid with a man and making a sort of a cackling noise like two and a penny or half a crown and holding up a silliver shiner. Lordy, lordy, did she so? Well, of all the ones ever I heard! Throwing all the neiss little whores in the world at him! To inny captured wench you wish of no matter what sex of pleissful ways two adda tammar a lizzy a lossie to hug and hab haven in Humpy's apron!

And what was the wyerye rima she made! Odet! Odet! Tell me the trent of it while I'm lathering hail out of Denis Florence MacCarthy's combies. Rise it, flut ye, pian piena! I'm dying down off my iodine feet until I lerryn Anna Livia's cushingloo,

-200-

that was writ by one and rede by two and trouved by a poule in the parco! I can see that, I see you are. How does it tummel? Listen now. Are you listening? Yes, yes! Idneed I am! Tarn your ore ouse! Essonne inne!

By earth and the cloudy but I badly want a brandnew bankside, bedamp and I do, and a plumper at that!

For the putty affair I have is wore out, so it is, sitting, yaping and waiting for my old Dane hodder dodderer, my life in death companion, my frugal key of our larder, my much-altered camel's hump, my jointspoiler, my maymoon's honey, my fool to the last Decemberer, to wake himself out of his winter's doze and bore me down like he used to.

122

com trinadas chansons de sobre o Holmen: *Amo tanto essas bellas piccolindas jovens garotas*: e assimsoeu e assim é ela e assim por primeiro e assim por diante numa sonora entonação e Oom Bothar abaixo tal como Bheri-Bheri no seu arenoso manto, tão relutante, tão surda quanto um sorvedouro, a estúpida! Vai! Pobre querida velha mouca! Tás brincando! Anna Liv? Juro por seus. E ela não se elevou do sena e foi e fluiu e encostou-se no seu douro, soprando seu velho cachimbo, e toda tonta criada ou cativante lavradora caminhando pela rodovia pilend, Sawy, Fundally, Daery ou Maery, Milucre, Awny ou Graw, ela não costumava dar um sorriso simplório ou sinal para deslizar pelo portosujo? Queres dizer, o poste sowjo? Bemdigo é o que eu digo! Visitando-os, um por um (Para Couchernumleito aqui! Aqui no Urinoco!) e dançando uma jiga ou assim e assim sobre a soleira para mostrar a eles como sacudir seus esqueletos e a iguaria como para trazer à lembrança as mais delicadas indumentárias fora da vista e todos os jeitos de uma moça com um varão e executando uma espécie de um ruído tilintante como o de dois centavos e meio ou meia coroa e sustentando uma moeda de prata. Meu Deus, nem deus, ela fez isso? Madawaska, nunca ouvi coisa igual! Lançando todas as encantadoras prostitutinhas do mundo sobre ele! Para toda meretriz detida tu desejarias não importa quais formas plaiserosas de sexo duas adicionadas desfrutadas uma frágil uma frugal para afagar e se abrigar no avental de Humpy!

E qual foi a enfadostranha rima que ela fez! Odet! Odet! Me Conta com exatrentdão isso enquanto vou ensaboando os segredos das combinações de Denis Florence e McCarthy. Termina logo, cantarola já, pian piana! Não me aguento de curiousidade até ficar sabendo sobre a epistobela de Anna Livia,

que foi escrita por um e lida por dois e trouveada por uma poule no parco! Sei disso, sei quem és. Como isso tummelnua? Agora escuta. Tás escutando? Sim, sim! É claro que tou! Sê toda ouvidos! Deixossom trar!

Pela terra e pelas nuvens eu apenas preciso ardentemente de um novíssimo leito, úmido e seria suficiente, e sobre ele abundância!

Quanto ao gomastoso romance eu entendo está desgastado, assim é, chocando, tagarelando e esperando pelo meu velho pedreiro tremulante Donomarquês, meu companheiro pela vida e pela morte, minha chave frugal da nossa despensa, minha corcova de camelo deveras-alterado, meu saqueador de tabernas, minha lua-de-maiol, meu louco até o derradeiro dezembrer, para se despertar fora do seu cochilo hibernal e me dominar como sempre fazia.

Is there irwell a lord of the manor or a knight of the shire at strike, I wonder, that'd dip me a dace or two in cash for washing and darning his worshipful socks for him now we're run out of horsebrose and milk?

Only for my short Brittas bed made's as snug as it smells it's out I'd lep and off with me to the slobs della Tolka or the plage au Clontarf to feale the gay aire of my salt troublin bay and the race of the saywint up me ambushure.

Onon! Onon! tell me more. Tell me every tiny teign. I want to know every single ingul. Down to what made the potters fly into jagsthole. And why were the vesles vet. That homa fever's winning me wome. If a mahun of the horse but hard me! We'd be bundukiboi meet askarigal. Well, now comes the hazel hatchery part. After Clondalkin the Kings's Inns. We'll soon be there with the freshet. How many aleveens had she in tool? I can't rightly rede you that. Close only knows. Some say she had three figures to fill and confined herself to a hundred eleven, wan by wan bywan, making meanacuminamoyas. Olaph lamm et, all that pack? We won't have room in the kirkeyaard. She can't remember half of the cradlenames she smacked on them by the grace of her boxing bishop's infallible slipper, the cane for Kund and abbles for Eyolf and ayther nayther for Yakov Yea. A hundred and how? They did well to rechristien her Pluhurabelle. O loreley! What a loddon lodes! Heigh ho! But it's quite on the cards she'll shed

-201-

more and merrier, twills and trills, sparefours and spoilfives, nordsihkes and sudsevers and ayes and neins to a litter. Grandfarthring nap and Messamisery and the knave of all knaves and the joker. Heehaw! She must have been a gadabount in her day, so she must, more than most. Shoal she was, gidgad. She had a flewmen of her owen. Then a toss nare scared that lass, so aimai moe, that's agapo! Tell me, tell me, how cam she camlin through all her fellows, the neckar she was, the diveline? Casting her perils before our swains from Fonte-in-Monte to Tidingtown and from Tidingtown tilhavet. Linking one and knocking the next, tapting a flank and tipting a jutty and palling in and pietaring out and clyding by on her eastway. Waiwhou was the first thurever burst? Someone he was, whuebra they were, in a tactic attack or in single combat. Tinker, tilar, souldrer, salor, Pieman Peace or Polistaman. That's the thing I'm elwys on edge to esk. Push up and push vardar and come to uphill

Há por aí um senhor do sol ou um cavaleiro do condado em greve, eu me pergunto, que me desse um toastão ou dois em dinheiro para lavar e cerzir para ele suas honráveis meias agora que não temos mais aveia para o cavalo e leite?

Se não fosse pelo meu estreito leito de Britta tão agradável quanto o seu aroma eu teria saltado fora para as imundícies della Tolka ou da plage au Clontarf para sentir o prazeroso air da minha salgada e dublinmultuada baía e o curso da brisamar sobre a minha foz.

Onon! Onon! Me conta mais. Me conta toda a minúscula minúcia. Quero saber tudo tudo. Até mesmo o que fez os oleiros voarem para a covadomarujo. E por que estavam os vasos vúmidos? Essa falta de casa está me movento para o ventre. Se um cavaleiro ao menos me ouvisse! Estamos onde os manncebos encontram gayrotas. Brenne, agora vem a parte da aveleirincubadora. Depois de Clondalkin as Tascas dos Monarcas. Logo chegaremos aí com a pororoca. Quantos élevinos ela teve ao lodo? Honestamente não posso te contar isso. Só eus sabem. Alguns dizem que ela teve três figuras para preenchê-la e limitá-la a cento e onze, um debilpois do outro e doutro, fazendo facilcent e onze. Ola lá, todo esse bando? Não teremos lugar no kirkgarden. Ela nem se lembra de um terço dos nomes que jogou nos berços pela graça do inflalível bastão do seu bispo pugilista, o caniço para Kund e tallentos para Eyolf, e nenisso nemaquilo para Yakov Yea. Cento e quantos? Eles fizeram bem em rheinbatizar sua Pluhurabelle. O lorelai! Que ricocheteante regato! Ai-de-mim! Mas é realmente nas cartas que ela verterá

-201-

mais e melhor, gêmeos e trêmulos, quatro mimados e cinco estragados, nordisciplinados e sudivididos e os prós e contras de uma ninhada. Grande canastrão e Missourável desordeiro e o valete de todos os valetes e o coringa. Ah-ah! Ela deve ter sido uma vagaabundante nos seus dias, sim, ela foi, mas do que a maioria. Shoaltamente que ela foi, por Deueus. Ela teve excasos homens para si. Naquele tempo uma agitação não assustava essa moça, assim aimava mais, e isso qu'é amour! Me conta, me conta como ela pôde prosseguir através de todos os seus companheiros, a divinabólica? Lançando seus perigos aos nossos camponeses de Fonte-in-Monte até Tidingtown e de Tidingtown à beira-mar. Recolhendo um e arremessando o próximo, desafiando um flanco e derrubando um molhe e enfraquecendo por dentro e fracassando por fora e deslizando em direção ao seu rumoriente. Quemdoquê foi o primeiro ater irrompido? Alguém ele foi, forquemseja eles estiveram, num tático ataque ou num solitário combate. Latoeiro,

headquarters! Was it waterlows year, after Grattan or Flood, or when maids were in Arc or when three stood hosting? Fidaris will find where the Doubt arises like Nieman from Nirgends found the Nihil. Worry you sighin foh, Albern, O Anser? Untie the gemman's fistiknots, Qvic and Nuancee! She can't put her hand on him for the moment. Tez thelon langlo, walking weary! Such a loon waybashwards to row! She sid herself she hardly knows whuon the annals her graveller was, a dynast of Leinster, a wolf of the sea, or what he did or how blyth she played or how, when, why, where and who offon he jumpnad her and how it was gave her away. She was just a young thin pale soft shy slim slip of a thing then, sauntering, by silvamoonlake and he was a heavy trudging lurching lieabroad of a Curraghman, making his hay for whose sun to shine on, as tough as the oaktrees (peats be with them!) used to rustle that time down by the dykes of killing Kildare, for forstfellfoss with a plash across her. She thought she's sankh neathe the ground with nymphant shame when he gave her the tigris eye! O happy fault! Me wish it was he! You're wrong there, corribly wrong! Tisn't only tonight you're anacheronistic! It was ages behind that when nullahs were nowhere, in county

-202-

Wickenlow, garden of Erin, before she ever dreamt she'd lave Kilbride and go foaming under Horsepass bridge, with the great southwestern windstorming her traces and the midland's grainwaster asarch for her track, to wend her ways byandby, robecca or worse, to spin and to grind, to swab and to thrash, for all her golden lifey in the barleyfields and pennylotts of Humphrey's fordofhurdlestown and lie with a landleaper, wellingtonorseher. Alesse, the lagos of girly days! For the dove of the dunas! Wasut? Izod? Are you sarthin suir? Not where the Finn fits into the Mourne, not where the Nore takes lieve of Blœm, not where the Braye divarts the Farer, not where the Moy changez her minds twixt Cullin and Conn tween Cunn and Collin? Or where Neptune sculled and Tritonville rowed and leandros three bumped heroines two? Neya, narev, nen, nonni, nos! Then whereabouts in Ow and Ovoca? Was it yst with wyst or Lucan Yokan or where the hand of man has never set foot? Dell me

costureiro, soldado, marinheiro, Pieman Peace ou Polistaman. Assim é, tô sempre impaciente pra perguntar. Empurra pra cima, empurra mais forte e alcança o elevado quartel-general! Esse era um ano de marés baixas, depois de Grattan ou Flood, ou quando donzelas estavam na Arca ou quando três formavam um exército? Fidaris descobrirá onde o Doubt nasce como Nieman de Nirgends encontrou o Nihilo. Por quinquietação estás suuspirando, Sotte, O Simplória? Solta o rudenó dos cavalheiros, Ápido e Noesponda! Ela não pôde pôr nele sua mão por um momento. É um longaminho asguir, caminhando cansada! Que louco caminho ao passado para remar! Ela disse a si mesma que dificilmente entende quemsteve nos confusos anais, uma dinastia dos Leinster, um lobo do mar, ou o que ele fez ou quão feliz ela se desfrutou ou quão, quando, como, onde e quem foi ele que frequentemente saltou sobre ela e como foi cedido seu lugar. Naquele tempo ela era apenas uma magra pálida delicada acanhada imatura delgada débil criatura, saracoteando por enlualagos prateados e ele um vadio caminhante enganador estrangeiro de um Curraghman, aproveitador de oportunidades, tão duro quanto o carvalho (turfas estejam com eles!) costumava farfalhar então desanimado através dos diques do destruidor Kildare, para o saltodaselva com um aguaceiro através dele. Ela pensou que estava submergida junto ao fundo do rio com ninfácia vergonha quando ele lhe deu o olho-de-tigre! O feliz engano! Queria que fosse ele! És injusta nesse ponto, terrivelmente injusta! Nãosó esta noite estás anarcrônica! Isso foi há séculos quando nullas encontrava-se nenhures, no condado

-202-

de Wickenlow, jardim de Erin, antes mesmo que ela sonhasse ela abandonou Kilbride e foi espumando sob a ponte de Horsepass, com a grande tempestade ocidental ventanegando seus rastos e o destruidor de grãos do mediterrâneo procoolrando sua rota, para se dirigir por aqui e por ali, para melhor ou para pior, para torcer e moer, debulhar e sovar, por todo seu dourado lifey nos campos de sewada e lotts de um pêni da cidadevaubstáculo de Humphrey e dormir com um marionheiro, propensoaprotegela. Ai de Minho, os lagos dos primeiros dias! Pela pomba das dunas! Qu'est? Izod? Tens certeza? Não onde Finn se encaixa no Mourne, não onde Nore despede-se do Bloem, não onde Braye distrai o Timmoneiro, não onde o Moy cambia sua inclinação entre Cullin e Conn entre Cunn e Collin? Ou onde Netuno remou e Tritão vogou e três leandros colidiram com duas heroínas? Neya, navev, nen, nonni, nos! Então onde em Ow ou Ovoca? Foi no leste com west ou no Lucas Yokan ou onde a mão do homem nunca pôs o pé? Fonte-me

where, the fairy ferse time! I will if you listen. You know the dinkel dale of Luggelaw? Well, there once dwelt a local heremite, Michael Arklow was his river-end name, (with many a sigh I aspersed his lavabibs!) and one venersderg in junojuly, oso sweet and so cool and so limber she looked, Nance the Nixie, Nanon L'Escaut, in the silence, of the sycomores, all listening, the kindling curves you simply can't stop feeling, he plunged both of his newly anointed hands, the core of his cushlas, in her singimari saffron strumans of hair, parting them and soothing her and mingling it, that was deepdark and ample like this red bog at sundown. By that Vale Vowclose's lucydlac, the reignbeau's heavenarches arronged orranged her. Afrothdizzying galbs, her enamelled eyes indergoading him on to the vierge violetian. Wish a wish! Why a why? Mavro! Letty Lerck's lafing light throw those laurals now on her daphdaph teasesong petrock. Maass! But the majik wavus has elfun anon meshes. And Simba the Slayer of his Oga is slewd. He cuddle not help himself, thurso that hot on him, he had to forget the monk in the man so, rubbing her up and smoothing her down, he baised his lippes in smiling mood, kiss akiss after kisokushk (as he warned her niver to, niver to, nevar) on Anna-na-Poghue's of

the freckled forehead. While you'd parse secheressa she hielt her souff'. But she ruz two feet hire in her aisne aestumation. And steppes on stilts ever since. That was kissuahealing with bantur for balm! O, wasn't he the bold priest? And wasn't she the naughty Livvy? Nautic Naama's now her navn. Two lads in scoutsch breeches went through her before that, Barefoot Burn and Wallowme Wade, Lugnaquillia's noblesse pickts, before she had a hint of a hair at her fanny to hide or a bossom to tempt a birch canoedler not to mention a bulgic porterhouse barge. And ere that again, leada, laida, all unraidy, too faint to buoy the fairiest rider, too frail to flirt with a cygnet's plume, she was licked by a hound, Chirripa-Chirruta, while poing her pee, pure and simple, on the spur of the hill in old Kippure, in birdsong and shearingtime, but first of all, worst of all, the wiggly livvly, she sideslipped out by a gap in the Devil's glen while Sally her nurse was sound asleep in a sloot and, feefee fiefie, fell over a spillway before she found her stride and lay and wriggled in all the stagnant black pools of rainy under a fallow coo

onde, pela primeira perfeita vez! Eu contarei se escutares. Conheces o vistoso vale de Luggelaw? Bem, lá uma vez morou um eremita local, Michael Arklow era seu rioverendo nome, (entre muitos um suspiro eu aspergi no seu lavababador!) e tuma quarta-feira em junhojulho, tão doce, tão calma e tão flexível ela parecia, Nance the Nixie, Nanon L'Escaut, no silêncio, dos plátanos, todos ouvindo, as curvaturas dos gravetos não podes simplesmente parar de perceber, ele mergulhou ambas suas recém-ungidas mãos, o cerne do seu pulso, no curso do cabelo cantamarino açafrão dela, dividindo eles e suavizando ela e mesclando ele, aquilo era escuro-profundo e amplo como o pântano vermelho no pôr do sol. Por aqueles lucydoslagos do Vale Vowclose, os céutearcos do arco d'íris arranjados ao redor dela. Amaryellows afrodizzyarcos, seus esmaltados olhos indigoinstigando ele à beira da violetação. Desejo um Desejo! Por que um por quê! Mavro! Aquela luminosa faixa de agradável luz de Letty Lerck lauraando agora sua tãotola caçoante-canção petrárquica. Maass! Mas as mágicas ondas têm mille uma armadilhas. E Simba o Matador do seu Mar é lascivo, ele mesmo não podevitar, aquele desejo ardente sobre ele, assim teve que esquecer o monge que habitava o homem, recordando-a e acalmando-a, ele abaiseou os lábios dele com alegre disposição, beijo umbeijo depois maisbeijo (como se ele a advertisse para não, não pára, nunca) sobre a sardenta fronte de Anna-na-Poghue.

-203-

Enquanto passavas sèche ela detenia seu sopr'. Mas ela subiu dois pés acima na sua autoestima. E anda em pernas de pau desde então. Esse foi um terapeuticobeijo com bantu como bálsamo! O, ele não era um sacerdote saliente? E ela não era a perversa Livvy? Nautic Naama é agora seu name. Dois sujeitos em calças de escoteiro vagaram através dela antes disso, Barefoot Burn e Wallowme Wade, no cume noblesse de Lugnaquillia, antes mesmo que ela tivesse um vestígio de um pêlo para cobrir sua vulva ou peito para seduzir um afogoso videiro sem contar ainda um barqueiro bêbado atrevido. E antes daquilo porém, lady, leider, inteiramente imatura, demasiadanubiamente débil para salvar-vida do mais simples viajante, muito frágil para flertar com uma pluma de cisne, ela foi lambida por um cachorro qualquer, Chirripa-Chirruta, enquanto fazia seu pis pis, imaculada e inocente, na ponta do monte no velho Kippure, no canto-dos-pássaros e nos tempos-de-tosa, mas primeiro de tudo, pior de tudo, a serpenteante livvybertina, ela deslizou por uma brecha pelo profundo vale do Demônio enquanto Sally a pajem dela dormia profundamente numa vala e, kikeda kekeda, caiu sobre um vertedouro antes

and she laughed innocefree with her limbs aloft and a whole drove of maiden hawthorns blushing and looking askance upon her.

Drop me the sound of the findhorn's name, Mtu or Mti, som bogger was wisness. And drip me why in the flenders was she frickled. And trickle me through was she marcellewaved or was it weirdly a wig she wore. And whitside did they droop their glows in their florry, aback to wist or affront to sea? In fear to hear the dear so near or longing loth and loathing longing? Are you in the swim or are you out? O go in, go on, go an! I mean about what you know. I know right well what you mean. Rother! You'd like the coifs and guimpes, snouty, and me to do the greasy jub on old Veronica's wipers. What am I rancing now and I'll thank you? Is it a pinny or is it a surplice? Arran, where's your nose? And where's the starch? That's not the vesdre bene diction smell. I can tell from here by their *eau de Colo* and the scent of her oder they're Mrs Magrath's. And you ought to have aird them. They've moist come off her. Creases in silk they are, not crampton lawn. Baptiste me, father, for she has sinned!

-204-

Through her catchment ring she freed them easy, with her hips' hurrahs for her knees'dontelleries. The only parr with frills in old the plain. So they are, I declare! Welland well! If tomorrow keeps fine who'll come tripping to sightsee? How'll? Ask me next what I haven't got! The Belvedarean exhibitioners. In their cruisery caps and oarsclub colours. What hoo, they band! And what hoa, they buck! And here is her nubilee letters too. Ellis on quay in scarlet thread. Linked for the world on a flushcaloured field. Annan exe after to show they're not Laura Ke-own's. O, may the diabolo twisk your seifety pin! You child of Mammon, Kinsella's Lilith! Now who has been tearing the leg of her drawers on her? Which leg is it? The one with the bells on it. Rinse them out and aston along with you! Where did I stop? Never stop! Continuarration! You're not there yet. I amstel waiting. Garonne, garonne!
Well, after it was put in the Mericy Cordial Mendicants' Sitterdag-Zindeh-Munaday Wakeschrift (for once they sullied their white kidloves, chewing cuds after their dinners of cheeckin and beggin, with their show us it here and their mind out of that and their when you're quite finished with the

de encontrar seu passo e postura e ondular em todos os sujos e parados charcos chuvosos sob um descultivado namoro e ela riu livrinocente com seus membros para cima e toda uma multidão de mocinhas expinhentas corando e olhando de esguelha pra ela.

Pinga-me o som do nome do hadoque, Mtu ou Mti, allguém foi testemunha. E goteja-me por que na senna estava ela salpicada. E escorra-me extenuamente estava ela de permanente ou por ventura era uma peruca quela usava. De quelado eles se curvaram as suas agitadas paixões, atrás do juízo ou afronta do mar? Temendo escutar o amado se aproximar ou desejando detestar e detestando ardentemente? Tás na correnteza ou tás fora? Vai em frente, vai fundo, vai logo! Sei o que sabes. Sei muito bem o que pretendes. Arre! Gostarias de toucas e lenços, orgulhosa, e eu tenho que fazer o trabalho sujo sobre os velhos sudários de Verônica. O que ora estou enxaguando e deveria te ser grata? É uma salopette ou uma sobrepeliz? Arran, onde está o teu nariz? E onde está a goma? Isso não é cheiro de sacristia em ação de graças. Posso te dizer daqui que pelo *eau de Colo* delas e pelo aroma do odeur dela elas são da Senhora Magraths. E devias tê-las airejado. Eles devem ter-se desprendido dela. Rugas na seda eram eles, não ganchos para fino tecido. Baptiste-me, pai, pelos seus pecados!

-204-

Por seu circular anel de represa ela se libertou deles naturalmente, com as suas vivas bacias em vez de articulações atadas. O único paar com babados na velha planície. Assim eram eles, eu declaro! Manando maravilhosamente! Se amanhã continuar aprazível quem virá com passos curtos pra admirar? Como virá? Me pergunta depois o que eu não alcancei! Os Belvederes exibicionoistas. Nos seus quepes de cruzeiro e cores de clube de remo. Que rumo, eles reuniram! E por qual aoeste, eles avançaram! E aqui está sua casadoura letra também. Ellis sobre cais na linha escarlate. Ligada ao mundo num copioso-acolourado campo. Annan ex seguida mostrou que eles não eram de Laura Keown. O, que o diabolo retorça teu alfinete de segurança! Tu filha de Mammon, Lilith de Kinsella! Mas quem tem rasgado a perna das cerolas dela? Que perna é essa? Aquela em forma de sino. Nunca pára. Continuarração! Ainda não chegaste lá. Inda stô esperando. Anda, anta!

Bem, depois isso foi colocado no Wakesemanário de Salbado-Solmingo--Sailgunda do Merecy Cordial Mendicants (pelo menos uma vez eles sujaram suas brancas luvas de pelica, ruminando depois dos seus banquetes de galinha e bacon, com os quais nos mostraram isso aqui e o desejo deles distante daquilo e dos seus

reading matarial), even the snee that snowdon his hoaring hair had a skunner against him. Thaw, thaw, sava, savuto! Score Her Chuff Exsquire! Everywhere erriff you went and every bung you arver dropped into, in cit or suburb or in addled areas, the Rose and Bottle or Phoenix Tavern or Power's Inn or Jude's Hotel or wherever you scoured the countryside from Nannywater to Vartryville or from Porta Lateen to the lootin quarter you found his ikom etsched tipside down or the cornerboys cammocking his guy and Morris the Man, with the role of a royss in his turgos the turrible, (Evropeahahn cheic house, unskimmed sooit and yahoort, hamman now cheekmee, Ahdahm this way make, Fatima, half turn!) reeling and railing round the local as the peihos piped and ubanjees twanged, with oddfellow's triple tiara busby rotundarinking round his scalp. Like Pate-by-the-Neva or Pete-over-Meer. Thisis the Hausman all paven and stoned, that cribbed the Cabin that never was owned that cocked his leg and hennad his Egg. And

-205-

the mauldrin rabble around him in areopage, fracassing a great bingkan cagnan with their timpan crowders. Mind your Grimm-father! Think of your Ma! Hing the Hong is his jove's hangnomen! Lilt a bolero, bulling a law! She swore on croststyx nyne wyndabouts she's be level with all the snags of them yet. Par the Vulnerable Virgin's Mary del Dame! So she said to herself she'd frame a plan to fake a shine, the mischiefmaker, the like of it you niever heard. What plan? Tell me quick and dongu so crould! What the meurther did she mague? Well, she bergened a zakbag, a shammy mailsack, with the lend of a loan of the light of his lampion, off one of her swapsons, Shaun the Post, and then she went and consulted her chapboucqs, old Mot Moore, Casey's Euclid and the Fashion Display and made herself tidal to join in the mascarete. O gig goggle of gigguels. I can't tell you how! It's too screaming to rizo, rabbit it all! Minneha, minnehi minaaehe, minneho! O but you must, you must really! Make my hear it gurgle gurgle, like the farest gargle gargle in the dusky dirgle dargle! By the holy well of Mulhuddart I swear I'd pledge my chanza getting to heaven through Tirry and Killy's mount of impiety to hear it all, aviary word! O, leave me my faculties, woman, a while! If you don't like my story get out of the punt. Well, have it your own way, so. Here, sit down and do as you're bid. Take my stroke and bend to your bow. Forward in and pull your overthepoise! Lisp it slaney and crisp it

quando ainda nem tinhas terminado totalmente a leitura do journal), mesmo a neige que cobria seu cabelo gris tinha aversão a ele. É icessim, é icessim, sava, savuto! Anota Homo Camponês Excudeiro! A todo lugar que já foste e em todo o barril que já caíste, na stadt ou no subúrbio ou nas áreas podres, na Rose e Bottle ou na Taverna Phoenix ou no Power's Inn ou no Judes Hotel, ou por onde quer que percorras do distrito de Nannywater até Vatryville ou de Porta Lateen até o quartier ladrão encontrarias a imargem dele, com água quente gravada para baixo de cabeça ou os garotos da esquina zombimitando ele e Morris the Man, com rols de royces, em seu tourco terrível, (Evrospeus na casa do cheic, sebo não desnatado e yahoorte, baignendo agora miaface. Ahdahm progrediu aqui, Fátima, voltou dali!) vacilando e viajando em torno como peihonos que piam y banjos que ressoam, com boné de tiara tripla do desajustado-companheiro ringondeando ao redor do seu crânio. Como Pate-pelo-Neva ou Pete-sobre-o-Meer. Este é o Hausman todo calçado e pavimentado, que se confinou no Camarote que nunca foi dele que levantou sua perna e enalteceu o seu Eggo. E

-205-

a plebe embriagada ao seu redor dentro do areopagus, incitando uma grande clamorosa espirituosa-farra com seus tambores tumultuados. Lembra-te do teu alvô! Pensa na tua Ma! Hing the Hong é o seu hangnome de jove! Canta um bolero, burlando um mandamento! Ela jurou sobre o acrostifixo nove seguidas vezes que ela venceria todos os seus obstáculos novamente. Pela Vulnerável Virgem Mary del Dame! Assim ela disse para si mesma que havia forjado um plano para falsificar uma luz, a promotora de desordens, coisa semelhante a isso tu nunca ouviste. Que plano? Conta logo e nãosê tão dexhumana! Que crime cometeu ela? Bem, ela se apronpriou de uma zakola, uma bolsa de camurça do correio, com o fornecimento de um empréstimo de uma luz do seu lampião, de um dos seus filhostrocados, Shaun o Carteiro, e então ela saiu e consultou seus contospopulares, o velho Mot Moore. Euclid de Casey e o Desfile de Moda e fez ela mesma um maremoto para participar do baile de máskara. O graciosa grandiosa gargalhada. Não posso te contar de que maneira! É de estourar de rire, raios que o partam todos! Minneha, minnehi minaaehe, minneho. O mas tu tens que, realmente tens quê! Deixa-me ouvir o gorgolejo gorgolejo, como o mais distante gargarejo gargarejo na sombria e soturna soada canção. Pelo santo bem de Mulhuddart juro que empenhei minha chanzas de entrar no paraíso para ouvir todo o monte de impiedade de Tirry e Killy, palavra de ave. O, deixa-me minhas faculdades, mulher, um tempo! Se não gostas

quiet. Deel me longsome. Tongue your time now. Breathe thet deep. Thouat's the fairway. Hurry slow and scheldt you go. Lynd us your blessed ashes here till I scrub the canon's underpants. Flow now. Ower more. And pooleypooley.

First she let her hair fal and down it flussed to her feet its teviots winding coils. Then, mothernaked, she sampood herself with galawater and fraguant pistania mud, wupper and lauar, from crown to sole. Next she greesed the groove of her keel, warthes and wears and mole and itcher, with antifouling butterscatch and turfentide and serpenthyme and with leafmould she ushered round prunella isles and eslats dun, quincecunct, allover her little mary. Peeld gold of waxwork her jellybelly and her

-206-

grains of incense anguille bronze. And after that she wove a garland for her hair. She pleated it. She plaited, it. Of meadowgrass and riverflags, the bulrush and waterweed, and of fallen griefs of weeping willow. Then she made her bracelets and her anklets and her armlets and a jetty amulet for necklace of clicking cobbles and pattering pebbles and rumbledown rubble, richmond and rehr, of Irish rhunerhinerstones and shellmarble bangles. That done, a dawk of smut to her airy ey, Annushka Lutetiavitch Pufflovah, and the lellipos cream to her lippeleens and the pick of the paintbox for her pommettes, from strawbirry reds to extra violates, and she sendred her boudeloire maids to His Affluence, Ciliegia Grande and Kirschie Real, the two chirsines, with respecks from his missus, seepy and sewery, and a request might she passe of him for a minnikin. A call to pay and light a taper, in Brie-on-Arrosa, back in a sprizzling. The cock striking mine, the stalls bridely sign, there's Zambosy waiting for Me! She said she wouldn't be half her length away. Then, then, as soon as the lump his back was turned, with her mealiebag slang over her shulder, Anna Livia, oysterface, forth of her bassein came.

Describe her! Hustle along, why can't you? Spitz on the iern while it's hot. I wouldn't miss her for irthing on nerthe. Not for the lucre of lomba strait. Oceans of Gaud, I mosel hear that! Ogowe presta! Leste, before Julia sees her! Ishekarry

da minha história pula do barco. Bem, toma teu próprio rumo, então. Aqui, senta e faz como se tivesses de. Toma meu remo e te vira. Avante por e remova tua carga! Gagueja isso devogar e encrespa isso com calmaria. Gota-me piano e lontano. Não te pressapites agora. Vai fundo. Essas são as águas navegáveis. Apressa-te lentamente e irás rapidamente. Empresta-nos tuas santas cinzas aqui até que eu lave as ceroulas do cânone. Flui agora. Uma vez mais. E marschemarshe.

    Primeiro ela deixou seu cabelo cair e embaixo ele se derramou sobre seus pés seus turtleosos sinuosos caracóis. Então, mãedespida, ela lavou o cabelo com água de Gala e fraguância de lodo da Pistânia, agitando e espumando, do cimo ao solo. Depois ela engraxou os vincos da sua barcaça, os defeitos e os desgastes e a mancha e a sarna, com excrementos de manteiga antissujeira e maré do prado e serpenterebintina e com fungo de folhas ela anunciou a todos das ilhas prunelle e das ilhotas cinzentas, cincodispostas, por toda parte sua pequena barriga. Dourada despida figura de cera seu farto ventre e seus

-206-

grãos de incenso de bronzeadas enguias. E depois disso ela teceu uma agrinalda para o seu cabelo. Ela a trançou. Ela a tramou. De grama do prado e de lírio-roxo do rio, de junco e de plantas aquáticas, e da queda dolorosa do salgueiro-chorão. Então ela fez seus braceletes, suas presilhas e seus ankletes e um amuleto de molhe para o colar de contas de carvão e tagarelando seixos e resmungando pedregulhos, ricos e restaurados, das runasricas da Irlanda e pulseiras de conchas de mármore. Feito isso, uma impressão de fuligem para seus illusórios olhos, Annushka Lutetiavitch Pufflovah, e creme de lellipos para seus lábios e o pó do pote de maquiagem para a suas maças do rosto, de morangos vermelhos a extra-violentos, e ela mandou suas criadas de quarto para Sua Afluência, Ciliegia Grande e Kirschie Real, as duas primas, com respecktos à senhora dele, infiltrando e costurando, e por uma licença ela passou ante ele por uma minuta. Uma visita ao bagno, e uma vela para ascender, em Brie-on-Arrosa, de volta numa borrifada. O galo entoa fonte de riqueza, os coros das igrejas anunciam noivamente, Zambosy está esperando por Mim. Ela disse que não teria percorrido metade da sua extensão. Então, então, tão logo o inchaço das costas dele voltou, com o saco de corexponência de jargão dela sobre seus ombres, Ana Livia, cara de ostra, surgiu diante de sua bacia.

    Moa descreve ela! Te apressa adiante, por que não consegues? Malha o ferro enquanto tá quente. Eu não sentiria sua falta por nauda nesse fundo. Nem

and washemeskad, the carishy caratimaney? Whole lady fair? Duodecimoroon? Bon a ventura? Malagassy? What had she on, the liddel oud oddity? How much did she scallop, harness and weights? Here she is, Amnisty Ann! Call her calamity electrifies man.

No electress at all but old Moppa Necessity, angin mother of injons. I'll tell you a test. But you must sit still. Will you hold your peace and listen well to what I am going to say now? It might have been ten or twenty to one of the night of Allclose or the nexth of April when the flip of her hoogly igloo flappered and out toetippit a bushman woman, the dearest little moma ever you saw, nodding around her, all smiles, with ems of embarras and aues to awe, between two ages, a judyqueen, not up to your

-207-

elb. Quick, look at her cute and saise her quirk for the bicker she lives the slicker she grows. Save us and tagus! No more? Werra where in ourthe did you ever pick a Lambay chop as big as a battering ram? Ay, you're right. I'm epte to forgetting, Like Liviam Liddle did Loveme Long. The linth of my hough, I say! She wore a ploughboy's nailstudded clogs, a pair of ploughfields in themselves: a sugarloaf hat with a gaudyquiviry peak and a band of gorse for an arnoment and a hundred streamers dancing off it and a guildered pin to pierce it: owlglassy bicycles boggled her eyes: and a fishnetzeveil for the sun not to spoil the wrinklings of her hydeaspects: potatorings boucled the loose laubes of her laudsnarers: her nude cuba stockings were salmospotspeckled: she sported a galligo shimmy of hazevaipar tinto that never was fast till it ran in the washing: stout stays, the rivals, lined her length: her bloodorange bockknickers, a two in one garment, showed natural nigger boggers, fancyfastened, free to undo: her blackstripe tan joseph was sequansewn and teddybearlined, with wavy rushgreen epaulettes and a leadown here and there of royal swansruff: a brace of gaspers stuck in her hayrope garters: her civvy codroy coat with alpheubett buttons was boundaried round with a twobar tunnel belt: a fourpenny bit in each pocketside weighed her safe from the blowaway windrush; she had a clothes-peg tight astride on her joki's nose and she kep on grinding a sommething quaint in her fiumy mouth and the rrreke of the fluve of the tail of the gawan of her snuffdrab siouler's skirt trailed ffifffty odd Irish miles behind her lungarhodes.

pelo lucro da Lombard Strait. Oceanos de Pompas, eu tejo que ouvir isso! Ová presto! Lesto, antes que a Julia a veja! Ela está precavida e mascarada, a caríssima queridíssima? Toda dama formosa? Duodécimodelas? Bon a ventura? Malagasy? O que ela planejou, a singular senil Liddell? Quantas vieiras ela juntou, em couraças e pesos? Aqui ela está, Amnisty Ann! Chamam-a catástofre que eletrifica o homem.

Nenhuma Electress mas uma velha Mãe Necessidade, nouveaumente a mãe das invenções. Vou te aplicar um teste. Mas precisas te sentar sossegada. Vais ficar tranquila e ouvir bem o que eu tenho para te contar agora? Deve ter acontecido há dez ou vinte e uma noites de um fimpróximo ou do próximo abril quando o estalido do seu horrendo higloo estalava e revelava no cumedocasco uma bandoleira dama, a mais estimada pequena madder que jamais viste, acenando para toda parte, todos os sorrisos, com ems embaraçosos e eau de admiração, entre duas idades, uma soberanarrapariga, não próxima do teu

-207-

cursovelo. Rápido, olha que graciosa e entende seu deslize pois quanto mais cintilante vive mais trapaceira se torna. Seiva-nos e leva-nos! Não mais? Wheronde na terra há uma costela de cordeiro tão grande quanto a de um corpulento carneiro? Ay, estás certa. Estou pronta presquecer, Como Liviam Liddle Loveou-me Longamente. Pelo comprimento do meu jarrete, eu disse! Ela calçou tamancos de tachas de um moço do arado, um par de terras aradas para eles mesmos: um chapéu de pão de açúcar com ponta exoticamente enfeitada e uma cinta de tojo como adorno e uma centena de serpentinas dançantes e um alfinete dourado para atravessá-la: seus olhos cercados por bicíclicos ócurujos: e um véu de rede de pesca para o sol não danificar sua feição rugosa: argolas de batata para afivelar a liberdade do lóbulo da sua louvadorelha: suas meias desguarnecidas de cuba eram salpicadas de bebida salmão: ela exibiu uma chemise malhada de nebulosovapor tinto que nunca se firmou até que desbotou durante a lavagem: espartilhos espadaúdos, os rivais, marcavam sua extensão: suas calcinhas cor-de-sangue, um vestuário dois em um, expunham naturalmente negros pântanos, fixafantasia, pronta para desatar: sua capa bronzeada de negraslistas era cozida com leitejoulas, forrado de ursinhos, com dragonas flutuantes de juncos verdes e uma dezcepção aqui e dali de colar de cisne real: uma braçadeira de cigarros presa na sua liga de réstia de feno: seu casaco civil de cotelê com botões alfabéticos era limitado circularmente por um cinto subterrâneo com duplastrancas: quatro pennys que perfuravam cada bolso lateral a ancoravam no caoso duna remotaventania de rápidosventos; e ela tinha

Hellsbells, I'm sorry I missed her! Sweet gumptyum and nobody fainted! But in whelk of her mouths? Was her naze alight? Everyone that saw her said the dowce little delia looked a bit queer. Lotsy trotsy, mind the poddle! Missus, be good and don't fol in the say! Fenny poor hex she must have charred. Kickhams a frumpier ever you saw! Making mush mullet's eyes at her boys dobelon. And they crowned her their chariton queen, all the maids. Of the may? You don't say! Well for her she couldn't see herself. I recknitz wharfore the darling murrayed her mirror. She did? Mersey me! There was a koros of drouthdropping sur

-208-

facemen, boomslanging and plugchewing, fruiteyeing and flower-feeding, in contemplation of the fluctuation and the undification of her filimentation, lolling and leasing on North Lazers' Waal all eelfare week by the Jukar Yoick's and as soon as they saw her meander by that marritime way in her grasswinter's weeds and twigged who was under her archdeaconess bonnet, Avondale's fish and Clarence's poison, sedges an to aneber, Wit-uponCrutches to Master Bates: *Between our two southsates and the granite they're warming, or her face has been lifted or Alp has doped!*

But what was the game in her mixed baggyrhatty? Just the tembo in her tumbo or pilipili from her pepperpot? Saas and taas and specis bizaas. And where in thunder did she plunder? Fore the battle or efter the ball? I want to get it frisk from the soorce. I aubette my bearb it's worth while poaching on! Shake it up, do, do! That's a good old son of a ditch! I promise I'll make it worth your while. And I don't mean maybe. Nor yet with a goodfor. Spey me pruth and I'll tale you true.

Well, arundgirond in a waveney lyne aringarouma she pattered and swung and sidled, dribbling her boulder through narrowa mosses, the diliskydrear on our drier side and the vilde vetchvine agin us, curara here, careero there, not knowing which medway or weser to strike it, edereider, making chattahoochee all to her ain chichiu, like Santa Claus at the cree of the pale and puny, nistling to hear for their tiny hearties, her arms encircling Isolabella, then running

um prendedor de roupa esticadamente escarrapachado no seu fiumacento nariz e ela seguiu triturando algo estranho na sua riosonha boca e o horrriver deltalhe da cauda do veustido da sua soulta saia cor-de-rapé deixava um rastro de estranhas cinquainta miles irlandesas ao longo do Kuhrso por onde passava.

Prosdiabos, eu simto que eu a perdi! Doce iniciativa e ninguém desmaiou. Mas em qual de suas bocas? Seu promontório estava em chamas? Todo mundo que a via dizia que a douce piccola iguaria parecia um pouco esquisita. Que sena que sina, lembra-te do lamaçal! Dona, seja boa e não se joke ao meer! Pobre estranha feiticeira ela deve ter se chamuscado. Kickoisa uma maltrapilha como tu nunca viste. Fazendo olhos melosos para seus meninos de duoblind. E eles a coroaram a rainha da caridade, de todas as donzelas. De maio? Não me digas! Ainda bem que ela não podia ver a si mesma. Suponho que por essa razão a queridinha enlameou seu espelho. Ela fez isso? Mississipericórdia! Havia um chorus de gotejantestiagem na

-208-

face dos homens, e ela lançando gírias e mascando fumo, mirando frutos e comendo flores, em contemplação da flutuação e da ondulação da sua filiação, ociosamente e folgadamente em North Lazers' Waal durante toda a foguinfernal semana de Jukar Yoick e tão logo eles viram sua sinuosidade por akilles marínfimos caminhos com sua aparência de mulher separada e imaginando quem estava sob seu gorro arquidiacônego, peixe de Avondale e pescado de Clarence, junças uma ao lado das outras, Wit-upon-Crutches para Master Bates: *Entre nós dois sulsatisfeitos e o granito eles estão advertindo, ou seu rosto tem sido exaltado ou Alp se dopou.*

Mas que jogo estava misturado na sua canastreira? Somente o bolo no seu bojo ou o pepper do seu pimenteiro? Saas e tass e temperos assaz. E onde na trovoada a coisa por ela foi saqueada? Antes da batalha ou depois do baile? Quero pegar isso frisko direto da fonte? Aposto a minha barba que vale a pena tomar a pesca. Agita isso, assim, vai, vai! Esse é um bom filho da truta! Prometo que farei isso valer a pena pra ti. E não estou falando talvez. Tampouco promissórias. Diz a verdade e eu te conto com honestidade.

Bem, gironde em círculo numa linha ondulada da corrente do arenque ela correu e balançou e se moveu lateralmente, driblando sua pedra de rio até o musgodesfiladeiro, saborosas ervas daninhas na nossa margem seca e vioventos vinhedos de ervilha vinham de encontro a nós, torrente aqui, corrente ali, sem saber que meio caminho ou se o seguiria, qualcumqualoutro, marmulhando seus próprios filhos, como Santa Claus no peito da pálida e pequena, prestando atenção para

with reconciled Romas and Reims, on like a lech to be off like a dart, then bathing Dirty Hans' spatters with spittle, with a Christmas box apiece for aisch and iveryone of her childer, the birthday gifts they dreamt they gabe her, the spoiled she fleetly laid at our door! On the matt, by the pourch and in-under the cellar. The rivulets ran aflod to see, the glashaboys, the pollynooties. Out of the paunschaup on to the pyre. And they all about her, juvenile leads and ingenuinas, from the slime of their slums and artesaned wellings, rickets and riots, like the Smyly boys at their vicereine's levee. Vivi vienne, little Annchen! Vielo Anna, high life! Sing us a sula, O, susuria! Ausone sidulcis! Hasn't she tambre! Chipping her and raising a bit of a chir or a

-209-

jary every dive she'd neb in her culdee sacco of wabbash she raabed and reach out her maundy meerschaundize, poor souvenir as per ricorder and all for sore aringarung, stinkers and heelers, laggards and primelads, her furzeborn sons and dribblederry daughters, a thousand and one of them, and wickerpotluck for each of them. For evil and ever. And kiks the buch. A tinker's bann and a barrow to boil his billy for Gipsy Lee; a cartridge of cockaleekie soup for Chummy the Guardsman; for sulky Pender's acid nephew deltoïd drops, curiously strong; a cough and a rattle and wildrose cheeks for poor Piccolina Petite MacFarlane; a jigsaw puzzle of needles and pins and blankets and shins between them for Isabel, Jezebel and Llewelyn Mmarriage; a brazen nose and pigiron mittens for Johnny Walker Beg; a papar flag of the saints and stripes for Kevineen O'Dea; a puffpuff for Pudge Craig and a nightmarching hare for Techertim Tombigby; waterleg and gumboots each for Bully Hayes and Hurricane Hartigan; a prodigal heart and fatted calves for Buck Jones, the pride of Clonliffe; a loaf of bread and a father's early aim for Val from Skibereen; a jauntingcar for Larry Doolin, the Ballyclee jackeen; a seasick trip on a government ship for Teague O'Flanagan; a louse and trap for Jerry Coyle; slushmincepies for Andy Mackenzie; a hairclip and clackdish for Penceless Peter; that twelve sounds look for G. V. Brooke; a drowned doll, to face down-wards for modest Sister Anne Mortimer; altar falls for Blanchisse's bed; Wildairs' breechettes for Magpeg Woppington; to Sue Dot a big eye; to Sam Dash a false step; snakes in clover, picked and scotched, and a vaticanned viper catcher's visa for Patsy

ouvir seus companheirinhos, seus braços circundavam Isolabella, então andavam em companhia dos reconciliados Romas e Reims, prosseguiam como uma sanguessuga para partir como uma flecha, então banhando Dirty Hans com borrifos de saliva, com cestas de Natal uma para cada e todas para as suyas crianças, os presentes de aniversário com os quais eles sonharam foram donsdados por ela, a pilhagem foi rapidamente atribuída a ela! No capacho, perto do pórtico e in-baixo no porão. Os regatos corriam pelo rio para miraromar, os mauninos, as marminas. Da casa de penhores à pira. E todos ao seu redor, jovens correntes e puras, da sujeira das suas sarjetas e poços artesianos, raquíticos e revoltados, como os jovens Smyly no café da manhã da vice-rainha. Vivi vienne, pequena Annchen! Vielo Anna, vida de luxos! Assovia-nos um solo, O, sussurante! Ausonia si dulcis! Ela não tem tambre! Se estilhaçando e aumentando um pouco a collmida ou

-209-

a zombaria todo dia ela prendia no seu cul-de-sac de lixo, ela roubava e tirava de dentro da sua santa marcadoria, pobre lembrança, como para ricordare e tudo para dolorosamente rememorar, filhos-da-gruta e fuzileiros, preguiçosos e jovens moços, seus primogênitos filhos e afluentes filhas, mil e um deles, e uma pobre comida num pote de vime para cada um deles. Para todo o sempre. E stinkando a canela. Uma maldição do latoeiro e um capacete para cozer sua caneca de chá para Gipsy Lee; um cartucho de frango apimentado para Chummy o Soldado; para rabugento azedo sobrinho do Pender dropes deltaerlã, demasiadamente ardidas, uma tossidela e uma taramela e bochechas rosa-selvagens para a pobre Piccolina Petite MacFarlane; um quebra-cabeça enigmático de cãimbras e pernas e canelas entre elas para Isabel, Jezebel e Llewelyn Mmarriage; um nariz delatão e luvas de ferro fundido para Johnny Walker Beg; uma bandeira papal com listras sagradas para Kevineen O'Dea; um trenzinho para Pudge Craig e um rápido pesadelo para Techertim Tombigby; pés d'água e botas de borracha uma de cada para Bully Hayes e Hurricane Hartigan; um pródigo coração e bezerrões para Buck Jones, o orgulho de Clonliffe; um pedaço de pão e uma paternal prematura intenção do progenitor para Val da Skibereen; cabriolé irlandês para Larry Doolin, o Baile Átha Cliath dublinense; uma viagem mareada num navio do governo para Teague O'Flanagan; um piolho e um alçapão para Jerry Coyle; tortas de carne engraxadas para Andy Mackenzie; um lábio lepobrino e prato quebrado para Penceless Peter; aquelas doze vibrações sonoras expressivas para G. V. Brooke; uma boneca afogada, com a cabeça cabisbaixa para a modesta Irmã Anne Mortimer; lençol d'água para a cama

Presbys; a reiz every morning for Standfast Dick and a drop every minute for Stumblestone Davy; scruboak beads for beatified Biddy; two appletweed stools for Eva Mobbely; for Saara Philpot a jordan vale tearorne; a pretty box of Pettyfib's Powder for Eileen Aruna to whiten her teeth and outflash Helen Arhone; a whippingtop for Eddy Lawless; for Kitty Coleraine of Butterman's Lane a penny wise for her foolish pitcher; a putty shovel for Terry the Puckaun; an apotamus mask for Promoter Dunne; a niester egg with a twicedated shell and a dynamight right for Pavl the Curate;

a collera morbous for Mann in the Cloack; a starr and girton for Draper and Deane; for Will-of-the-Wisp and Barny-the-Bark two mangolds noble to sweeden their bitters; for Oliver Bound a way in his frey; for Seumas, thought little, a crown he feels big; a tibertine's pile with a Congoswood cross on the back for Sunny Twimjim; a praises be and spare me days for Brian the Bravo; penteplenty of pity with lubilashings of lust for Olona Lena Magdalena; for Camilla, Dromilla, Ludmilla, Mamilla, a bucket, a packet, a book and a pillow; for Nancy Shannon a Tuami brooch; for Dora Riparia Hopeandwater a cooling douche and a warmingpan; a pair of Blarney braggs for Wally Meagher; a hairpin slatepencil for Elsie Oram to scratch her toby, doing her best with her volgar fractions; an old age pension for Betty Bellezza; a bag of the blues for Funny Fitz; a *Missa pro Messa* for Taff de Taff; Jill, the spoon of a girl, for Jack, the broth of a boy; a Rogerson Crusoe's Friday fast for Caducus Angelus Rubicon-stein; three hundred .and sixtysix poplin tyne for revery warp in the weaver's woof for Victor Hugonot; a stiff steaded rake and good varians muck for Kate the Cleaner; a hole in the ballad for Hosty; two dozen of cradles for J.F.X.P. Coppinger; tenpounten on the pop for the daulphins born with five spoiled squibs for Infanta; a letter to last a lifetime for Maggi beyond by the ashpit; the heftiest frozenmeat woman from Lusk to Livienbad for Felim the Ferry; spas and speranza and symposium's syrup for decayed and blind and gouty Gough; a change of naves and joys of ills for Armoricus Tristram Amoor Saint Lawrence; a guillotine shirt for Reuben Redbreast and hempen suspendeats for Brennan on the Moor; an oakanknee for Conditor Sawyer and mus-quodoboits

de Blanchisse; calções à moda Wildair para Magpeg Woppington; para Sue Dot um olho grande; para Sam Dash um passo em falso; uma cobra escondida, picada e inofenciva, e um visto para caçadores de víboras vaticanas para Patsy Presbys; um estimulante toda manhã para Standfast Dick e uma gota cada minuto para Stumblestone Davy; contas de arbustos de carvalhos para a belatificada Biddy; dois genuflexórios de macieira para Eva Mobbely; para Saara Philpot um vale jurndânico de lágrimas; uma bela caixa de Pólvora de mentiras para Eileen Aruna alvejar seus dentes e para reluzir Helen Arhone; uma coroa e um chicote para Eddy Lawless; para Kitty Coleraine da Travessa de Butterman um prudente centavo para o seu perdulário jarro; uma pá de pó para Terry o duende; uma máscara de apótema para Promoter Dunne; um ovo de páscoa com uma dupladata na casca e um direito dinamitado para Pavl o Cura;

-210-

uma cholera morbus para o Homem do Capote; corpo celeste e uma ordenança para Draper e Deane; para WáBill-o-CrYado e Barney-o-Show duas nobres beterrabas suecas para adoçar seus amargores; para Oliver Bound um caminho livre; para Seumas, mente curta, uma coroa para que se sinta grande; uma estaca tibetana com uma cruz de madeira do congo no verso para Sunny Twimjim: louvado seja e poupados sejam os meus dias para Brian o Bravo: contidas farturas de compaixão com fartas luxúrias para Olona Lena Magdalena; para Camilla, Dromilla, Ludmilla, Mamilla, um balde, um pacote, um livro e um travesseiro; para Nancy Shannon um brooche de Tuam; para Doria Riparia Hopeandwater uma ducha fria e uma tina quente; um par de Agrados arrogantes para Wally Meagher; um lápenis de ardósia e um grampo de capelo para Elsie Oram rabiscar sua taraefa, dando o melhor de si com suas partes volgares; uma pensão por velhice para Betty Bellezza; uma bolsa de blues para Funny Fitz; uma *Missa pro Messa* para Taff de Taff; Jill, a menina de ouro, para Jack, o menino real; uma jejuante sexta-feira de Rogerson Crusoe para Caducus Angelus Rubiconstein; trezentos e sessentaeseis laços de popelinas para tecer de fantasias a trama do tecelão para Victor Hugonot; um cadáver no lugar do ancinho e variados bens de sujeira para Kate the Cleaner; um buraco na balada para Hosty; duas dúzias de berços para J.F.X.P. Coppinger; dez tiros de canhão para o nascimento dos delfins com cinco busca-pés estragados para a Infanta; uma carta para perseverar uma vida para Maggi além da urna de cinzas; a mais robusta carne congelada de mulher de Lusk a Livienbad para Felim o Jangadeiro; spas e speranza e xarope de simpósio para o prostrado e cego e gotoso Gough; uma alteração de

for Great Tropical Scott; a C$_3$ peduncle for Karma-lite Kane; a sunless map of the month, including the sword and stamps, for Shemus O'Shaun the Post; a jackal with hide for Browne but Nolan; a stonecold shoulder for Donn Joe Vance; all lock and no stable for Honorbright Merreytrickx; a big drum for Billy Dunboyne; a guilty goldeny bellows, below me blow me, for Ida Ida and a hushaby rocker, Elletrouvetout, for Who-issilvier — Where-is-he?; whatever you like to swilly to swash,

Yuinness or Yennessy, Laagen or Niger, for Festus King and Roaring Peter and Frisky Shorty and Treacle Tom and O. B. Behan and Sully the Thug and Master Magrath and Peter Cloran and O'Delawarr Rossa and Nerone MacPacem and whoever you chance to meet knocking around; and a pig's bladder balloon for Selina Susquehanna Stakelum. But what did she give to Pruda Ward and Katty Kanel and Peggy Quilty and Briery Brosna and Teasy Kieran and Ena Lappin and Muriel Maassy and Zusan Camac and Melissa Bradogue and Flora Ferns and Fauna Fox-Good-man and Grettna Greaney and Penelope Inglesante and Lezba Licking like Leytha Liane and Roxana Rohan with Simpatica Sohan and Una Bina Laterza and Trina La Mesme and Philomena O'Farrell and Irmak Elly and Josephine Foyle and Snakeshead Lily and Fountainoy Laura and Marie Xavier Agnes Daisy Frances de Sales Macleay? She gave them ilcka madre's daughter a moonflower and a bloodvein: but the grapes that ripe before reason to them that devide the vinedress. Sp on Izzy, her shame-maid, love shone befond her tears as from Shem, her penmight, life past befoul his prime.

My colonial, wardha bagful! A bakereen's dusind with tithe tillies to boot. That's what you may call a tale of a tub! And Hibernonian market! All that and more under one crinoline envelope if you dare to break the porkbarrel seal. No wonder they'd run from her pison plague. Throw us your hudson soap for the honour of Clane! The wee taste the water left. I'll raft it back, first thing in the marne. Merced mulde! Ay, and don't forget the reckitts I lohaned you. You've all the swirls your side of the current. Well, am I to blame for that if I have? Who said you're to blame for that if you have? You're a bit on the sharp

nomes e um júbilo de desgosto para Armoricus Tristram Amoor Saint Lawrence; uma camisa de guilhotina para Reuben Redbreast et enforcordas de cânhamo para Brenan sobre o Moor; um joelho de carvalho para Conditor Sawyer e picadas de moscaitos para Great Tropical Scott; um C3 de pedúnculo para Karmalite Kane; um mapa sem sol do mês, incluindo o sabre e o selo, para Shemus O'Shaun o Carteiro; um trapaceiro oculto para Browne não Nolan; um balançar de ombros para Donn Joe Vance; todo o cadeado e nenhum estábulo para Honorbright Merrytrickx; um grande tambor para Billy Dunboyne; um pulmão culpado e dourado, sob mim me soprando, para Ida Ida e um silêncio abismal de berço, Elletrouvetout, para Quem é silvier — Onde ele está?; o que quer que gostes de enxaguar de esguichar,

-211-

Yuinnes ou Yennesy, Lager ou Niger, para Festus King e Roaring Peter e Frisky Short e Treacle Tom e O. B. Behan e Sully o Matador e Master Magrath e Peter Cloran e O'Delawarr Rossa e Nerone MacPacem e qualquer um que tenhas tido a sorte de encontrar fazendo ruído aqui e ali; e um balão de bexiga de leitão para Selina Susquehanna Stakelum. Mas o que ela deu para Pruda Ward e Katty Kanel e Peggy Quilty e Briery Brosna e Teasy Kieran e Ena Lappin e Muriel Maassy e Zusan Camac e Mellissa Bradogue e Flora Ferns e Fauna Fox-Goodman e Grettna Greaney e Penélope Inglesante e Lezba Licking com cara de Leytha Liane e Roxana Rohan com a Simpática Sohan e Una Bina Laterza e Trina La Mesme e Philomena O'Farrel e Irmak Elly e Josephine Foyle e Snakeshead Lily e Fountainoy Laura e Marie Xavier Agnes Daisy Frances de Sales Macleay? Ela deu a todas as filhas da mãe uma flor de luar e vinha sanguínea: mas as uvas que amadureceram antes da raison dividiram a videira. Assim como para Izzy, sua camareira, cujo amor reshaunrgiu além dos prantos e como o de Shem, seu poderoso escritor, a vida passava antes da flor da sua mocidade.

Minha colônia, que quantidade considerável! Um treze no lugar de doze com um diminuto décimo a mais. Isso é o que podes chamar um conto de um Cubas! E mercado Hibernal. Tudo isso e mais sob uma oculta anágua armada se ousasses quebrar o sigilo das verbas governamentais. Não é de admirar que eles tenham escapado da sua epidemia de veneno. Atira-nos teu sabão de hudson pela honra de Clane! O sabor de xixi a água deixou. Eu o trarei de volta, na primeira jangada da marnenhã. Mississipericórdia! Ah, e não esqueças do anil que eu te paguei. Tens todos os redemoinhos do teu lado da corrente. E sou culpada por aquilo que tenho? Quem disse que és culpada por aquilo que tens? Estás mais para o lado

side. I'm on the wide. Only snuffers' comets drifts my way that the cracka dvine chucks out of his cassock, with her estheryear's marsh narcissus to make him recant his vanitty fair. Foul strips of his chinook's bible I do be reading, dodwell disgustered but chickled with chuckles at the tittles is drawn on the tattlepage. *Senior ga dito: Faciasi Omo! E omo fu fò.* Ho! Ho! *Senior ga dim: Faciasi Hidamo! Hidamo se ga facessà.* Ha! Ha! And *Die Windermere*

-212-

Dichter and Lefanu (Sheridan's) old *House by the Coachyard* and Mill (J.) *On Woman* with *Ditto on the Floss*. Ja, a swamp for Altmuehler and a stone for his flossies! I know how racy they move his wheel. My hands are blawcauld between isker and suda like that piece of pattern chayney there, lying below. Or where is it? Lying beside the sedge I saw it. Hoangho, my sorrow, I've lost it! Aimihi! With that turbary water who could see? So near and yet so far! But O, gihon! I lovat a gabber. I could listen to maure and moravar again. Regn onder river. Flies do your float. Thick is the life for mere.

Well, you know or don't you kennet or haven't I told you every telling has a taling and that's the he and the she of it. Look, look, the dusk is growing! My branches lofty are taking root. And my cold cher's gone ashley. Fieluhr? Filou! What age is at? It saon is late. 'Tis endless now senne eye or erewone last saw Waterhouse's clogh. They took it asunder, I hurd thum sigh. When will they reassemble it? O, my back, my back, my bach! I'd want to go to Aches-les-Pains. Pingpong! There's the Belle for Sexaloitez! And Concepta de Send-us-pray! Pang! Wring out the clothes! Wring in the dew! Godavari, vert the showers! And grant thaya grace! Aman. Will we spread them here now? Ay, we will. Flip! Spread on your bank and I'll spread mine on mine. Flep! It's what I'm doing. Spread! It's churning chill. Der went is rising. I'll lay a few stones on the hostel sheets. A man and his bride embraced between them. Else I'd have sprinkled and folded them only. And I'll tie my butcher's apron here. It's suety yet. The strollers will pass it by. Six shifts, ten kerchiefs, nine to hold to the fire and this for the code, the convent napkins, twelve, one baby's shawl. Good mother Jossiph knows, she said. Whose head? Mutter snores? Deataceas! Wharnow are alle her childer, say? In kingdome gone or power to come or gloria be to them farther? Allalivial, allalluvial! Some here, more no more, more again lost alla stranger. I've heard tell that same brooch

fechado. Estou na amplidão. Só cartuchos de rapé flutuam no meu caminho que o clérigo doidivino expulsou do seu sacerdócio, com os narcisos brejeiros dela do passado ano para fazer ele abjurar sua feira de vaidades. Obscenas faixas do seu livro sagrado dos chinuques que eu estou lendo, teologicamente aborrecida mas rindo aos cacarejos por causa dos títulos esboçados na página de rosto. *Senior ga dito: Faciasi Omo! E omo fu fò. Ho! Ho! Senior ga dito: Faciasi Hidamo! Hidamo se ga facessà. Há! Há!* E *Die Windemere*

-212-

Dichter e Lefanu (de Sheridan) velha *House by the Coachyard* e Mill (J.) *On Woman* com *Ditto on the Floss*. Sim, um brejo para o Vieuxmoulin e uma pedra para suas painas. Sei com quanto vigor eles movem suas rodas. Minhas mãos estão congelazuladas entre isker e suda como aquele par de exemplo de porcelana aí, abaixo no gramado. Ou onde está isso? No gramado junto à junça, eu a vejo. Hoangho, que pena, acabo de perdê-la! Aimihi! Com essa água mursguenta quem poderia encontrar? Tão perto e agora tão longe! Mas, O, Contenue! Adoro um falatório. Poderia ouvir mais e mar de novo. Chove dentro do rio. Brempara a tua boia. Cheia é a vida para mim.

 Bem, sabes ou não sabes ou eu não te disse que toda a história tem sua hora e esse é o desfecho da dele e dela. Olha, olha, o crepúsculo tá sespalhando. Galhos elevados estão criando raiz. O meu frio assento ficou petrificado. Che ora è? Chesono! Que era é esta? Padece qu'é tarde. Faz um infinito desde queu ou qualqum viu pelúltima vez o relógio da Casa das Águas. Eles tomaram caminhos opostos, eu osso o suspiro deles. Quando eles vão se reagrupar? O, minhas costas, minhas costas, minha coast! Queria ir para Aches-les-Pains. Pingpong! Aí está a Belle das Sexhoras! E Concebida pela Força-da-nossa-oração! Pang! Torce as roupas! Torce no orvalho! Deudossel, evita os períodos de chuva! E concede a tua graça! Amen. Estenderemos elas aqui agora? Ah, nós vamos. Flip! Estende na tua margem e eu estenderei as minhas na minha. Flep! Está ficando frio. Le vent tá renascendo. Colocarei umas poucas pedras sobre os lençóis da estalagem. Um homem e sua noiva entrelaçados neles. Se não eu só os teria borrifado e dobrado. E atarei meu avental de açougueiro aqui. Está seboso de novo. Os andarilhos passaram próximos daqui. Seis mudanças, dez lenços, nove para refrear o fogo e esse para o registro, os doze guardanapos do convento, um xale de bebê. Boa mãe Jossiph sabe, ela disse. Quem disse? A mãe ronca? Queda quieta! Ondagora foram todos os seus fils, diz? Foram para o reino ou para o poder alcançar a glória do seu pai? Allelivial, alelluvial!

of the Shannons was married into a family in Spain. And all the Dunders de Dunnes in Markland's Vineland beyond Brendan's herring pool takes number nine in yangsee's hats. And one of Biddy's

-213-

beads went bobbing till she rounded up lost histereve with a marigold and a cobbler's candle in a side strain of a main drain of a manzinahurries off Bachelor's Walk. But all that's left to the last of the Meaghers in the loup of the years prefixed and between is one kneebuckle and two hooks in the front. Do you tell me that now? I do in troth. Orara por Orbe and poor Las Animas! Ussa, Ulla, we're umbas all! Mezha, didn't you hear it a deluge of times, ufer and ufer, respund to spond? You deed, you deed! I need, I need! It's that irrawaddyng I've stoke in my aars. It all but husheth the lethest zswound. Oronoko! What's your trouble? Is that the great Finnleader himself in his joakimono on his statue riding the high horse there forehengist? Father of Otters, it is himself! Yonne there! Isset that? On Fallareen Common? You're thinking of Astley's Amphitheayter where the bobby restrained you making sugarstuck pouts to the ghostwhite horse of the Peppers. Throw the cobwebs from your eyes, woman, and spread your washing proper! It's well I know your sort of slop. Flap! Ireland sober is Ireland stiff. Lord help you, Maria, full of grease, the load is with me! Your prayers. I sonht zo! Madammangut! Were you lifting your elbow, tell us, glazy cheeks, in Conway's Carrigacurra canteen? Was I what, hobbledyhips? Flop! Your rere gait's creakorheuman bitts your butts disagrees. Amn't I up since the damp dawn, marthared mary allacook, with Corrigan's pulse and varicoarse veins, my pramaxle smashed, Alice Jane in decline and my oneeyed mongrel twice run over, soaking and bleaching boiler rags, and sweating cold, a widow like me, for to deck my tennis champion son, the laundryman with the lavandier flannels? You won your limpopo limp fron the husky hussars when Collars and Cuffs was heir to the town and your slur gave the stink to Carlow. Holy Scamander, I sar it again! Near the golden falls. Icis on us! Seints of light! Zezere! Subdue your noise, you hamble creature! What is it but a blackburry growth or the dwyergray ass them four old codgers owns. Are you meanam Tarpey and Lyons and Gregory? I

Uns aqui, mais não mais, mais e mais uma vez perdidos todos no étranger. Ouvi dizer que o mesmo ramo dos Shannons estaria casado e com família na Espanha. E todos os Débeis de Dunnes na Terra das Vinhas de Markland além do reservatório de arenque de Brendan tiraram o número nove dos chapéus de yung-see. E uma das contas de Biddy

-213-

saiu rolando até que ela ajuntou histórias passadas com cravos-de-defunto e uma vela de sapateiro num lado do canal de um desaguadouro principal de precipitações à direita do Caminho do Bachelor. Mas tudo o que restou para o último Meaghers no curso dos anos prefixados e entre eles é uma fivela de joelho e duas armadilhas na dianteira. Me dizes isso agora? Eu te digo a wahrdade. Pela Terra e pelos pobres Animals! Ola, Ondas, somos somente sombras! Mezha, não ouviste isso um dilúvio de horas, de novo e de novo, rispond a porgunta? É certo, é certo! Eu sinto, sinto! É esse o chumaçodouvido que está preso em mear. É quase o silêncio do último zsound. Oronoko! Qual é o teu problema? Aquele é o grande Finnlider ele mesmo com seu teokimono na sua estátua cavalgando o soberbo cavalo lá do outro lado? Pai das Allguas, é ele mesmo! Aquelá acolá! É isset ali? No Fallareen Common? Tás imaginando no Amphitheayter de Astley onde o pê-eme te flagrou fazendo pedaços de pão de tocos de açúcar para o fantasmalvo cavalo de Peppers. Tira as teias dos teus olhos, mulher, e estende a roupa adequadamente! Tá certo eu conheço um tanto a tua lavação. Flap! Irlanda sóbria é Irlanda morta. Deus te guarde, Maria cheia de graxa, o bolor é comigo! Tuas preces. Eu cria tbém! Mannbomdeus! Onde andas entornando teu copo, conta-nos, cara lustrosa, na canteena Carrigacurra de Conways? Era eu o quê, ancamanca? Flop! Tua rara andadura greekrumana prende teus passos discordantes. Não stô eu de pé desde o úmido amanhecer, madre mãe allescook, com o pulso doente e as veias varigrossas, minha embarqueixão quebrada, Alice Jane em decadência e meu mestiço zarolho duplamente atropelado, molhando e alvejando ferventes farrapos, e suando frio, uma viúva como eu, para ornar meu filho campeão de tênis, o lavadeiro com as flanelas das lavandeiras? Venceste a tua hesitante manqueira frente aos fortes hussardos quando Collars e Cuffs eram herdeiros da cidade e tua fama exalava o mau cheiro até Carlow. Santo Scamander, eu veujo isso de novo! Perto da dourada catarata. Icis é conosco! Saintenas de luz! Vêla! Reduz teu ruído, renotumbante criatura! O que é isso senão um cultivo de amore-silvestre ou o asno grispardo dos quatro velhos rabugentos. Te reiferes a Tarpey e Lyons e Gragory? Merrefiro agora, graças a todos, aos quatro, e ao

meyne now, thank all, the four of them, and the roar of them, that draves that stray in the mist and old Johnny MacDougal along with

-214-

them. Is that the Poolbeg flasher beyant, pharphar, or a fireboat coasting nyar the Kishtna or a glow I behold within a hedge or my Garry come back from the Indes? Wait till the honeying of the lune, love! Die eve, little eve, die! We see that wonder in your eye. We'll meet again, we'll part once more. The spot I'll seek if the hour you'll find. My chart shines high where the blue milk's upset. Forgivemequick, I'm going! Bubye! And you, pluck your watch, forgetmenot. Your evenlode. So save to jurna's end! My sights are swimming thicker on me by the shadows to this place. I sow home slowly now by own way, moyvalley way. Towy I too, rathmine.

Ah, but she was the queer old skeowsha anyhow, Anna Livia, trinkettoes! And sure he was the quare old buntz too, Dear Dirty Dumpling, foostherfather of fingalls and dotthergills. Gammer and gaffer we're all their gangsters. Hadn't he seven dams to wive him? And every dam had her seven crutches. And every crutch had its seven hues. And each hue had a differing cry. Sudds for me and supper for you and the doctor's bill for Joe John. Befor! Bifur! He married his markets, cheap by foul, I know, like any Etrurian Catholic Heathen, in their pinky limony creamy birnies and their turkiss indienne mauves. But at milkidmass who was the spouse? Then all that was was fair. Tys Elvenland! Teems of times and happy returns. The seim anew. Ordovico or viricordo. Anna was, Livia is, Plurabelle's to be. Northmen's thing made southfolk's place but howmulty plurators made eachone in person? Latin me that, my trinity scholar, out of eure sanscreed into oure eryan! *Hircus Civis Eblanensis!* He had buckgoat paps on him, soft ones for orphans. Ho, Lord! Twins of his bosom. Lord save us! And ho! Hey? What all men. Hot? His tittering daughters of. Whawk?

Can't hear with the waters of. The chittering waters of. Flittering bats, fieldmice bawk talk. Ho! Are you not gone ahome? What Thom Malone? Can't hear with bawk of bats, all thim liffeying waters of. Ho, talk save us! My foos won't moos. I feel as old as yonder elm. A tale told of Shaun or Shem? All Livia's daughter-sons. Dark hawks hear us. Night! Night! My ho head halls. I feel

rugido deles, que conduziram aquele desencaminhado na névoa e o velho Johnny MacDougal junto com

-214-

eles. Aquele é o farol de Poolberg acolá, loinlonge, ou um barco antiincêndio navegando perto de Kishtna ou um brilho eu vi aí dentro uma sebe ou meu Garry volta das Índias? Espera até a lune de melado, amor! Morre eve, pequena eve, morre! Vemos este assombro nos teus olhos. Nos encontraremos de novo, partiremos mais uma vez. O lugar eu buscarei se a hora tu encontrares. Meu mapa reluz intensamente onde a nebluelosa láctea está derramada. Perdoamerápido, eu estou indo! Tschustchau! E tu, arranca teu relógio, nãomesqueças. A tua crepuspolar. Assim salva-te até o finn dos dias! Minha vista flutua cada vez mais turva pelas sombras desse lugar. Parto lentamente para casa agora pelo meu próprio curso, miovalleyoso corso. Entãobem vou, pelo miorriocorso.

Ah, mas apesar de tudo ela era a estranha velhamica, Anna Livia, adedornada! É claro que ele era também o velho companheiro esquisito, Dileto Duplinense Desprezível, paidescriação de finnlhos e finnilhas. Vadia e canalha somos todos da sua laia. Ele não tinha sete dammas para desposá-lo? E cada damma tinha seus sete sustentos. E cada sustento tinha suas nuanças. E cada nuança tinha um variado pranto. Cevada pra mim e ceia pra ti e a conta do médico pra Joe John. Dantes! Antes! Ele se casou com sua espoça, aos trancos e barrancos, eu sei, como qualquer Etrusco Católico Herege, com suas mantas creames lumenosamente rosadas e suas malvas azuis-turkisses. Mass nora elegida quem foi a escolhida? Naquele tempo tudo que foi foi de acordo. Tyslenciosa Elvenland! Tempos de farturas e felizes retornos. O esmo prati. Ordovico ou viricordo. Anna foi, Livia é, Plurabelle será. O homem de Northmen abriu espaço ao povo do sul mas quantos plurais a mais fez cadum pessoalmente? Latiniza-me isso, minha sábia trindade, do teu sanscredo para o nosso éirelandês. *Hircus Civis Eblanensis!* Ele tinha tetas de bode, tenras para os órfãos. Ah, Deus! Gêmeos do seu seio. Deus nos livre! E ah! Hein? O que todos os homens. Quem? Suas risonhas filhas de. Falkê?

Nouço com as agitadas águas de. As sussurrantes águas de. Alvoroçados morcegos, rumor farfalhado de ratos do campo. Ei! Não foste embora? Que Thom Aflora? Nãouço com o farfalhar dos morcegos, todas as liffyerrantes águas de. Ah, rumor nos livre! Moss pés criam limo. Me sinto tão velha como aquele olmo além. Um conto contado de Shaun e Shem? Todas as filhas e filhos de Livia. Falcões da noite escutem-nos. Noite! Noite! Toda minha cabececoa. Me sinto

-215-

as heavy as yonder stone. Tell me of John or Shaun? Who were Shem and Shaun the living sons or daughters of? Night now! Tell me, tell me, tell me, elm! Night night! Telmetale of stem or stone. Beside the rivering waters of, hitherandthithering waters of. Night!

-216-

-215-

tão pesada quanto aquela pedra lá no chão. Me falas de John ou Shaun? Quem são Shem e Shaun os filhos ou filhas viventes de? Noite já! Me conta, me conta, olmo, me conta! Noite noite! Contaumconto de raiz ou rocha. Junto às ribeirinhas águas de, as correntesrecorrentes águas de. Noite!

-216-

BIBLIOGRAFIA

ALCALÁ, May Lorenzo e SCHWARTZ, Jorge. *Vanguardas argentinas – anos 20*. Maria Angélica Keller de Almeida (trad.). São Paulo: Iluminuras, 1992.
ALTER, Robert e KERMODE, Frank. *Guia literário da Bíblia*. Raul Fiker (trad.). São Paulo: Unesp, 1997.
ANASTÁCIO, Sílvia M. Guerra. *A Bloomíada em Ulysses*. São Paulo: Anna Blume, 1998.
ANDERSON, Chester. *James Joyce*. Londres: Thames and Hudson, 1998.
ATHERTON, James S. *The Books at the Wake*. Nova York: Appel, 1979.
ATTRIDGE, Derek (org.). *The Cambridge Companion to James Joyce*. Cambridge: Cambridge University Press, 1997.
ATTRIDGE, Derek e HOWES, Marjorie. *Semicolonial Joyce*. Cambridge: Cambridge University Press, 2000.
BEACH, Sylvia. *Shakespeare and Company: uma livraria na paris entreguerras*. Cristiana Serra (trad.). Rio de Janeiro: Casa da Palavra, 2004.
BECKETT, Samuel (org). *James Joyce - Finnegans Wake - A Symposium*. Nova York: A New Directions Book, 1972.
BEJA, Morris. *James Joyce – A Literary Life*. Dublin: Gill and Macmillan, 1992.
BENJAMIN, Walter. *Textos escolhidos*. Sérgio Paulo Rouanet (trad.). São Paulo: Victor Civita, 1983.
BISHOP, John. *Joyce's Book of the Dark – Finnegans Wake*. Madison: The University of Wisconsin Press, 1986.
BLADES, John. *How to Study James Joyce*. Londres: Macmillan, 1996.
BLOOMSDAY MAGAZINE. Dublin, 1999.
BOITANI, Piero. *L'Ombra di Ulisse*. Bolonha: Il Mulino, 1992.
BORGES, Jorge Luis e VAZQUEZ, Maria Éster. *Introducción a la literatura inglesa*. Madri: Alianza Editorial, 1999.
BOUCHET, André du. *Du Monde Entier James Joyce – Finnegans Wake*. Paris: Gallimard, 1962.
BRANDLEY, Fiona. *Surrealismo*. Sérgio Alcides (trad.). São Paulo: Cosac & Naify, 1999.
BRAVO!. Ano III, n. 25.
BRUNEL, Pierre. *Dicionário de mitos literários*. Carlos Sussekind, Jorge Laclette, Maria Thereza Rezende Costa, Vera Whately (trads.). Brasília: Ed. UNB/José Olympio, 1998.
BURKE, Peter. *Vico*. Roberto Leal Ferreira (trad.). São Paulo: Ed. Unesp, 1997.
_____. *História e teoria social*, Klaus Brandini Gerhardt e Roneide Venâncio Majer (trads.). São Paulo: Unesp, 2000.
BUTOR, Michel (org.). *Joyce e o romance moderno*. T.C. Netto (trad.). São Paulo: Documentos, 1969.
_____. *Repertório*. Leyla Perrone Moisés (trad.). São Paulo: Perspectiva, 1974.
_____. CAGE, John. *De segunda a um ano*. Rogério Duprat (trad.). São Paulo: Hucitec, 1985.
_____. *Empty Words*. Londres: Marion Boyars, 1980.
_____. *The Wonderful Widow of Eighteen Springs, Ryoanji, A Flower, 59½*. Nova York: Montaigne, 1996.
_____. *Silence*. Londres: Marion Boyars, 1999.
CAMPBELL, Joseph e ROBINSON, Henry Morton. *A Skeleton Key to Finnegans Wake*. Nova York: Bucaneer Books, 1976.
CAMPOS, Augusto de (org). *Mallarmé*. São Paulo: Perspectiva, 1991.

_____ . *Música de invenção*. São Paulo: Perspectiva, 1998.
_____ . *O anticrítico*. São Paulo: Companhia das Letras, 1986.
_____ . *Poesia, antipoesia, antropofagia*. São Paulo: Cortez & Moraes, 1978.
CAMPOS, Augusto e Haroldo de. *Panaroma de Finnegans Wake*. São Paulo: Perspectiva, 1971.
CAMPOS, Haroldo de. *Metalinguagem & outras metas*. São Paulo: Perspectiva, 1992.
_____ . *Galáxias*. São Paulo: Ex Libris, 1984.
CANDIDO, Antonio. *A personagem de ficção*. São Paulo: Perspectiva, 1974.
CARPEAUX, Otto Maria. *Ensaios reunidos (1942-1978)*. Rio de Janeiro: UniverCidade Editora, 1999.
_____ . *Uma nova história da música*. Rio de Janeiro: Ediouro, 1999.
CARROL, Lewis. *Algumas aventuras de Sílvia e Bruno*. Sérgio Medeiros (trad.). São Paulo: Iluminuras, 1997.
_____ . *Alice edição comentada*. Maria Luiza X. de A. Borges (trad.). Rio de Janeiro: Jorge Zahar, 2002.
_____ . *Aventuras de Alice no País das Maravilhas, Através do Espelho e o que Alice encontrou lá*, Sebastião Uchoa Leite (trad.). São Paulo: Summus, 1977.
CEVASCO, Maria Elisa e SIQUEIRA, Valter Lellis. *Rumos da literatura inglesa*. São Paulo: Ática, 1985.
CHEVALIER, Jean e GHEERBRANT, Alain. *Dicionário de símbolos*. Vera da Costa e Silva, Raul de Sá Barbosa, Angela Melim e Lúcia Melim (trads.). 13. ed. Rio de Janeiro: José Olympio,1982.
CORTÁZAR, Julio. *Valise de Cronópio*. Davi Arrigucci Júnior e João Alexandre Barbosa (trads.). São Paulo: Perspectiva, 1974.
CULT – REVISTA BRASILEIRA DE LITERATURA. São Paulo. Ano III, n. 31.
DERRIDA, Jacques. *Ulysse Gramophone: Deux Mots pour Joyce*. Paris: Éditions Galilée, 1987.
DICKS, Terrance. *A Riot of Irish Writers – A Romp Through Irish Literature*. Londres: Piccadilly Press, 1992.
DUNDES, Alan. *Morfologia e estrutura no conto folclórico*. Lúcia Helena Ferraz, Francisca Teixeira e Sérgio Medeiros (trads.). São Paulo: Perspectiva, 1996.
ECO, Umberto. *Obra Aberta*. Giovanni Cutolo (trad.). São Paulo: Perspectiva, 1997.
_____ . *Apocalípticos e integrados*. Pérola de Carvalho (trad.). São Paulo: Perspectiva, 1979.
_____ . *Quase a mesma coisa*. Eliana Aguiar (trad.). Rio de Janeiro: Record, 2007.
ECO, Umberto e BRIENZA, Liberato Santoro. *Talking of Joyce*. Dublin: University College Dublin Press, s.d.
ELLMANN, Richard. *James Joyce*. Lya Luft (trad.). São Paulo: Globo, 1982.
FOLHA DO POVO. Campo Grande: 20 de maio de 2001.
FREUD, Sigmund. *Obras completas - Tomo I*. Luis Lopez-Ballesteros e de Torres (trads.). Madri: Biblioteca Nueva, 1981.
GEM, Collins. *Irish First Names*. Glasgow: Harper Collins, 1999.
GIRARD, René. *La ruta antigua de los hombres perversos*. Francisco Díez del Corral (trad.). Barcelona: Editorial Anagrama, 1989.
GIRARD, René. *El Chivo Expiatorio*. Joaquín Jordá (trad.). Barcelona: Editorial Anagrama, 1986.
GONZALEZ, Jose Carnero. *James Joyce y la explosión de la palabra*. Sevilha: Publicaciones da la Universidad de Sevilla, 1989.
GRADOWCZYK, Mario H. *Xul Solar*. Buenos Aires: Ed. Alba, 1994.
JOYCE, James. *Anna Livia Plurabelle*. Hana Wollschläger, Wolfgang Hildesheimer e Georg Goyert (trads.). Frankfurt: Suhrkamp, 1982.
_____ . *Anna Livia Plurabelle*. Samuel Beckett (trad.). Torino: Giulio Einaudi Editore, 1996.
_____ . *Dublinenses*. Hamilton Trevisan (trad.). Rio de Janeiro: Civilização Brasileira, 1999.

_____. *Finnegans Wake*. Klaus Reichert (trad.). Frankfurt: Suhrkamp, 1989.
_____. *Finnegans Wake - Libro Primo I - IV*. Luigi Schenoni (trad.). Milão: Oscar Mondadori, 2001.
_____. *Finnegans Wake – Libro Primo V-VIII*. Luigi Schenoni (trad.). Milão: Oscar Mondadori, 2001.
_____. *Finnegans Wake*. Francisco García Tortosa (trad.). Madri: Cátedra Letras Universales, 1992.
_____. *Finnegans Wake*. Londres: Penguin Books, 1992.
_____. *Finnegans Wake/Finnicius Revém - Capítulo 1*. v. 1. Donaldo Schüler (trad.). Porto Alegre: Ateliê Editorial, 1999.
_____. *Finnegans Wake/Finnicius Revém - Capítulos 2, 3 e 4*. v. 2. Donaldo Schüler (trad.). Porto Alegre: Ateliê Editorial, 2000.
_____. *Finnegans Wake/Finnicius Revém - Capítulos 5, 6, 7 e 8*. v. 3. Donaldo Schüler (trad.). Porto Alegre: Ateliê Editorial, 2001.
_____. *Finnegans Wake/Finnicius Revém - Capítulos 9, 10, 11 e 12*. v. 4. Donaldo Schüler (trad.). Porto Alegre: Ateliê Editorial, 2002.
_____. *Finnegans Wake/ Finnicius Revém - Capítulos 13, 14, 15, 16 e 17*. v. 5. Donaldo Schüler (trad.). Porto Alegre: Ateliê Editorial, 2003.
_____. *Finnegans Wake*. Víctor Pozanco (trad.). Barcelona: Editorial Lumen, 1993.
_____. *Finnegans Wake*. Philippe Lavergne (trad.). Paris: Gallimard, 1982.
_____. *Ulisses*. Antônio Houaiss (trad.). Rio de Janeiro: Civilização Brasileira, 1998.
_____. *Ulises*. J. Salas Subirat (trad.). Buenos Aires: Enrique S. Rueda Editor, 1986.
KURY, Mário da Gama. *Dicionário de mitologia grega e romana*. Rio de Janeiro: Jorge Zahar, 1997.
LALOR, Brian. *Dublin & Ireland - Guide & Journal*. Dublin: MQP, 1997.
LEITURA. São Paulo. Ano 17, n. 4.
LEITURA. São Paulo. Ano 17, n. 5.
LYOTARD, Jean François. *Lecturas de infancia*. Irene Agoff (trad.). Buenos Aires: Eudeba, 1997.
MCHUGH, Roland. *Annotations to Finnegans Wake*. Londres: The Johns Hopkins University Press, 1991.
MEDEIROS, Sérgio Luiz Rodrigues. *O dono dos sonhos*. São Paulo: Razão Social, 1991.
MILTON, John. *O poder da tradução*. São Paulo: Ars Poética, 1993.
MINK, Janis. *Duchamp*. Zita Morais (trad.). Colônia: Taschen, 2000.
MOISÉS, Leyla Perrone. *Atlas literaturas*. São Paulo: Companhia das Letras, 1998.
NESTROVSKI, Arthur (org.). *riverrun. Ensaios sobre James Joyce*. Rio de Janeiro: Imago, 1992.
NETO, José Teixeira Coelho. *Moderno pós moderno*. São Paulo: Iluminuras, 2005.
NORRIS, David e FLINT, Carl. *Introducing Joyce*. Cambridge: Icon Books, 1997.
O' BRIEN, Edna. *James Joyce*. Marcos Santarrita (trad.). Rio de Janeiro: Objetiva, 1999.
PARIS, Jean. *James Joyce*. Paris: Éditions du Seuil, 1994
PAZ, Octavio. *Marcel Duchamp ou O Castelo da Pureza*, Sebastião Uchoa Leite (trad.). São Paulo: Perspectiva, 1997.
RABATÉ, Jean-Michel. *James Joyce*. Paris: Hachette, 1993.
SCHLOSS, Carol Loeb. *Lucia Joyce: To Dance in the Wake*. Nova Iorque: Farrar, Straus and Giroux, 2003.
SHEEHAN, Sean (org.). *The Sayings of James Joyce*. Duckworth, 1995.
VATTIMO, Gianni. (org.) *En torno a la posmodernidad*. Bogotá: Anthropos Editorial, 1994.
VICO, Giambattista. *La Scienza Nuova*. Milão: Biblioteca Universale Rizzoli, 1998.
WILSON, Edmund. *O Castelo de Axel. Estudo sobre a literatura imaginativa de 1870 a 1930*. José Paulo Paes (trad.). São Paulo: Cultrix, s.d.

Posfácio
ANNA LIVIA PLURABELLE: A IRLANDA DE JOYCE

Dirce Waltrick do Amarante

Para uma corrente de estudos feministas parece "difícil" estudar com simpatia a obra do escritor irlandês James Joyce (1882-1942), uma vez que o autor de *Ulisses* é sempre lembrado por haver dito: "eu odeio mulheres que não sabem nada", fato agravado pela circunstância de ser o romancista também acusado de excluir suas personagens femininas da produção cultural em suas narrativas e de usar algumas vezes uma linguagem que expressa um certo desprezo ou aversão às mulheres. Para outra corrente de estudos feministas, entretanto, a subversão das convenções sociais e literárias que o escritor promove em sua obra é entendida como uma aliança com o feminismo.[1]

Essa segunda corrente acredita que, nos últimos romances de Joyce, *Ulisses* (1922) e, principalmente, *Finnegans Wake* (1939), existem numerosos exemplos de mulheres acusando homens de descrevê-las de maneira enganosa e distorcida. Anna Livia Plurabelle, protagonista de *Finnegans Wake*, por exemplo, refere-se, numa tirada mentalinguística, ao romance anterior do escritor, *Ulisses*, e descreve, usando uma linguagem onírica, o capítulo "Penélope" como "um colofão de não minus de setecentas e trainta e duas páginas, arre matadas e cauda em ágil laço – quem assim com todo esse meravilhamento fará pressão ordente para ver a saltitante libido feminina dessas incisões sexuais da escrita ogam entrelaçada, severamente controlada e repersuadida pela uniforme factualidade de um meandroso punho masculino?".[2] Dessa forma, Anna Livia ridicularizaria a escrita masculina, que tenta "laçar" a libido feminina, e seu "punho", que tenta controlá-la.[3]

---
[1] LAWRENCE, Karen. *Joyce and Feminism*, in BENSTOCK, Bernard (org.). *James Joyce The Augmented Ninth*. Syracuse: Syracuse University Press, 1988, p. 237.
[2] JOYCE, James. *Finnicius Revém*. Capítulos 5, 6, 7 e 8. Donaldo Schüler (trad.). São Paulo: Ateliê, 2001, p. 51.
[3] LAWRENCE, Karen, 1988, p. 239.

Segundo alguns estudiosos, ainda, em *Finnegans Wake*, sobretudo no capítulo VIII, conhecido como "Anna Livia Plurabelle", "a fala flui femininamente sem fendas [...] — ao contrário do discorrer masculino, truncado, meditado, contido — e se avoluma em paixão. A fala feminina jorra de um fundo sombrio. O discurso feminino no transcorrer vitaliza, sustenta — ontem, hoje, sempre[4]."

Assim, é possível afirmar que, em *Finnegans Wake*, "uma magistral narrativa masculina cede lugar a uma história feminina fluida, através de uma bricolagem linguística que valoriza a ausência de superioridade e destrói a eterna preocupação ocidental com uma vontade de poder nietzschiana".[5]

Este ensaio pretende, a partir da alusão à figura de Anna Livia, discutir a questão irlandesa e alguns aspectos pós-coloniais de *Finnegans Wake*, uma vez que essa personagem poderia ser descrita como símbolo da Irlanda e ambas — mulher e nação — teriam sido vítimas da autoridade patriarcal e colonizadora. Essa leitura da obra de Joyce considera que nas suas narrativas existe, de fato, uma obsessão antipatriarcal, que aliás se acentua e se torna mais evidente em *Finnegans Wake*, seu último romance.[6]

A questão feminina é, como se sabe, um tópico crucial dentro do discurso pós-colonial, uma vez que tanto o patriarcado quanto o imperialismo podem ser entendidos como formas análogas de dominação sobre aqueles que eles julgam inferiores; e as políticas feministas e pós-coloniais se opõem a tal dominação. Da mesma forma, o feminismo, assim como o pós-colonialismo, se preocupa com a formação de uma identidade e com a construção de uma subjetividade. "Para ambos os grupos, a língua seria um veículo de subversão do poder patriarcal e imperial [...] Ambos os discursos compartilham um sentimento de desarticulação da língua herdada e vêm tentando recuperar uma autenticidade linguística via uma linguagem pré-colonial ou uma língua feminina primitiva. Contudo, tanto as feministas quanto os povos colonizados, assim como outros grupos subordinados, também se utilizaram de apropriação para subverter e adaptar as línguas dominantes e práticas de significações".[7]

No relato onírico joyciano, os personagens, entre outros elementos do romance, como, por exemplo, sua linguagem, possuem um importante papel na

---

[4] JOYCE, James, 2001, p. 299. Conferir: HENKE, Suzette. *James Joyce and the Politics of Desire*. Nova York: Routledge, 1990, p. 8.
[5] HENKE, Suzette. Op. cit., p. 8.
[6] Idem, p. 7.
[7] ASHCROFT, Bill, GRIFFITH, Gareth e TIFFIN, Helen (orgs.). *The Post-Colonial Studies The Key Concepts*. Nova York: Routledge, 2000, p. 102.

representação de aspectos pós-coloniais da obra, que toca também na questão feminina e no papel da mulher na sociedade irlandesa.[8]

O livro inicia com a chegada à Irlanda de um possível "estrangeiro", Humphrey Chimpden Earwicker, ou H.C.E., descrito como um marinheiro de identidade misteriosa, vindo, talvez, da Noruega.[9] Sabe-se que a Irlanda sofreu o domínio de vários povos, tais como os viquingues, os franceses e, por último, os ingleses; por isso, essa passagem é interpretada por Emer Nolan, no livro *James Joyce and Nationalism*, como "o momento 'originário' da colonização".[10]

Logo no início da narrativa, entretanto, H.C.E. aparece morto ou, segundo uma outra leitura, o herói teria se transformado na figura petrificada de Finn MacCool, personagem da mitologia irlandesa que, deitado moribundo à margem do Liffey — rio que corta a cidade de Dublin e estende-se para fora dela —, observa a história da Irlanda e do mundo, seu passado e futuro.[11] Lembro que, em *Finnegans Wake*, as metamorfoses dos personagens são constantes.

Já Anna Livia Plurabelle é, no romance, a figura feminina geradora da vida, que também simboliza o rio Liffey. Nos antigos mapas da Irlanda, o rio é denominado "Anna Liffey", remontando ao irlandês antigo amhain. Anna Livia é quem irá despertar (ou velar: "wake him") o "herói" do romance, como se pode verificar nas primeiras páginas da narrativa: "(O carina! O carina!) desperta-o." [FW 06-07].

A estudiosa norte-americana Suzette Henke opina, por essa razão, que, nesse livro:

> A realidade obsessiva e logocêntrica do homem, além da *idée fixe* de autoridade patriarcal ("awethorroty" [FW 516. 19]), foi ossificada numa impotência pétrea. O compulsivo desejo de poder foi endurecido na sensibilidade rochosa de Finn MacCool, um patriarca gigante irlandês agitando sem ajuda um "meandrado punho

---

[8] Opinam os estudiosos que a linguagem de *Finnegans Wake*, que "(...) ocasionalmente observa as convenções da gramática e sintaxe inglesa mas que comumente as subverte", teria sido criada por Joyce não apenas para descrever o universo onírico dos seus personagens, mas também como uma elaborada e devastadora forma de protesto contra os anos de ocupação inglesa da Irlanda. (JOYCE, James. *Finnegans Wake*. Londres: Penguin, 1992, p. xxviii.)

[9] "Em *Finnegans Wake*, um marinheiro executado talvez, um estrangeiro? Não um inocente, não, um norueguês, um proprietário de um pub?" (KENNER, Hugh. *A Colder Eye*. Nova York: Alfred A. Knopf, 1983, p. 230).

[10] NOLAN, Emer. *James Joyce and Nationalism*. Nova York: Routledge, 1995, p. 146.

[11] ELLIS, Peter Berresford. *A Dictionary of Irish Mythology*. Oxford: Oxford University Press, 1987, pp. 124-125. Segundo uma das versões desse mito, Finn, que significa "justo", dorme enquanto aguarda um chamado da Irlanda para socorrê-la numa hora de perigo.

masculino" [FW 123.10]. A figura masculina de Humphrey Chimpden Earwicker, um herói "paterficado" ou *Himencipado* [FW 87. 11, 342.26], está paralisado na rigidez falocêntrica. Em contraste, Anna Livia Plurabelle incorpora a "criatura feminina" que fala com fluência e permanece livre.[12]

Anna Livia seria, assim, a grande "heroína" do romance que, além de despertar o "herói" morto, irá "produzir" um manifesto ou *mamafesto* para provar a inocência dele, uma vez que o "herói" se vê envolvido num mal-explicado caso de atentado ao pudor. Emer Nolan conclui, a partir daí, que "como viga mestra do princípio feminino, A.L.P. não derrubou o edifício da cultura 'masculina' — na verdade, ela o protegeu e conservou (...). Desse modo, enquanto os homens permanecem os arquitetos, as mulheres se tornam recuperadoras e salvadoras; em vez da história unívoca do progresso, elas são abastecedoras de uma fofoca substancial e sustentada, e suporte de uma tradição de resignação e sobrevivência".[13]

Anna Livia Plurabelle, porém, que incorpora ao longo do romance todos os tipos femininos, é mãe, esposa, amante, prostituta etc., tem atributos especiais. Seu primeiro nome está associado a *Anu* ou *Ana*, a deusa mãe da mitologia irlandesa, descrita algumas vezes como a Eva irlandesa e mãe de todos os heróis. Por isso, acredita-se que ela simbolizaria a nação irlandesa, pois, "como mãe criadora, também compartilha do ideal de maternidade nacional".[14] Poder-se-ia ainda afirmar que essa personagem sugere um paralelo entre a repressão feminina e a repressão da nação irlandesa.[15]

Como Molly Bloom, heroína do romance *Ulisses*, Anna Livia Plurabelle também poderia ser considerada "a louca mulherzinha" do sim — "his wee follyo" [FW 197]. O termo *wee*, que em inglês significa pequenino, segundo o estudioso William York Tindall, poderia provir da palavra francesa *oui*[16] — cuja "afirmação" Joyce associaria "tanto à feminilidade quanto à recusa de conflito".[17]

Já H.C.E. poderia ser considerado o colonizador, o estrangeiro que aporta e toma a cidade de Dublin. Numa outra leitura igualmente pertinente, H.C.E seria também o gigante irlandês petrificado e impotente, representante de um período de estagnação política, que sucedeu à queda do líder da nação Charles

---

[12] HENKE, Suzette. Op. cit., p. 164.
[13] NOLAN, Emer. Op. cit., p. 180.
[14] Idem, ibidem.
[15] Idem, p. 181.
[16] TINDALL, William York. *A Reade's Guide to Finnegans Wake*. Syracuse: Syracuse University Press, 1996, p. 143.
[17] NOLAN, Emer. Op. cit., p. 163.

Stewart Parnell,[18] quando "Dublin e a Irlanda em geral pareciam ter renunciado às causas nacionalistas e, pouco incomodados com as pretensões dos políticos, cuidavam de suas próprias vidas".[19]

Ademais, para o próprio Joyce, conforme apontam alguns estudos, o rio incorporaria o princípio feminino e a cidade o masculino, e, no seu último romance, esses elementos "masculinos e femininos parecem estar em guerra, ou, pelo menos, desprovidos de harmonia.",[20] uma vez que a "mulher representa para ele a opulência, o caos e a naturalidade da paixão maternal, em oposição ao impulso masculino rumo à dominação falocêntrica e ao controle agressivo".[21]

Em *Finnegans Wake*, a Irlanda é representada, portanto, pelo elemento feminino, ou seja, pela personagem Anna Livia Plurabelle, que viveria no caos e em constante conflito com os colonizadores, representados, no livro, pela figura masculina de H.C.E.

Como rio, Anna Livia "penetra a cidade masculina que contém a fortaleza, a proteção estável e atual do passado",[22] mas, como símbolo da Irlanda, poder-se-ia dizer que essa heroína busca encontrar na fortaleza de Dublin uma resposta aos problemas do país e fazer um acerto de contas com o passado. Na opinião de William York Tindall, aliás, é "estranho que um rio tão sujo quanto o Liffey possa ser agente de limpeza do passado através de sua renovação".[23]

Anna Livia sugere, de fato, uma revisão da relação entre o colonizador e o colonizado. Mas, segundo certa leitura, "ela, ao contrário da tradicional Mãe Irlanda, dá as boas-vindas à diferença e à mudança. Sua aversão à xenofobia nacionalista é certamente considerada — o casamento de H.C.E. e A.L.P. permitiu que uma nova história irlandesa híbrida desabrochasse".[24]

Aqui me parece necessário tecer algumas rápidas considerações acerca do conceito de hibridismo, que o parágrafo anterior relaciona à história da Irlanda. Este conceito "tem sido frequentemente usado no discurso pós-colonial para

---

[18] Alguns estudiosos, como, por exemplo, Christy L. Burns, costumam associar a figura de H.C.E. à do líder irlandês Charles Stewart Parnell, uma vez que, assim como Parnell, acusado de envolver-se com uma mulher casada, o que levou a sua queda política, e de ter cometido um suposto crime no Parque Phoenix, H.C.E., conforme já mencionei, é também acusado de ter cometido um crime no mesmo parque, o que acarretou, portanto, o julgamento de ambos. (BURNS. Christy L. *Gestural Politics: Stereotype and Parody in Joyce*. Nova York: State University of New York, 2000, p. 151.)

[19] MORROGH, Michel MacCarthy. *Irish Century. A Photographic History of the Last Hundred Years*. Boulder: Roberts Rinehart Publishers, 1998, p. 14.

[20] LEHAN, Richard. "Joyce's City", in BENSTOCK, Bernard (org.). *James Joyce The Augmented Ninth*. Syracuse: Syracuse University Press, 1988, p. 259.

[21] HENKE, Suzette. Op. cit., p. 8.

[22] LEHAN, Richard. "Joyce's City". Op. cit., p. 260.

[23] TINDALL, William York. Op. cit., p. 141.

[24] NOLAN, Emer. Op. cit., p. 181.

significar simplesmente 'troca' cultural recíproca".[25] Entretanto, essa utilização do conceito tem suscitado severas críticas por parte de alguns estudiosos, que acreditam que não há "nada na ideia de hibridismo como tal que sugira que a reciprocidade anule a natureza hierárquica do processo imperial ou que isso envolva a ideia de uma troca igual".[26] Para Homi Bhaba, todavia, tomando como referência o conceito de "híbrido intencional" de Bakhtin, o hibridismo passou a ser definido como a "habilidade de uma voz de ironizar e revelar a outra dentro do mesmo enunciado",[27] ou seja, o hibridismo, nesse caso, "transforma-se na própria forma de diferença cultural, nas discordâncias de uma cultura diferenciada cujas 'contra-energias híbridas', na expressão de Said, desafiam as normas culturais dominantes e centradas, [...]. O hibridismo torna-se aqui um terceiro termo que nunca pode efetivamente ser terceiro porque, como inversão monstruosa que é, uma perversão disforme dos seus progenitores, esvazia a diferença entre eles".[28]

"Ao mesmo tempo", segundo Robert Young, "o foco no hibridismo inscreve ainda o gênero e a divisão sexual do trabalho no interior do modo de reprodução colonial. Gayatry Chakravorty Spivak comenta que 'A posse de um lugar tangível de produção no ventre situa a mulher como um agente em qualquer teoria da produção'. Ao introduzir uma problemática da sexualidade no coração da raça e da cultura, o hibridismo sugere a necessidade de se revisar apreciações normativas quanto à posição da mulher na teoria sociocultural do século XIX. Esta estimativa, contudo, mantém-se a do 'tema historicamente abafado da mulher subalterna', a qual apenas por um ato de violação colonial se torna agente produtivo".[29] Além disso, "o hibridismo, como descrição cultural, encerrará sempre uma política implícita da heterossexualidade, razão adicional, talvez, para que se conteste a sua preeminência contemporânea".[30]

Em *Finnegans Wake*, Anna Livia, depois de um "amargo retrocesso", faz uma reflexão crítica e conclui que não só se traiu como mulher, mas que, paralelamente, traiu seu "território nacional"[31], como se pode verificar, por exemplo, em alguns fragmentos extraídos das últimas páginas do romance, na minha tradução:

---

[25] ASHCROFT, Bill; GRIFFITH, Gareth e TIFFIN, Helen (orgs.). Op. cit., p. 119.
[26] Idem, ibidem.
[27] "Para Bakhtin, a anulação da autoridade na linguagem por meio da hibridação envolve sempre a sua dimensão social concreta". YOUNG, Robert J.C. *Desejo colonial: hibridismo em teoria, cultura e raça*. Sérgio Medeiros (coord.), Dirce Waltrick do Amarante e Rafael Azize (trads.). São Paulo: Perspectiva, 2005, p. 25.
[28] Idem, pp. 28-29.
[29] Idem, p. 24.
[30] Idem, ibidem.
[31] NOLAN, Emer. Op. cit., p. 181.

> A invisão da Livrirlândia [...] Mas vocês estão mudando, acoolsha, vocês estão mudando a partir de mim, eu posso perceber. Ou sou eu é? Estou me embaralhando [...] Lamento teu inteuresse que eu estava acostumada [...] Procurem não partir [...] Fiz o melhor quando pude. Pensando sempre que se eu for todos vão. Uma centena de cuidados, um décimo de problemas e existe alguém que me entenda? [...] Toda minha vida eu vivi entre eles mas eles estão se tornando contrários a mim. E eu estou contrariando seus embustezinhos cordiais [...] Vocês são apenas fracos. Pra casa! Minha gente não é desse tipo até onde eu sei. [FW 626-627]

Emer Nolan acredita ainda que, em *Finnegans Wake*, a nação e a mulher são vítimas da opressão, mas que "as forças que as oprimiram não se declararam abertamente como poder superior ou autoridade masculina: o lamento de A.L.P. demonstra as limitações daquelas ideologias de liberação distintivamente modernas que, prometendo a liberação das compressões sobre qualquer identidade cultural e sexual particular, produz no lugar disso apenas novos disfarces de exploração".[32]

Em *Finnegans Wake*, a ideia de uma modernidade emancipatória seria então censurada e esse elemento específico do livro tem sido, na opinião de Nolan, ignorado pelas feministas.

Na realidade, "quando ALP — como rio — junta-se com o mar, alguma coisa específica se perde no caos oceânico. Tal como acontece com ela, acontece também com a Irlanda. Ambas entraram na era cruel da modernidade, livre da diferença, privada de identidade".[33]

Em *Finnegans Wake*, Joyce celebra e lamenta esse fato e faz, desse modo, sua própria reflexão sobre a história de seu país.

Muito embora na minha análise tenha me detido apenas nos personagens Anna Livia Plurabelle e Humphrey Chimpden Earwicker, devo dizer que não são só eles que exercem um papel fundamental na representação dos elementos políticos e pós-coloniais de *Finnegans Wake*. Outros personagens do romance, como, por exemplo, os membros híbridos da família de Anna Livia e de H.C.E., encarnariam também alguns desses aspectos.

No decorrer da narrativa, o estrangeiro H.C.E. une-se com a irlandesa Anna Livia Plurabelle. O casal gera três filhos: Issy, Shaun e Shem. O desejo parricida que Shaun e Shem manifestam é entendido, por exemplo, como uma "guerra anti-imperialista" e o fraternal antagonismo que os divide, ou a constante disputa pela sucessão, como as "lutas de poder pós-colonial".[34]

---

[32] NOLAN, Emer. Op. cit., p. 181.
[33] Idem, ibidem.
[34] Idem, p. 146.

Por fim, poderíamos encontrar, principalmente, no capítulo VIII, dedicado a Anna Livia Plurabelle, muitos exemplos de reflexões sobre a questão irlandesa e a posição da mulher na Irlanda, ou mesmo fora dela.

Referências bibliográficas

ASHCROFT, Bill; GRIFFITH, Gareth e TIFFIN, Helen (orgs.). *The Post-Colonial Studies The Key Concepts*. Nova York: Routledge, 2000.
BENSTOCK, Bernard (org.). *James Joyce The Augmented Ninth*. Syracuse: Syracuse University Press, 1988.
BURNS. Christy L. *Gestural Politics: Stereotype and Parody in Joyce*. Nova York: State University of New York, 2000.
ELLIS, Peter Berresford. *A Dictionary f Irish Mithology*. Oxford: Oxford University Press, 1987.
HENKE, Suzette. *James Joyce and the Politics of Desire*. Nova York: Routledge, 1990.
JOYCE, James. *Finnicius Revém*. Capítulos 5, 6, 7 e 8. Donaldo Schuler (trad.). São Paulo: Ateliê Editorial, 2001.
JOYCE, James. *Finnegans Wake*. Londres: Penguin, 1992.
KENNER, Hugh. *A Colder Eye*. Nova Iorque: Alfred A. Knopf, 1983.
MORROGH, Michel MacCarthy. *Irish Century. A Photographic History of the Last Hundred Years*. Boulder: Roberts Rinehart Publishers, 1998.
NOLAN, Emer. *James Joyce and Nationalism*. Nova York: Routledge, 1995.
TINDALL, William York. *A Reade's Guide to Finnegans Wake*. Syracuse: Syracuse University Press, 1996.
YOUNG, Robert J.C. *Desejo colonial: hibridismo em teoria, cultura e raça*. Sérgio Medeiros (coord.), Dirce Waltrick do Amarante e Rafael Azize (trads.). São Paulo: Perspectiva, 2005.

SOBRE A AUTORA

Dirce Waltrick do Amarante é ensaísta, tradutora e dramaturga. Publicou *Libro de lectura* (Jakembó Editores, Assunção, Paraguai), um conjunto de peças sintéticas em espanhol e português. Verteu para o português, entre outros, *Contos para crianças* (Martins Fontes, São Paulo), de Eugène Ionesco, considerado "Altamente Recomendável", pela Fundação Nacional do Livro Infantil e Juvenil, e *Prosas e poemas insensatos* (Letras Contemporâneas, Florianópolis), de Edward Lear. Colaborou nos últimos anos em vários jornais, como *O Estado de S. Paulo*, *Folha de S.Paulo* e *Diário Catarinense*. Organiza o Bloomsday de Florianópolis e edita o site de arte e cultura www.centopeia.net, com o poeta Sérgio Medeiros.

Outros títulos de
JAMES JOYCE
nesta editora

EXILADOS

GIACOMO JOYCE

MÚSICA DE CÂMARA

POMAS, UM TOSTÃO CADA

Este livro foi composto em Garamond
pela *Iluminuras* e terminou de ser
impresso nas oficinas da *Meta Brasil
Gráfica*, em Cotia, SP, em sobre papel
off-white 80 g.